U0070212

後妻 3 完

文創風 361

春月生 著

目錄

第二十七章 不一樣的元宵

日子一轉眼就到了元宵節。

雖然前幾日又下了一場雪，但是到了元宵節這一天，天公作美，又是風收雪歇，太陽也露出了燦爛的笑臉。

地面上雖然還有著沒化完的積雪，卻無法擋住人們歡快過元宵節的步伐。

張家堡的規模雖然不大，但是在元宵節這天，南北大街上，耍龍燈的，踩高蹺的，舞獅子的，各種隊伍都有，分外熱鬧。

大年初五這天，王遠去靖邊城給劉守備拜年，得知自己晉升的職位基本上定了下來，靖邊城裡還缺一個指揮僉事，正四品的品級。

他升官在即，心情大好，除了在防守府外準備了燈謎會，從靖邊城請來了唱戲的班子，還下令每個百戶都要出一個節目，並為優勝者設下獎勵，誠心讓今年的元宵節好好熱鬧一番，在自己卸任前為張家堡的軍民留下一個美好深刻的印象。

宋芸娘昨日和蕭靖北說了半宿的話，今日又起得晚了一些。早上醒來的時候，看到身旁空蕩蕩的，她在心裡埋怨蕭靖北又不叫醒自己，同時也不免有些失落。

蕭靖北休完婚假後的第一件事情，既不是回城門駐守，也不是訓練鳥銃隊，而是受余百戶之命，參加了舞獅隊。

蕭靖北的上司余百戶在上次圍城之戰後，張家堡大多官兵得以晉升的時候，卻也和蕭靖北一樣未能晉升；並非是他立功不夠，而是副千戶的職位有限，而他的資歷尚淺，升職的機會便讓給了像蔣雲龍這樣資歷更老的幾個百戶。

余百戶雖然也被王遠安撫性地賞賜了許多銀兩和物資，但心中難免有些鬱鬱。此刻，便越發激起了好勝之心，一心要讓自己的舞獅隊伍好好表現，在各支隊伍中拔得頭籌。

他選了蕭靖北、張大虎等幾個武功高強的精英，並鄭重地囑咐他們務必要好好表現。因此，這幾日，蕭靖北都是一大早就出門去練習舞獅了。

宋芸娘走出房門，一眼便看到了掛在門廊下的兩只花燈，忍不住心中一暖，露出了笑容。

這兩只花燈是昨日荀哥兒特意送過來的。

在元宵節前，娘家送花燈給新嫁女兒家，求的是添丁的吉兆，希望女兒婚後吉星高照、早生麟子，宋思年還親筆在花燈上畫了兩個憨狀可掬的大胖娃娃。

院子裡，李氏已經起來，正彎著腰掃著院子。

宋芸娘見狀，便急忙走過去，一邊搶過掃帚，一邊羞愧道：「娘，快放著，讓我來。媳婦兒慚愧，今日又起得晚了。」

李氏伸直了腰，臉上還是笑咪咪的。「不礙事，你們年輕，多睡會兒也是應該的，不像我們老嘍，想睡也睡不著。」說罷，又笑咪咪地看著芸娘。「我看我也是閒得睡不著，什麼時候妳給我添個大胖孫子，也讓我累一累。」

芸娘羞紅了臉，小聲道：「娘，一個鈺哥兒就夠您忙的了。」

「那不一樣，鈺哥兒現在長大了，也懂事了，他一個人太寂寞了，總得有個伴啊！」

芸娘無語，只好繼續埋頭掃院子。

李氏站在一旁笑咪咪地打量著芸娘靈活的身手，心想，看芸娘的身材，倒是個好生養的，臉上的笑意便更盛。

掃完了院子，芸娘又進了廚房，只見王姨娘正在準備著做元宵的糯米粉和黑芝麻、花生、白糖、山楂等各種餡料，連忙走過去幫忙。

芸娘看到王姨娘，想起了昨晚蕭靖北和她說的話。她猶豫了半晌，輕聲開口問：「姨娘，靖嫻還睡著？」

「還睡著呢。」王姨娘頓了頓，似乎有些不好意思，又追加了一句。「早上我起得早，把鈺哥兒抱到靖嫻床上去了，說不定她現在正陪著鈺哥兒，所以沒有起來。」

宋芸娘並未在意，淡淡笑了笑，小聲問道：「姨娘，昨日季寧有沒有和妳說些什麼？」

王姨娘一愣，看著芸娘。「沒說什麼呀，有什麼事嗎？」

芸娘心中暗恨蕭靖北將這難題拋給自己，想了想，儘量放平了語氣，低聲道：「昨日，季寧抽空去找了徐文軒……」

「真的？太好了，他們家什麼時候來提親？」王姨娘面露興奮之色，臉上似乎也在放光。

芸娘心中越發愁苦，將蕭靖北又腹誹了一頓。

她在心裡斟酌了好一會兒，露出一副義憤填膺的神情，怒聲道：「那徐文軒太不知好歹，昨日季寧特意去尋他，這是給了他顏面，像我們靖嫻這樣的女子，長得又好，又知書達禮，在這張家堡裡，是打著燈籠也難找；可那徐文軒卻說……卻說他已經準備待萬巧兒三年孝滿後娶她……」

「什麼？」王姨娘手裡的黑芝麻餡糰啪的一下掉到盆子裡，她張大了嘴巴。「怎麼會這樣？娶萬巧兒，那個黃毛丫頭？她有哪一點比得過我們靖嫻？他寧願等她三年，也不願娶我家靖嫻？」

芸娘心道，萬巧兒只有長得不如蕭靖嫻，待人處事不知強過蕭靖嫻多少；不但懂得操持家務，幹活又麻利，待人也真誠，這些方面不知甩過蕭靖嫻幾條街，那徐文軒是真正有眼光之人，才會選擇萬巧兒。

她心裡雖然這麼想，嘴上卻只能安慰道：「說的也是啊，我看大概是徐文軒念著她可憐，想報她爹爹的恩吧。」

她看了看王姨娘的神色，見她情緒稍有緩和，便道：「這張家堡的青年才俊還有的是，季寧在軍中也會留心查尋，肯定會有比徐文軒條件更好的。」

王姨娘愣怔了半晌，遲緩地抬起胳膊，看看滿手的黑芝麻糊，便只好用袖子擦了擦眼角的淚水，嘆道：「我家靖嫻怎麼就這麼命苦……」

宋芸娘心想，不是蕭靖嫻命苦，而是她心高氣傲，太看不清現實。當初明明機會就在眼前，她卻偏偏不在乎，看不起徐文軒。只是，她除了貌美，並無其他的長處，人家徐文軒又豈會一直等著她？那萬巧兒乖巧懂事，伶俐可人，兩個年輕人天天共處一個屋簷下，時間長了，不日久生情才怪。

她看著王姨娘愁苦的臉，只好繼續開導。「姨娘，您也別太憂心，我看靖嫻也沒有真的將徐文軒放在心上，不過，不甘心總還是會有的，您是她親娘，這件事情最好您親自對她說，您只要慢慢開導，過些日子就淡散了，我們再給她留心一個更好的。」

這樣的話題畢竟太不開心，廚房裡的氣氛便有些沈悶。

宋芸娘笑著起了幾個話題，王姨娘都只是心不在焉地應和了一、兩句。芸娘知道她心裡鬱悶，便也不再作聲。兩個人都默默地埋頭做著元宵，不一會兒便裝滿了幾個簸箕。

做好了元宵，宋芸娘請示了李氏後，便將各種餡料的元宵各撿了十來個，裝在籃子裡給宋思年他們送去。

宋芸娘自從初二那天回門之後，便幾乎每日都要回一、兩次娘家。因兩家住得近，所以，每日裡不是芸娘送點兒吃食過去，就是宋思年派荀哥兒送點兒東西過來。

芸娘到了宋家的時候，田氏也在做元宵，看到宋芸娘拎著一籃子元宵進來，便笑呵呵地接了過去。

宋思年心中高興，嘴上卻責怪道：「芸娘，妳別老是拿東西回來，小心妳婆婆心裡不舒服。」

「爹，您放心，我婆婆不是那樣的人，是她讓我送過來的。」

「宋老弟，你想多了，你這麼好的女兒都嫁給他們家了，吃他們家一點東西又算得了什麼。」柳大夫笑呵呵地捋著鬍子走了出來。

「義父，您又取笑我。」宋芸娘嗔怪道。她看了看院子，又問：「怎麼不見荀哥兒？」

「去隔壁和許家三郎玩去了，再過半個月，就讓他和三郎一起去靖邊城的書塾讀書去。」宋思年笑道。

「爹，那日季寧可是和您說好了的啊，義父、義母他們都是見證人，荀哥兒的學費一定要我們來付才行。」宋芸娘再次重申道。

回門那日，他們談到了荀哥兒讀書的問題。宋思年堅持不同意讓芸娘負擔荀哥兒的學費，蕭靖北便乾脆在喝酒時將宋思年灌醉，讓他趁著醉意同意了此事。

宋思年苦笑了下。「芸娘，我知道你們的孝心，只是，太貼補娘家，小心妳婆婆責怪。」

芸娘笑嘻嘻地說：「放心，這是我的私房錢，我婆婆她不知道。爹，開了年我還要繼續做面脂掙錢，您就別擔那麼多的心啦！」

「就是，孩子們孝順，你就安心享福吧，等以後荀哥兒讀書讀出成就來，你的好日子還在後頭呢！」

「柳兄。」宋思年笑著拍了拍柳大夫的肩頭。「有我的好日子，就有你的好日子。」

「對，對，咱們一起享福，享孩子們的福。」柳大夫捋著鬍子大笑。

宋思年一邊笑著，一邊擦了擦眼角沁出的淚水。

宋芸娘謝絕了宋思年留她吃午飯的邀請，又將各種口味的元宵裝了一些，端去隔壁的許家。

許家院子裡靜悄悄的，只有張氏正在廚房裡準備午飯。芸娘將一大碗元宵端了進去，張氏笑著謝過了她，又拉著芸娘寒暄了幾句。

聊了幾句之後，宋芸娘奇怪地問：「張嬸嬸，荀哥兒和三郎跑哪兒去呢？」

張氏掩嘴笑道：「兩個小子正在房裡溫書呢！」

「溫書？」宋芸娘心中暗笑，若說是荀哥兒一人她倒還相信，只是若說許安文也在一起溫書，那她是打死也不相信的。

芸娘對著張氏笑了笑，便起身去尋這正在溫書的兩人。

許安文的廂房裡，兩個小子正頭並著頭坐在窗前的桌子旁，津津有味地看著一本書，兩個人神情專注，除了翻書的聲音，就沒有其他的聲響。

芸娘掀開門簾走了進去，許安文看見有人走進來，突地一下子站起來，將桌子上的書藏到身後，荀哥兒見到來人是芸娘，臉也刷的一下子紅了。

許安文雖然恢復了和宋家人的交往，但和芸娘之間總還是有些彆扭，不復往日的親熱；但是宋芸娘仍是和往日一般，對待許安文像自己的親弟弟一樣。此刻她見到這一幕，心中咯噔一下，暗道：莫非這兩個小子躲著在看什麼淫穢書籍。

芸娘忍不住疾步走過去，虎著臉道：「你們兩個偷偷摸摸地在看什麼？」

許安文雙手緊緊背在身後，結結巴巴地說：「我……我們哪有偷偷摸摸？」

「那你背後是什麼？快拿出來給我看看！」芸娘不由分說地伸出了手。

許安文面上神色變幻，猶豫了半天，見宋芸娘面色堅決，荀哥兒又在一旁不停地用胳膊撞他，便只好不情不願地拿出來。

芸娘伸出手去拿書，許安文還捨不得放，兩人一人拿著書的一端，僵持了一會兒，許安文見芸娘瞪著他，這才不得不放手。

芸娘翻開書看了看，原來是一本志怪小說，也不知許安文是從哪裡買來，紙張泛黃，書頁已經翻得爛了。

她心中暗暗放了心，表面上卻仍是沈著臉。「你娘說你們在溫書，原來你們就是溫這樣的書？」

許安文有些氣急，乾脆挺直了脖子挺起胸，氣沖沖地說：「妳管我看什麼書？妳又不是我什麼人！」

芸娘一時語塞，又氣又急地看著他。

一旁的荀哥兒出來打圓場。「姊姊，是我們不對，我們再也不看這些雜書了。」說罷又一個勁地推許安文的胳膊，對他使眼色。

宋芸娘嘆了一口氣，看著許安文的眼睛，語重心長地說：「三郎，我的確不是你什麼人，我也知道你一直在心裡有些怨我；不管你有沒有當我是姊姊，我在心裡都將你和荀哥兒一般看待，你娘對你寄予了厚望，希望你不要讓她失望才好。」

許安文低側著頭，看向旁邊，不願正視芸娘的眼睛。這些日子他已經在心裡慢慢想通了一些事情，只是仍拉不下臉像以前那樣親密地和芸娘相處。

宋芸娘柔和了聲音，輕聲道：「其實，學堂裡的書枯燥無味，的確沒有這些雜書好看，我以前，也挺喜歡看這樣的志怪小說。」

許安文猛地看著芸娘，面露驚訝之色，荀哥兒也吃驚地看著她。

「現在是放假的時候，偶爾看看還可以，不過開年後你們去書塾了，就要一心一意讀聖賢書。三郎，你比荀哥兒大，又是先入學的，平時有勞你多照顧他，也希望你給他帶一個好頭。明年的縣試，你們能夠一人考一個生員回來。」

許安文已在心中有些後悔方才不該對芸娘說話太衝，又不願低聲下氣地道歉，便不耐煩地說：「知道啦，知道啦，妳放心好啦，就算我通不過，荀哥兒也一定可以通過。」

荀哥兒也露出一副哀求的神色，芸娘便也不想再就此事大做文章，她將書還給許安文，對他們兩人笑著。「外面那麼熱鬧，你們還坐在家裡看什麼書，下午的時候，防守府門口有舞龍和舞獅的表演，你們等會兒可要記著去看看。」

許安文不自在地咳嗽了一聲。「芸……芸姊姊，妳不如就和我們一起吃飯，待會兒一同去看吧。」

芸娘笑了笑。「謝啦，不過我家裡還有事呢，吃飯後咱們就在防守府門口碰頭吧。」

芸娘回到家後，家裡的氣氛卻有些異常。

李氏安靜地坐在院子裡曬太陽，連鈺哥兒也躡手躡腳地走路，看到芸娘回來，立刻露出了笑顏，急匆匆朝著她跑過來，剛跑了幾步，卻又想起來，改為邁著小碎步輕輕走到芸娘面前，壓著嗓子喊了一聲。「娘，您回來啦！」

芸娘心中疑惑，向李氏見過禮後，小聲問：「娘，怎麼啦？」

李氏指了指西廂房，面露無奈之色。「又鬧上啦！玥兒將徐文軒要娶萬巧兒的事情和靖嫻說了，剛剛砸了屋裡的兩個花瓶，又大哭了一場。」

芸娘也有些無奈。「王姨娘呢？」

「裡頭勸著呢。我讓她這幾日不要和靖嫻說這件事，畢竟還在過年，家裡哭哭鬧鬧的不好，可是她偏偏沈不住氣，非要去說。」

芸娘有些難堪，想到自己也算是始作俑者，便勸道：「娘，這件事總是要說穿的，時間拖得越長，婧嫻抱的希望越大，以後就會越傷心，現在讓她死心了也好。待會兒吃完飯後，我帶您和鈺哥兒一起去防守府那兒看舞龍、舞獅去，季寧也在那裡呢，讓她們娘兒兩個在家裡靜靜。」

鈺哥兒一聽要出去看熱鬧，眼睛都亮了，拍著手又叫又跳。「太好了，太好了，出去看表演嘍！」

聲音剛落，又聽到西廂房裡突然爆發出一陣哭聲。

鈺哥兒驚得立住，收斂了歡快雀躍的神情，縮著脖子吐了下舌頭。李氏和芸娘也忍不住相視苦笑。

吃完飯後，宋芸娘和李氏帶著鈺哥兒一起去了防守府。

只見這裡已經是人山人海，幾乎張家堡所有的人員齊齊出動，將防守府門前的那塊空地圍了個水洩不通。

宋芸娘他們站在人群的最外側，只聽到裡面的鑼鼓敲得震天響，最裡面的人們正在不停地拍手叫好，他們卻什麼都看不到。

正有些著急的時候，突然聽到有人在叫「宋娘子」。

宋芸娘循聲望去，只見一個小丫鬟站在不遠處對自己招手，她疑惑地走過去，那小丫鬟道：「宋娘子，這裡擁擠，什麼也看不到，我家夫人請妳到她那兒去看。」

原來，防守府門口有一個高臺，王遠、錢夫人等人都在那裡觀看表演。上面視野開闊，錢夫人一眼看到宋芸娘站在最外側，便讓小丫鬟領她過來。

宋芸娘謝過了小丫鬟，帶著李氏和鈺哥兒上了高臺，見過了錢夫人。

錢夫人笑咪咪地摸了摸鈺哥兒的頭，又請他們在一旁的空凳子上坐下。芸娘看了看這上面坐著的都是些副千戶、百戶的家眷，自然不敢妄自亂坐，便謝過了錢夫人，和李氏、鈺哥兒站在一旁觀看表演。

只見防守府前，一支支喜氣洋洋的隊伍你方唱罷我登場，舞龍燈的，將一條巨龍舞得騰挪跌宕，分外精彩；舞獅子的，將那獅子舞得活靈活現，威風凜凜；踩高蹺的，更是花樣百出，令人捧腹大笑。

隨著一支支隊伍的表演，圍觀的軍戶們時而鼓掌，時而叫好，時而發出大笑，將元宵節的熱鬧氣氛掀到了最高潮。

到了最緊要的關頭，王遠先站起來發表了感謝眾軍戶陪著他一起共度難關、期望明年平順安泰的感言，最後宣佈舞獅搶繡球大賽開始。

隨著錢夫人將手中的大繡球拋出去，場中的十幾隻舞獅激烈地搶起了繡球，動作驚險緊張，高潮迭起，圍觀的人們屏住呼吸，時不時發出一、兩聲驚嘆。

宋芸娘想在眾舞獅中找到蕭靖北舞的那一隻，可是每一隻都大同小異，實在無法分辨。

正看著，只聽人們發出了一陣驚呼，卻見一隻舞獅左躲右閃地突破數隻舞獅的重重包圍，高高騰起，將拋向半空中的繡球牢牢地啣在嘴中。

芸娘半張開的嘴還沒有合上，只見這隻舞獅已經跑到她的身前，將嘴裡啣著的繡球拋向了她。

芸娘捧著迎面飛來的大繡球，倒是驚嚇了一番。她有些愣怔地看過去，只見那舞獅對著她眨了眨眼睛，隨後張開了嘴巴，露出了蕭靖北那張明朗俊逸的臉，正在裡面對著她燦爛地笑著。

「爹爹！是爹爹！爹爹好厲害！」芸娘還沒有反應過來，一旁的鈺哥兒已經歡喜得手舞足蹈。

北方的春天到得晚，江南已是春暖花開、草長鶯飛的時節，張家堡卻還是春寒料峭、寒意襲人。

寒風仍在原野上呼嘯，青雲山上還有積雪尚未融化，飲馬河面也留有薄薄的浮冰，冬天似乎還捨不得離去，要在這片土地上施展它最後的餘威。

儘管如此，一些勇敢的小草已經忍不住探出頭，從被冬雪覆蓋滋潤了一個冬季的土壤裡鑽出來，吹響了春天的號角。

張家堡外的那片原野雖然只是浮現出一層淡淡的綠意，但已經散發出盎然的生機。

張家堡外的田間地頭，到處都是軍戶們忙碌的身影。他們經過了冬歇的休整，重新回到了賴以生存的田地上勞作，他們躬身在田地裡，有的墾田，有的播種，在一年伊始，撒下了滿滿的希望。

因張家堡的富戶和官員在去年韃子圍城之時離開了一些，他們的田地除了一部分屬於私田外，大多數都是屬於張家堡的軍田，王遠便重新進行分配。

蕭家自然也分得了一些田地。蕭靖北作為總旗，比一般的軍戶多分了三十畝地，一共分得了八十畝田地，旱田、水田各占一半。他分得的田地之前大多屬於那些走掉的富戶們的，這些田地土壤肥沃，不用怎麼費心侍弄，種出的作物都會有不錯的收成。

此外，總旗和小旗雖然比一般軍戶分的地多，但是交的稅糧卻一樣是五石；而且，在軍堡裡，一旦當上小旗、總旗甚至更高職位的官員還有個好處，就是可以差使手下的士兵幫忙種田。百戶以上的官員更是不必說，他們大多是直接雇用家丁。

得益於他總旗的官職，蕭靖北優先分到牛和犁，又叫了手下幾個士兵，沒幾天工夫便墾好了田，順便將宋思年家的田也墾了一遍。

蕭靖北雖然和其他總旗一樣，請了手下的士兵幫忙種田，但他並不像他們一樣只管了幾餐飯，而是另外給了一些銀兩作為報酬，令這些士兵既驚訝又感激。

更輕鬆的是，蕭家還處在不用交稅糧的頭三年，因此，蕭靖北在種田一事上幾乎沒有費什麼心思，加上家裡有一個會幹農活的宋芸娘，宋家還有一個種田經驗還算豐富的宋思年，蕭靖北便只須在必要的時候請人下地耕種便可以了。

張家堡的男、女鳥銃隊都已經訓練得頗有成效，年後京城神機營派下來的鳥銃教官正式「接管」了鳥銃隊，蕭靖北樂得清閒，便將主要的重心都放在城門防守之上。

他每日早出晚歸，日子過得簡單而有規律，宋芸娘也是夫唱婦隨。

每日清晨，她隨著蕭靖北一起晨起練幾下拳腳，吃過早飯後，芸娘便帶著鈺哥兒去宋家，讓鈺哥兒跟著宋思年開蒙，自己則幫著宋思年將家裡收拾一番。

畢竟荀哥兒開年後已和許安文一同去了靖邊城的書塾讀書，柳大夫的房屋建好後，也和田氏一道搬了回去。宋芸娘於是每日回家看看，又讓鈺哥兒跟著宋思年讀書，以免宋思年孤單。

宋芸娘在宋家吃過了午飯，再帶著鈺哥兒回到蕭家，準備蕭家的晚飯。晚上蕭靖北回來後，一家人便團團圓圓地吃上熱呼呼的一頓。

日復一日，日子過得簡單而充實。

除了不事稼穡的蕭靖北之外，宋芸娘的心思也不在種田之上，而是有著更為重要的事情。

此時，蕭家的院子裡，煙霧繚繞，芳香撲鼻，一片熱火朝天。

宋芸娘和王姨娘、許安慧、李氏一起正在做面脂，連蕭靖嫻也在一旁幫忙。三個女人一臺戲，這五個女人一邊幹著活，一邊說說笑笑，越發熱鬧。

原來，春節期間，許安慧去靖邊城給舅舅、舅母拜年，帶回來一個令人激動的好消息。

宋芸娘上次託許安慧舅母賣的那一批面脂口碑極好，那些人用完了之後，都紛紛去許安慧舅母那兒詢問是否還有得買，有的人甚至還心急地下了訂金。

有了這樣一個好的開端，宋芸娘和許安慧都興奮莫名，她們迅速去靖邊城購買了一些做面脂的原料，準備再做一批貨販賣。

她們在蕭家院子裡開起了手工作坊，正做得熱鬧的時候，突然門口有一個婦人高聲笑著。「哎呀，好熱鬧啊，怎麼這麼香？這是在幹什麼呢？」

宋芸娘她們向門口看過去，見門口站著一個身材瘦小的婦人，穿著寶藍色暗紋綢緞夾袍，髮髻上簪了幾支金簪，比一般張家堡的婦人打扮得富貴，原來是徐文軒的母親蔡氏過來串門子。

春節過後，徐文軒的父親帶著徐富貴去了靖邊城照顧生意，蔡氏便留了下來，專門照看徐文軒。

蔡氏是一個閒不住的人，又極善交往，沒幾天工夫，便和左鄰右舍混得十分熟絡，沒事的時候經常去串串門子。對於蕭靖北這樣比徐文軒職位高、兩家之前又有著共同充軍淵源的人家，更是走得勤。

她善交談，說話又風趣，蕭家幾個婦人都十分歡迎她的上門。

當然，蕭靖嫻肯定是除外，連帶著王姨娘也有些「恨屋及烏」。

蔡氏笑咪咪地走了進來，手裡拿著一包點心，對李氏笑道：「李姊姊，這是我家老爺子託人從靖邊城帶回的點心，我們家文軒不愛吃這些甜食，我一個人也吃不完，這不，帶給您嚐嚐。」

李氏忙笑著謝過了蔡氏，命王姨娘接過點心，又讓芸娘倒茶。

「不用客氣了，妳們忙，我就不打擾妳們了。」蔡氏搖了搖手，又好奇地看著院子裡小爐子上煎著的香脂，問道：「這煮的是什麼呀，這麼香？」

李氏便笑道：「這是在做面脂。我家芸娘年前在靖邊城賣了一些，那些人用得好，都還要訂貨，所以正趕著做呢！」

蔡氏已經察覺到了其中的商機，她頗有興致地問：「李姊姊，您媳婦可真有本事，還會做這麼好的東西，不知有沒有做好的成品，讓我開開眼？」

芸娘抿嘴笑了笑，進房拿了一盒面脂遞給蔡氏。「蔡嬸嬸，您見多識廣，這哪裡是什麼好東西，不過是我們鄉野之人用的粗物罷了。您不嫌棄的話，就拿去試用一下，用得好的話我這兒還多得是。」

蔡氏到底是生意人，她迫不及待地打開盒子，只見盒子雖然不是很精緻，但裡面的面脂膏體白潤細膩，蘭香襲人，用手指沾上一點抹在手背上，只覺得又滋潤、又滑膩。

思緒在心中轉了轉，已經打定了幾分主意，面上卻是不動聲色，仍是好奇地問：「這面脂倒還不錯，不知妳們是如何賣的？」

「我們幾個婦人，能夠怎麼賣，不過是託安慧她舅母在靖邊城代賣罷了。」李氏答道。

「哦……」蔡氏沈吟了片刻。「我倒有一個主意，不知妳們可願意？」

「什麼主意？」幾個女人齊齊看向蔡氏，連一直低著腦袋裝作透明人的蕭靖嫻也好奇地抬頭看著蔡氏。

蔡氏笑了笑。「我家老爺開年剛剛在靖邊城又盤下了一間店鋪，準備賣些婦人用的日用雜貨，如將妳們做的面脂放到我家店裡去賣，這樣也許會賣得更好一些。」

此言一出，宋芸娘她們互看了一眼，都有些激動。

此時還是李氏沈得住氣，淡笑著開口。「蔡家妹子，您的這番好意我們實在是感激，只是做面脂本小利薄，我們娘幾個也是閒來無事做著玩玩，順便貼補一下家用，若要大規模地做，一個是精力上恐怕不夠，另一個嘛……不知用您家的店鋪要收多少費用，如果交了租之後還抵不了賺的，那我們也省得淘那個神哪！」

蔡氏愣了愣，隨即換上笑容。「李姊姊，看您說的，我們都是近鄰，我們家文軒又一直得您家蕭總旗關照，談什麼錢啊！我看這樣吧，妳們的面脂先在我家店鋪試賣一個月，價錢妳們定，我們家一文錢的櫃檯租金都不收；一個月後，若銷量尚可，我們再談具體的分成事宜，這樣可好？」

李氏猶豫了下，正準備開口應下，宋芸娘卻對她使了個眼色，笑吟吟地對蔡氏道：「蔡嬸嬸，這件事情畢竟是大事，我們幾個婦人也做不了主，不如等我家官人晚上回來了，我們和他商量一下再定，明日再給您答覆，可好？」

晚上蕭靖北回來，一家人坐在一起吃晚飯的時候，宋芸娘便提起了蔡氏要和她們合作的事情。

蕭靖北卻不是很贊同。「這些事情，妳們平時閒著沒事的時候做著玩玩也就罷了，還真的要大張旗鼓地做生意啊？」

宋芸娘有些不服氣，白了他一眼，氣鼓鼓地道：「我們怎麼就不能做生意了，你瞧不起我們啊？」

蕭靖北不禁笑著搖了搖頭。「我家娘子這麼厲害，小生哪裡敢瞧不起妳，只是不想讓妳……」他看了坐在上首的李氏一眼，頓了頓。「讓妳們辛苦而已；再說，家裡現在的日子還過得去，今年不用交稅糧，我也還有些俸祿……」

「算了吧，這麼一大家子人，你那點兒俸祿，是夠吃還是夠喝？錢多了又不會咬手。」李氏已經忍不住插話。

「我看這是個機會，不管掙多掙少，總好過沒有；而且做面脂也是在家裡，風不吹、雨不淋的，有什麼辛苦的，總比在地裡勞作要好。如果做得好，掙到了錢，我們就雇人下田幹活，咱們娘幾個就一心一意地在家裡做這個面脂。」

聽說可以不用下地幹活，王姨娘和蕭靖嫻雙眼都在放光。

王姨娘忙道：「姊姊說得是，難得芸娘有這麼個好手藝，不好好發展一下可惜了。」

蕭靖北沈吟了片刻，看到桌邊四個女人期盼的雙眼，連一旁一臉懵懂的鈺哥兒也眼巴巴地看著他，便有些頭痛，只好點頭認可。「好吧，好吧，就依妳們。只是，徐家是生意人，合作的事情還是要立下文書，寫得清清楚楚才好。」

「這不是正在和你商量嗎？外面生意的事情由你們男人作主，家裡做面脂的事情就交給我們女人了。」宋芸娘笑盈盈地看著蕭靖北，言語中帶了幾分撒嬌和依賴。

蕭靖北搖了搖頭，含笑看著芸娘，眼裡帶著無可奈何的寵溺。

「四哥，為什麼非要和徐家合作，我們家不是還有些銀兩嗎？不如就在靖邊城盤個店面自己做生意。」蕭靖嫻聽到徐家就不舒服，更不願意和他們攪在一起。

蕭靖北還未開口，李氏已沈聲道：「靖嫻，妳好大的口氣，做生意是那麼容易的嗎？別說家裡沒有閒錢，就算真有餘錢，也不能貿然去盤什麼店鋪，家裡就這麼幾個人，誰有工夫去照看店鋪。」

蕭靖嫻本來想說「我去」，可是王姨娘在桌子下拚命扯她的手，她便只好作罷，埋頭悶悶地扒著飯。

「靖嫻，我們家和徐家不一樣，不能自己做生意。」蕭靖北淡淡說道。

「為什麼？」蕭靖嫻還是忍不住抬起頭看著蕭靖北，瞪大了眼睛。

蕭靖北嘆了口氣。「妳難道不知道我們軍戶是不能做生意的嗎？」

「那徐家為什麼可以？」蕭靖嫻不服氣地問。

「徐文軒是一人充軍，不累及家人，他家本來就是商戶，為什麼做不得生意。我們家可是全家充軍，怎麼能跟他們家比。」蕭靖北的語氣帶了幾分沈重。

「全家充軍」這四個字好像一座沈重的巨山，一下子壓在蕭靖嫻的頭頂，她突然發覺連一向被她瞧不起的徐文軒，竟然條件都比她好上許多，她頹然垮下肩，哭喪著臉，垂頭悶不作聲。

晚上，宋芸娘和蕭靖北躺在炕上閒聊，說到了蕭靖嫻。

「季寧，你這個好妹妹，來到這裡這麼長時間了，還是看不清現實，老是抱著一些不切實際的幻想。其實，你們家現在這個樣子，不管怎樣都比當初我們家剛來張家堡時要好得多了……」

「什麼你妹妹、你們家、我們家的，都嫁進我們家這麼長時間了，還把自己當外人啊。」蕭靖北不禁摟緊了懷裡的芸娘，懲罰性地加重了臂力。

宋芸娘有些吃痛，不滿地掙扎了幾下，卻被他越摟越緊。

芸娘白了他一眼，皺著眉頭道：「我倒是想把她當作妹妹啊，可是她眼裡沒有我這個嫂子。」

蕭靖北也有些頭痛，他愛憐地看了芸娘一眼，柔聲道：「我知道，妳受委屈了。靖嫻自從家裡出事之後，便一直接受不了現實，平時說話行事也有些怪裡怪氣的。

「我母親年歲老了，身子多病，不想動氣，便不願多管她；王姨娘在她面前一向是沒有開口便先矮了半截，也不敢管她；我這個做哥哥的畢竟是男子，她那些女兒家的心事無法對我說，我也不好管她。倒只有妳這個做嫂子的，與她年歲相近，找機會和她聊一聊，開導開導她。」

宋芸娘哼了一聲，翻了個身，背對著蕭靖北，沒好氣地說：「好好好，敢情你們一家子全都是不敢得罪人的好人，讓我來做這個壞人。」

蕭靖北忍住笑將她的身子扳過來，只見燈光下，芸娘那雙水盈盈的大眼睛波光流轉，正幽幽看著他，帶著幾分委屈、幾分埋怨。他的心一下子軟了，連忙柔聲陪笑道：「好啦好啦，是我說錯了，我不過是想讓妳們關係更近一些而已。」

說罷他目色一黯，語氣帶了幾分索然和低沈。「畢竟，我的手足中，也只剩下她一人。妳們都是我最親近的人，我只希望妳們關係融洽，和和樂樂，以後再給靖嫻找一個好人家，也了了我的心願。」

芸娘心中一軟，不由放鬆了神情，輕聲道：「我對靖嫻自然是沒有任何成見，只是不知為何，靖嫻似乎總和我有著隔閡。你放心，我必不會讓你為難，以後會慢慢找機會開導靖嫻；畢竟，人心都是肉長的，日子長了，沒有融化不了的冰……」

蕭靖北靜靜看著宋芸娘那張柔美的臉，淡黃色的燈光在她的臉打上了一層朦朧的光暈，她眉目如畫，吐氣如蘭，一張紅潤的小嘴猶自慢慢說著，蕭靖北已經忍不住俯身堵住了她的嘴……

宋芸娘有些怔住，下意識地伸出手去推，卻哪裡推得動，只好掄起小拳頭在他堅實的背上捶了幾拳。

蕭靖北發出幾聲悶笑，抬手一揮，熄滅了煤油燈。室內很快陷入一片黑暗，掩蓋住了滿室的旖旎風光……

蕭靖北嘴上雖然不甚贊同，行動卻快，第二天上午，他便抽空去尋徐文軒，和他商談合作的事宜。

徐文軒倒是大吃了一驚，他本來從未插手家裡的生意，對生意一事也是不甚瞭解，便說要回家同母親商量。

蕭靖北行動迅速，便和徐文軒一同到徐家，經過好一陣子的討價還價，終於與蔡氏定下了合作事宜，還立下了文書。

晚上回來，蕭靖北得意洋洋地將文書遞給宋芸娘。「娘子，妳昨日交代的事情我已經辦好了，怎麼樣，辦得快吧！」

宋芸娘笑著接過文書，打開看了看，卻面色一變。「怎麼每賣一盒他們要抽五十文的利潤，開口可真狠。」

李氏也忙接過去看，一邊不滿地說：「四郎，做生意之人最是奸詐，你可別被他們誆騙了。」

蕭靖北有些委屈。「那蔡氏開始開口要每盒抽一百文，這還是我交涉了半天的結果。他們家還要訂下五年的合同，五年內，只能由他們代賣，我和他們磨了半天口舌，才將五年縮短為三年。

「不過，妳們也不要擔心，面脂交給他們賣後，我們就一心一意只管做成品，不用擔心銷路。他們徐家還有些能耐，我聽蔡氏的意思，他們家還準備在宣府城也開一、兩家店鋪。我看他們家很有些家底，路子也廣，頭腦又活絡，將來不愁面脂不好賣，妳們就只擔心趕不趕得及交貨吧。」

此言一出，宋芸娘和李氏心中大安，同時又很是激動，似乎看到了前景一片大好，財源滾滾而來。

一旁的蕭靖嫻聽了心裡可更不是滋味。

她只當徐家不過是一般的土財主，就算當初有幾個錢，也在徐文軒出事之後便折騰得差不多了，沒有想到徐文軒家裡居然這樣有錢。

她不禁後悔自己當初拒絕得太快、太堅決，沒有留些餘地，又恨那徐文軒變心太快，才幾日工夫便和那萬巧兒對上眼了。

蕭靖嫻一個人又懊惱、又傷心，聽到宋芸娘和李氏她們卻仍在談笑，商討著和徐家合作後的具體細節，蕭靖嫻不禁更加氣悶，跺了跺腳便跑回了房。

李氏和芸娘面面相覷，都有些摸不著頭腦，王姨娘嘆道：「靖嫻心裡還怨著徐文軒呢。」

李氏奇道：「她有什麼好怨的，當初不是她不要那徐文軒嗎？難道要人家徐文軒等著她一輩子？」說罷語氣一沈。「玥兒，我現在身體不好，不想動氣。靖嫻雖然叫我一聲母親，但妳畢竟才是她的親娘。勸也好、教也罷，妳有空還是多費些心，讓她不要再這樣動不動就鬧鬧小性子，惹得全家人都不開心。」

李氏的這一番話畢，王姨娘一時愣住，只能訕訕地站在一旁，臉上青一陣、白一陣，十分尷尬。

蕭靖北看到王姨娘兩鬢斑白的頭髮和來到張家堡後便蒼老了許多的面容，不禁有些心酸，便笑著打圓場。「母親，您也知道，王姨娘在靖嫻面前一向是硬不起來，怎麼好教訓她，少不得還是由您多教導。」說罷又朝芸娘使使眼色。

宋芸娘無奈，笑著對王姨娘道：「姨娘，我和妳一起去看看靖嫻去。」說罷便拉著她往外走，轉身前還不忘瞪了蕭靖北一眼。

蕭靖北縮了縮脖子，討好地對芸娘笑了笑，雙手作了個揖，芸娘便笑著啐了他一口。

和徐家合作的事宜商定好後，宋芸娘便和許安慧去了靖邊城，採購了大量做面脂的材料，又找瓷器店訂製了一大批精緻的小盒子，預備著以後面脂大賣後，再做一些其他的護膚品，什麼胭脂、口脂、髮膏、手霜之類的，力求增加產品種類，吸引更多的顧客。

因一些回頭客已經在許安慧的舅母那兒下了訂金，宋芸娘和許安慧商議了一番，便將之前做好的那幾十盒面脂仍放在舅母那兒代賣。

她們準備再重新做一批新的面脂，用上新的包裝盒，更專門請了柳大夫做藥材配方這方面的指導，起了一個好聽又好記的名字，叫「凝香雪脂」，期望能打出一個品牌來。

卻說這一日，陽光明媚，春日正好。

宋芸娘、許安慧和王姨娘、蕭靖嫻正在蕭家院子裡做面脂，鈺哥兒在一旁好奇地打量，一會兒摸摸小瓷盒，一會兒看看冒著熱煙的香油。

李氏為了不讓鈺哥兒搗亂，便乾脆帶他去許安慧家串門子，留下芸娘她們幾個人在家裡專心製作面脂。

鄭仲寧雖然升了百戶，但是許安慧卻仍和以往一樣，沒有擺出百戶夫人的譜。她家另外雇了人幫忙種田，自己則是全心全意地和芸娘一起做起了面脂。

蕭靖嫻自從前幾日被王姨娘和芸娘連勸帶說地安撫了一通後，已經收斂了許多，此刻也安安靜靜地坐在一旁幹活，一邊聽著許安慧和宋芸娘聊天。

「芸娘，聽說王大人再過一個月就要去靖邊城任職了。」

「哦？其實王大人還是不錯的，也算得上正直，就是好色和花心一點。」

許安慧掩嘴笑了笑。「妳以為個個男人都像妳家蕭四爺一樣不近女色，只對妳癡心一片啊。」

宋芸娘婚後臉皮也厚了許多，臉不紅、心不跳，笑盈盈地回道：「是啊，難道鄭姊夫對妳不是這樣的嗎？」

許安慧啐了她一口，笑著走過來伸手捏了捏芸娘的臉。「妳這個丫頭，成了親到底不一樣了，我看看妳這臉皮厚了多少？」

芸娘也嘻嘻哈哈地和她打鬧，突然王姨娘咳嗽了一聲，兩人回過神來，卻見蕭靖嫻一人坐在那兒，神色尷尬。

芸娘想著蕭靖嫻畢竟是未出閣的姑娘，這樣的玩笑在她面前開不得，便忙斂容坐好，繼續幹活。

「對了，安慧姊，不知王大人走了，誰會接替他的位置？」

「管他是誰，反正既不會是妳男人，也不會是我男人，誰坐那個位置都和我們沒有關係。」

芸娘想了想。「我看，防守這個位置不是劉青山，就是嚴炳，只有他兩人才是千戶，有這個資格。」

許安慧收斂了嘻嘻哈哈的笑容，皺眉道：「我倒希望是嚴炳，若是劉青山那個雁過拔毛的老頭子坐了這個位置，咱堡裡的軍戶們可有得苦頭吃了。」

這樣的事情畢竟輪不上她們做決定，略略聊了幾句，兩人沈默了下來。

埋頭幹了一會兒活，芸娘又感嘆道：「說實在話，我還挺捨不得錢夫人的，她的確是個好人，又極有魄力，我總覺得她配王大人有些可惜了。」

「王大人也不錯啊，他畢竟年輕，人也活絡，以後去了靖邊城，只怕更加前途無量呢，錢夫人跟著他也可以夫榮妻貴了；只可惜她沒有一兒半女，這王大人接二連三地納妾，她也沒有辦法管。」

許安慧也跟著嘆息了一番，又湊過來神秘兮兮地低聲問：「芸娘，妳成親也有幾個月了，有沒有動靜啊？咱們女人還是要有自己的孩子才牢靠啊！」

宋芸娘這次倒羞紅了臉，窺了一眼王姨娘和蕭靖嫻，見她兩人都不動聲色地坐在那裡，才微微搖了搖頭，輕聲道：「還早著呢，不急。」

「什麼不急？」許安慧倒是一臉的焦急，她看了王姨娘和蕭靖嫻一眼，乾脆湊到芸娘耳邊，悄悄道：「他們蕭家當然不急，橫豎已經有了個鈺哥兒。妳可不一樣，還是要有個親生的兒子才好。」

說罷她又更壓低了聲音。「我倒有幾個方子，保管妳一舉得男，我們家齊哥兒就是這麼來的。」語畢又掩嘴格格地笑。

芸娘害羞地推了她一把，慌著轉移話題。「安慧姊，妳說王大人家也是奇怪，錢夫人沒有孩子也就罷了，他的四個小妾，除了大姨娘有個女兒，其他的三個姨娘也都沒有孩子。妳若真有什麼好法子，不如讓我去告訴雪凝，她若有了個一兒半女，地位穩固了，以後也有了依靠。」

第二十八章　蕭靖嫻的遭遇

幾日後，這批面脂做好了。

有了柳大夫親自指導，又用了上好的材料，這批面脂潔白細膩，散發著盈潤的光彩和陣陣幽香，包裝盒也甚是精美，擺在那裡，立即有了精品的感覺。

宋芸娘和許安慧商量了一番，決定每盒訂價六百文。這第一個月徐家是免費代賣，若賣得好，她們便還要擴大產量。

產量越大，購買的材料越多，就可以將原料的價格壓得越低，算起來每盒的成本才三、四百文左右，到時候，即使徐家每盒抽去五十文的利潤，她們也還可以每盒掙上一、兩百文。

這樣一算，她們覺得這個生意利潤還不錯，至於銷路的事情，就全然交給徐家去負責了。

宋芸娘將做好的五十盒面脂送去徐家，看著剩下的五、六盒面脂，想著錢夫人和殷雪凝即將離開張家堡，便又裝了幾盒，準備去防守府給她們送去。

正準備出門的時候，徐文軒的母親蔡氏上門來商量賣面脂的事情，宋芸娘便託王姨娘將這幾盒面脂送到防守府。

王姨娘一口應下，正準備出門，蕭靖嫻走過來道：「四嫂，姨娘還要準備晚飯，不如讓我去送吧！」

宋芸娘有些詫異地看著她，蕭靖嫻笑了笑。「四嫂，我老是待在家裡當閒人，讓妳們忙前忙後，多不好意思，不如也讓我出出力。」

芸娘愣了下，見蕭靖嫻笑容真誠，蔡氏也在一旁連聲誇讚蕭靖嫻乖巧懂事，王姨娘更是一副欣慰的神情，只差沒有抹眼淚。

她只當蕭靖嫻已經想通了，決定真正融入張家堡的生活，便露出了笑容，將面脂交給蕭靖嫻。「如此就有勞了。」

「四嫂，妳太客氣了，這些都是應該的。」

芸娘笑著點了點頭，又囑咐她。「這裡有五盒面脂，其中三盒是給錢夫人的，兩盒給王大人的四姨娘。妳不必進防守府，直接交給守門的侍衛，只說是蕭總旗家的宋娘子送給錢夫人和四姨娘的，讓守衛轉交給裡面的秋杏便可。」想了想又問：「妳可知道防守府怎麼走？」

蕭靖嫻噗哧笑了。「四嫂妳真的當我是小孩子啊，我到這張家堡怎麼也快有一年的時間了吧，就這麼巴掌大的地方還不會走嗎？妳就放心好了。」

宋芸娘看著巧笑嫣然的蕭靖嫻，突然覺得自己那日對蕭靖嫻的一番勸說並未白費，看來她已經有了轉變。

芸娘笑咪咪地看著蕭靖嫻，眼裡流露出讚許和欣慰。

蕭靖嫻出門之前，又回房裝扮了一番，收拾得齊齊整整方才出了門。

蔡氏看到打扮得光鮮亮麗的蕭靖嫻，不禁嘖嘖稱好。「瞧瞧，到底是富貴人家走出來的大家閨秀，這麼稍稍一打扮，可把天上的仙女都比了下去。」

蕭靖嫻抿嘴笑了笑，向著宋芸娘和蔡氏福了福身。「蔡嬸嬸，四嫂，那我出去了，妳們慢慢聊。」說罷嫋嫋娜娜地出了門。

宋芸娘和蔡氏聊了快一個時辰，蔡氏又東拉西扯了一番，才心滿意足地離去。送走了蔡氏，芸娘站在院子門口，鬆了一口氣。

王姨娘卻急急走了過來，面帶緊張之意。「芸娘，靖嫻去了這麼長時間了，怎麼還沒有回來啊？」

「什麼？靖嫻還沒有回來嗎？」芸娘也大吃一驚，從蕭家到防守府，也就短短幾千步的距離，蕭靖嫻在防守府也沒有熟人，應該是送了東西就回來，怎麼會待了這麼久？

芸娘越想越害怕，越想越心驚，心也突突地跳了起來，她急忙往外走，邊對王姨娘匆匆道：「姨娘妳別著急，我這就出門去找她。」

宋芸娘急匆匆出了門，一邊往防守府趕，一邊在心裡疑惑著：這張家堡道路簡單，從蕭家所在的上西村到防守府，幾千步的距離，又都是直路，絕對不會走錯路。

難道是路上遇上了哪家的浪蕩子？可從蕭家到防守府的這一帶，住的都是官員和富戶，彼此之間又已經熟悉，應該沒有這種可能。

莫非是錢夫人要她進府，留下說話？芸娘搖了搖頭，心想，錢夫人和蕭靖嫻不熟，也不會有這種可能。

宋芸娘一邊亂七八糟地猜想著，一邊探頭往前方看，長長的巷子裡，只看到行色匆匆的路人，卻不見蕭靖嫻的身影。芸娘不禁有些心急，加快了步伐，額上也冒出密密的細汗。

快走到防守府的時候，突然看到前方跌跌撞撞跑過來一個身形纖弱的女子，來到近前，居然就是蕭靖嫻。

「靖嫻，妳怎麼啦？」芸娘一把拉住蕭靖嫻的胳膊，著急地問道。

只見蕭靖嫻髮絲凌亂，臉脹得通紅，眼淚止不住地流著，渾身都在不停地顫抖。

芸娘心中一驚，上上下下打量了蕭靖嫻一番，只見她的衣服縐巴巴的，領口微鬆，似有撕扯的痕跡，便只覺得腦中轟地一聲響，顫聲問道：「靖嫻，是不是誰欺負妳啦？」

蕭靖嫻身子猛地一震，紅著眼怨恨地瞪了芸娘一眼，用力掙脫她的手，又跌跌撞撞地向家裡跑去。

芸娘愣了一下，回過神來，急忙轉身去追蕭靖嫻。

雖說宋芸娘經常幹農活，又習得些拳腳功夫，理應比蕭靖嫻體力好，可是她一路疾步走過來，此刻又跑了幾步，只覺得小腹一陣隱隱作痛，胃裡也是一陣酸水翻滾。

她扶著一旁的牆壁站了站，略略緩了口氣，這才提步向家裡走去。

走進蕭家小院，只見王姨娘正焦急地站在西廂房門口，一邊拍著門，一邊喊著。「靖嫻，開門啊，妳這是怎麼啦？有什麼事情和姨娘說啊。」

李氏拉著一臉驚慌和懵懂的鈺哥兒站在一旁，看到芸娘進門，她愣了一下，關心地問道：「芸娘，妳的臉色怎麼這麼蒼白，是不是不舒服？」

芸娘搖了搖頭，忍住身上的不適，慢慢走過來，問道：「靖嫻怎麼啦？」

鈺哥兒掙脫了李氏的手，撒開小短腿跑過來，一手拉著芸娘的裙襬，一手指著西廂房，神秘兮兮地小聲道：「娘，姑姑又生氣了，把自己關在門裡面不出來。」

王姨娘更是又急又慌，幾乎快淌下淚來。「不知道啊，一回來就把自己關在房裡，怎麼也不開門，也不知道是怎麼了。」

芸娘摸了摸鈺哥兒的小腦袋，示意他進正房裡玩去。待鈺哥兒離去後，她便將自己在防守府門口遇到蕭靖嫻，以及她奇怪的表現說了一遍。

王姨娘一聽更是著急。「這麼說，一定是在防守府裡被人欺負了，也不知是哪個殺千刀的，敢欺負我家靖嫻。」

芸娘搖了搖頭。「我覺得不大可能，防守府我去了好多次，錢夫人管理得嚴，裡面的家丁、丫鬟、婆子都十分守規矩；再說，不論是我，還是季寧，都算得上是防守府裡的常客，靖嫻是報著我的名號去的，又有誰會欺負她。除非……」

芸娘突然想到一種可能，轉念一想，又使勁搖了搖頭，心道：不會，不會，那王大人雖然有些好色，但也算得上是正人君子，絕不會用強……

「除非什麼？」王姨娘急急問道。

「沒……沒什麼，我們不如等靖嫻出來，再細細問她。」芸娘想了想，還是沒有說出心中的疑慮。

正說著，房裡突然爆發出一陣哭聲，聲音又淒又哀，聽得人心裡一陣難受，頭皮都有些發麻。

李氏是上了年紀的人，又經歷過抄斬、抄家的慘劇，聽不得這樣淒淒的哭聲。她皺著眉頭，有些不滿地道：「我們都還好好的，她像這樣嚎喪是個什麼意思？罷了，我聽她聲音洪亮，氣力足得很，應該沒有什麼事情，待會兒她哭累了，自然會出來。」說罷，便轉身進了正房，去尋鈺哥兒。

留下宋芸娘和王姨娘面面相覷，不知所措地站在那兒。

晚上蕭靖北回來的時候，聽聞了此事，也很是著急。他提腳就向西廂房走去，準備去將房門踹開，李氏卻攔住了他。

她淡淡道：「四郎，修門也是要花錢的，靖嫻既然不願意出來，想必是現在還不想見到我們，我們又何必胡亂折騰。我看這樣吧，等會兒吃飯的時候，將飯菜放一些在房門口，若是她拿進去吃了，便定然沒有事。靖嫻的個性我知道，她還沒有敢尋死的那種血性。」

此言一出，蕭靖北和宋芸娘自然不再多言語。

王姨娘更是面紅耳赤地站在一旁，心中雖然著急，但也不敢再多說什麼。

晚飯做好後，她只好按照李氏的吩咐，用籃子裝了一碗米飯，幾碟小菜，放在西廂房門前，又站在窗子前面安慰了蕭靖嫻幾句。裡面卻是靜悄悄的，偶爾聽到一、兩聲抽泣聲。

芸娘他們在正房裡吃完晚飯後，走出房門，赫然看見西廂房門敞開著，放在地上的一籃子飯菜已然不見。

王姨娘一直懸著的心放了下來，她急急進了房，芸娘他們也跟著進去，卻見蕭靖嫻仍是將裡間的門給門上了，裡面靜悄悄的，沒有聲音。

王姨娘又拍了拍門，一邊柔聲道：「靖嫻，有什麼事情出來和我們說說，不要一個人關在裡面。」

裡面毫無聲息，過了一會，又傳出蕭靖嫻悲戚的哭聲。

李氏皺了皺眉。「我看沒什麼事情，靖嫻她既然還知道吃喝、知道哭，就不會做出什麼傻舉動，她既然不願意開門，也不要強迫她，明日她自然會出來。」

她想了想，又道：「玥兒，今晚鈺哥兒就跟我睡，妳好生守著靖嫻，說不定她晚上會開門出來。」

說罷又看向芸娘，柔聲道：「妳今日也累了一天了，好好回房歇息吧，我看妳的臉色不是太好。」

蕭靖北聞言心中一驚，急急看向芸娘，卻見她的確面色有些蒼白，神色也十分疲憊。他忍不住緊緊握住芸娘的手，心中懊惱自己方才只顧著擔心蕭靖嫻，竟然沒有注意到芸娘的不適。

晚上，宋芸娘和蕭靖北躺在炕上聊天的時候，將自己的懷疑和擔心說了出來。

蕭靖北想到芸娘曾經在防守府被王遠看上過的經歷，不覺冒出一陣冷汗，他猛地坐直了身體，急不擇言地道：「妳明知道王遠是這樣的人，怎麼還要靖嫻去防守府送面脂？」

他對芸娘一向溫柔小意，從未用過這樣嚴厲的言辭。芸娘一時愣住，她又生氣、又委屈，眼淚忍不住奪眶而出。

她恨恨地翻了個身，背對著蕭靖北，賭氣道：「是是是，我邪惡心腸，明知防守府是龍潭虎穴，還偏偏要你妹妹去以身試險。」

蕭靖北一語剛出，已覺得自己語氣不對，心中很是後悔。此刻見芸娘這般生氣和傷心，不覺又慌又急，手忙腳亂地想將芸娘身子扳過來；芸娘卻是死死抓著床單，僵硬著身子不依，可到底還是抗不過蕭靖北的氣力。

蕭靖北將芸娘的身子翻過來，緊緊摟在懷裡，見她已是淚流滿面，便又慌著伸手去擦她的眼淚，可卻是越擦越多。

蕭靖北心中慌亂，嘴裡也小心哄著。「芸娘，芸娘，對不起。我剛才一時說得急了，我哪裡會怪妳，妳不要多心。」

芸娘拍開他的手，睜大了眼睛瞪著他，憤憤道：「我哪裡敢差遣你的妹妹，今日剛好蔡嬸嬸來，我本請王姨娘代我送面脂去防守府，是她主動提出要幫忙，我只當她終於想通了，心中還甚是欣慰。

「我擔心她萬一進府後放不下身段，不能做小伏低，還特意囑咐她不必進去，直接將面脂託門口的守衛轉交即可；可誰知就是這麼點兒小事，她也可以鬧出一場風波來。」說罷又後悔不已。「早知這樣，當時我說什麼都不會讓她去。罷罷罷，以後你這好妹妹，我是不敢招惹她了。」

蕭靖北聽了這一番話，心中更是後悔，他見芸娘淚眼矇矓的大眼睛在燈光下閃著晶瑩的光彩，鼻尖紅通通的，粉嫩的臉頰被淚水滋潤過，看上去瑩潤光澤，楚楚可憐，不覺心中又愛又憐。

他壓低了聲音，輕聲道：「是我的錯，不該亂責怪妳。這也只是我們的猜測，我看王大人不像是用強的人，又是在錢夫人的眼皮子底下，更不至於如此，也許是別的緣故。算了，別多想了……娘說妳面色不好，我們早點歇息……」

說罷俯首輕輕吻著芸娘面上的眼淚，一邊吻，一邊小心賠著不是……

困擾了蕭家人一日一夜的謎題第二日上午便解開了。

第二日上午，宋芸娘將鈺哥兒送到宋思年那兒去唸書，回到蕭家後，只見王姨娘仍是站在蕭靖嫻的窗口邊苦口婆心地勸著，她無奈地搖了搖頭，便也走過去跟著勸說了幾句。

突然，虛掩的院門一下子推開，蕭靖北虎著臉大步流星地走進來。

見到王姨娘和芸娘站在蕭靖嫻窗邊，他臉上的怒火更甚，疾步走進西廂房，動作粗暴，帶著凌人的怒氣，將房門口掛著的門簾甩得「啪」地一聲響。

王姨娘愣了下，急忙跟著走進去，宋芸娘也尾隨其後，連坐在自己屋裡的李氏聽到了動靜，也匆匆走了過來。

「蕭靖嫻，把門打開！」蕭靖北三步併作兩步走到蕭靖嫻房門口，「咚咚咚」地敲了幾下，房間裡依舊靜悄悄的，毫無動靜。

王姨娘看到蕭靖北面若寒霜，額頭隱隱有青筋突起，聲音中壓抑著怒火。她心中疑惑，卻也不敢開口詢問，只能心驚膽戰地站在一旁，大氣都不敢出一下。芸娘輕輕拉了拉蕭靖北的袖子，他卻沒有意識到，仍然重重敲著門。

芸娘愣了愣，只好和李氏一臉困惑地站在一旁。

蕭靖北又敲了幾下門板，房間裡面仍是毫無反應，他只覺得怒火更盛，提起一腳將門踹開。

「砰」地一聲響，王姨娘她們都嚇了一大跳，急急忙忙跟著蕭靖北進了房間。

只見蕭靖嫻坐在炕上，目瞪口呆地看著湧進來的幾個人。她神色憔悴，雙眼紅腫，頭髮凌亂，身上的小襖也揉得縐巴巴地裹在身上。

看到蕭靖北滿臉洶湧的怒火，她的臉色更加蒼白，身子下意識地往炕上縮，眼神也是躲躲閃閃。

「蕭靖嫻，妳昨日在防守府到底幹了些什麼？」蕭靖北怒聲問道。

「我……我什麼也沒有幹，我……我替四嫂送面脂給錢夫人。」蕭靖嫻膽怯地答道。

「送面脂給錢夫人……」蕭靖北哼了一聲，冷冷問道：「那妳怎麼送到王大人的房間裡去了？」

站在一旁一頭霧水的李氏、芸娘和王姨娘此刻也明白了蕭靖北怒火的緣由。李氏和芸娘兩人都是大驚失色，愕然看向蕭靖嫻，王姨娘更是臉色煞白，愣愣看著蜷縮在炕上的蕭靖嫻，茫然不知所措。

「防……防守府那麼大，房間那麼多，我一時走錯了房間……」蕭靖嫻怔怔地回了幾句，突然又流下淚來，泣道：「四哥，你妹子昨日被人欺負了，你不想著為我出氣，為何還要責怪我？」說罷，又俯身趴在炕上痛哭。

蕭靖北冷笑了幾聲。「走錯了房間？妳一進門知道不對勁，為何不即刻離開？為何還要任那王遠……任那王遠輕薄？」說到最後，他臉上充滿了羞憤之色，眼睛裡噴著怒火。

今日一大早，他剛到城門便被王遠召進防守府。王遠告訴他，昨日他酒醉後在錢夫人的偏廳小寐，迷迷糊糊中進來了一名女子，他以為是府裡的哪個丫鬟，就趁著酒意拉著她尋歡，誰知那女子掙扎了一番逃脫了，遺下一支碧玉簪，已經摔成了兩截。

王遠酒醒後，拿著那支碧玉簪在府中下人裡問了一圈，均無人識得，便知不是府中之物；他又聽下人回道當時進府的女子只有蕭靖北的妹妹，便知道那女子十有八九就是她。

王遠回味著昨日半醉半醒間，模模糊糊看到那女子仙子般的容顏，感受到她滑膩的肌膚和沁人的幽香，有心趁此機會將她納入府中。

他擔心蕭靖北惱怒，便一大早召了蕭靖北進府，一是道歉，二是表態要承擔昨日輕薄佳人的責任，只要蕭靖北同意，便納蕭靖嫻為五姨娘。

當時，蕭靖北第一反應是立即否認。可是，王遠拿出了那支碧玉簪，那是蕭靖嫻及笄時所簪，上面刻了一行小字，以及她的名字。

那徐富貴受蕭家之託買這支碧玉簪時，為了討好蕭靖北，特意在玉簪上刻了幾個吉祥的詞和蕭靖嫻的名字，現在卻成了賴不掉的「鐵證」。

蕭靖北一想到王遠當時拿著碧玉簪，說出這番話時那副志在必得的神情，便怒火中燒。他恨恨地看著蕭靖嫻，一雙拳頭捏得喀喀作響，胸膛也重重起伏著。

「我……我……」蕭靖嫻抬頭看了蕭靖北一眼，被他憤怒的臉色嚇到，她身子抖了抖，又用雙手捂住臉嚶嚶哭了起來。

「妳還有臉哭？是走錯了房間還是別的原因，妳自己心知肚明。」李氏冷冷開口。

她從方才蕭靖北的寥寥數語已經明白了昨日在防守府發生的事情，看向蕭靖嫻的眼神帶著了然一切的蔑視。

「母……母親，您怎能這樣說我？我……我當然只是走錯了房間，怎麼會有別的原因？」蕭靖嫻抬頭看向李氏，淒淒地哭著。

「防守府裡沒有下人引路嗎？任妳一個單身女子到處瞎闖？妳也是高門大戶教養出來的小姐，難道不知道沒有下人的帶領，不得隨意亂進房間？走錯了房間這番話，也虧妳編得出來？」

李氏一句接一句，聲音冷酷而嚴厲，說得蕭靖嫻啞口無言，她低下頭，越發痛哭流涕。

那日，蕭靖嫻從許安慧和宋芸娘的聊天中得知王遠即將升職去靖邊城，又知道王遠無子，便想著，在這樣的人家，正妻已經無法生養，只要生一個兒子，庶子也可以養作嫡子，哪怕做姨娘也比正妻有地位。

蕭靖嫻心中有了想法，自然會尋機達成心願。昨日，她的確帶著邂逅王遠的心思進了防守府。

她進防守府之時，錢夫人正和幾個心腹丫鬟交代搬家去靖邊城的一些瑣事，便安排她在客廳裡略等一等。

蕭靖嫻坐在客廳裡，聽到外面兩個丫鬟小聲說起王老爺在偏廳歇息的事情，她眼睛一亮，便想抓住這個機會，假裝走錯了房間，進偏廳去見見王遠。

誰知王遠人逢喜事精神爽，他升官在即，張家堡裡的大小官員們紛紛設宴為他送行，他在一個百戶家裡喝高了些，便在偏廳裡略略歇息。

蕭靖嫻本來計劃著來一場浪漫的邂逅，給王遠留下一個既優雅又美好的印象，可這醉漢撲上來就強摟著她尋歡，倒將蕭靖嫻嚇壞了。

她到底是未出閣的小姑娘，被酒醉的王遠粗魯地輕薄了一番，她又氣又羞，好不容易掙脫，便慌慌忙忙地跑回了家。

事後，她想到自己好歹也曾是堂堂侯府千金，將來卻要委身這樣一個粗魯好色的男子，還是自己主動送上門去的，她又氣又惱，又羞又愧，還害怕事發後家人對自己的指責。

她將自己關在房裡，哭了一日一夜，一半是心虛，一半卻是不甘心……

「今日上午，王遠已向我提出要納妳為五姨娘，妳打算如何？」蕭靖北看著埋頭哭泣的蕭靖嫻，冷冷地開口，平淡的語氣中是壓抑不住的痛苦。

蕭靖嫻猛然抬頭看向蕭靖北，眼中神色變幻複雜，有驚愕，有悲哀，最後居然還閃過一抹喜色，可是轉瞬看到李氏、蕭靖北他們悲憤的神色，她忙垂眸，小聲泣道：「我……我一個柔弱女子，能有什麼打算……還請母親、四哥為我作主……」

「既然如此，四郎，你速去查訪堡內還有哪些未成親的男子，這兩日迅速為靖嫻訂下一門親事。我記得，這王大人是不會強迫訂了親的女子為妾的，否則的話，當初也不會成全你和芸娘的這一場親事。」李氏鎮定地開口。

蕭靖北和王姨娘聞言一愣，之後都神色一鬆，不禁佩服李氏的老練和鎮定。

蕭靖嫻卻暗自心驚，她的一雙手抓在床單上緊了又鬆，鬆了又緊，忍不住抬頭看向李氏，神色反而鎮定了下來。

「母親，張家堡自年前與韃子一戰後，青年男子死傷眾多，剩下的也大多被王大人強配了寡婦，現在堡內沒有婚配的男子，都是當時連寡婦都不要的拐瓜劣棗，唯一一個還過得去的徐文軒，也被那萬巧兒訂下了，母親……」

李氏冷笑了一聲。「那妳說該當如何？」

「母親……王大人升職在即，若……若……將來對四哥和家裡也有些助益……」

蕭靖北重重拍了一下桌子，冷冷打斷了蕭靖嫻。「我蕭靖北還沒有到靠出賣妹子往上爬的地步，我們蕭家也不至於賣女求榮。」

室內一下子陷入沈默，幾個人各懷心思，神色不一。

李氏和蕭靖北冷冷坐在桌子旁邊，默然不語，心中已經打定了主意，無論如何也不能讓蕭靖嫻作妾。

蕭靖嫻則暗暗著急，正在心中搜索枯腸地尋思著說服李氏他們的理由。

王姨娘更是左右為難，她自己雖是妾室，但因是李氏的心腹，又是蕭定邦唯一的小妾，倒也沒受過主母為難、爭風吃醋的妾室之苦。只要蕭靖嫻願意，又可以不用受苦，她倒是不反對蕭靖嫻做王遠的妾室。

只是，蕭靖嫻雖然是她的親生女兒，王姨娘對她的親事卻沒有半點的發言權。此刻，她只能無助地站在一旁，看看李氏他們，又看看蕭靖嫻，左右為難，卻也不敢開口相勸。

「母親，季寧，靖嫻說得對，目前堡內未婚配的男子，不是胡癩子那樣的潑皮，就是一些浪蕩無賴的破落戶，的確沒有幾個值得託付終生的。」宋芸娘想了想，適時地開口。

室內幾人都吃驚地看著她，蕭靖嫻更是面帶期盼。

「只是，我認為還有一個人選，不知你們覺得如何？」芸娘話語一轉，露出了笑容。

「誰？」

李氏和蕭靖北異口同聲地開口，王姨娘也是神色激動。

芸娘笑道：「不知你們覺得張大虎如何？他和你們一同充軍前來，又是季寧的患難之交，想必這個人，你們要比我更瞭解。」

李氏和蕭靖北俱是神色一亮，彷彿茫茫夜色中出現了一絲曙光。

李氏雙手擊掌，喜道：「對啊，我怎麼沒有想到他呢？這張大虎除了面相凶惡了些，其他各方面倒是不錯。雖說是土匪出身，但他倒不是什麼真正的大惡人，這麼多日子的相處，我也看到他為人仗義，忠厚可靠，是個真正的大丈夫。」

蕭靖北也認可地點著頭，他與張大虎交好，也覺得將妹子交給他，自己心中也放心。

他一直陰沈著的臉上終於露出了幾絲輕鬆的笑容，起身道：「母親說得是，我這就去找大虎。」

「母親，四哥，萬萬不可！」蕭靖嫻心中大駭，急急起身。「我……我不願意嫁給他，我……我一看到他就害怕……」

蕭靖北愣了愣，安慰道：「放心，大虎這個人雖然面相凶惡，但心地不壞，比那些外表偽善、內心齷齪的人強多了。妳如果和他相處熟了，就會知道他的為人。」

王姨娘也很贊成，連連點頭稱是。「是呀，張大虎現在已經是副總旗了，又是四爺的手下。四爺去提親，他定不會拒絕，以後也只會對妳好……」

王姨娘這一番安慰的話，不但未能得到效果，反而火上澆油，讓蕭靖嫻更加羞憤。

蕭靖嫻不敢反駁李氏和蕭靖北，卻是敢不服王姨娘，她脹紅了臉，氣道：「張大虎是個什麼樣的東西，我還輪得到他拒絕？」

李氏猛地拍了一下桌子，起身道：「張大虎再不好，也能娶妳為妻，那王遠再好，卻只能納妳為妾。孰好孰壞，哪邊是明智的選擇，妳自己衡量吧！」

室內又安靜了下來，幾雙眼睛都看著蕭靖嫻。

蕭靖嫻心虛地看著李氏他們，嘴唇顫抖了半天，終於擠出一句話。「我……我……我願意……同……同……王遠……」

「住口！」李氏呵斥道：「妳好歹也是堂堂長公主的孫女，侯爺的女兒，居然要與人作妾室，只要我活著，就絕不允許！」

蕭靖嫻求救地看了王姨娘一眼，見她眼神躲躲閃閃，不敢作聲，便鼓起勇氣道：「妾室又如何？我也是妾室所生，有什麼資格瞧不起妾室……」

話未說完，李氏已經疾步走到蕭靖嫻身前，大聲喝道：「我們蕭家的女兒，可是連皇后也做過的，再怎樣落魄，也絕對不會給人作妾！」

蕭靖嫺呆呆看著李氏，愣了良久，才苦笑了幾聲，顫抖著說：「皇后……皇后娘娘早就死了，若她仍在，我們一家人又何至於如此。我們所待的這個小小的張家堡，地位最高、最有前途的就是王大人。

「我若嫁給他，將來有幸生得一子，就可以繼承他的軍職。除了他，我不論委身張家堡的其他哪個男子，這一生都沒了盼頭……」

這一番話將李氏氣了個倒仰，她喘了半天的粗氣，終於抬起胳膊，使勁搧了蕭靖嫺一耳光，冷冷看著她，一字一頓地說：「妳若非要自甘下賤，別怨我們蕭家不認妳這個女兒。」

蕭靖嫺捂著被打得麻木了的臉，愣然看著李氏，似乎已經被打懵了。

她看著一臉決絕之意的李氏，又看了看滿臉羞憤的蕭靖北、左右為難的王姨娘、面帶震驚的宋芸娘，她想不通自己認為最好的一條路為何卻得不到他們的認同……蕭靖嫺覺得又悲憤、又絕望，她跺了跺腳，哭著衝了出去。

「靖嫺——」

王姨娘驚慌失措地拔腿要追出去，李氏開口喝止了她。「讓她去！從今往後，我們蕭家只當沒有這個女兒！」

王姨娘身子一軟，就要往後倒。

宋芸娘急忙攙扶住她，又轉向李氏勸說道：「母親，靖嫺畢竟年幼不懂事，有什麼事我們慢慢教導勸誡，她一個未出閣的女子就這樣跑出去，萬一遇到什麼潑皮無賴之流，吃了虧可就說不清了。」說罷又一個勁地向蕭靖北使眼色。

李氏的腰背一下子佝僂了下去，彷彿瞬間老了十幾歲，她沈默了會兒，虛弱地嘆道：「吃虧？她吃的虧還不夠嗎？」

蕭靖北扶著李氏坐下，看著面色蒼白、疲態盡露的李氏和心急如焚的王姨娘，心中也是又氣又急。

他儘量穩住神色，鎮定地安慰她們。「母親，王姨娘，妳們不要心急，我這就叫上幾個弟兄，一定會將靖嫻找回來。」說罷便匆匆出了門。

蕭靖北走後，三個女人守在家裡無助地等候著，中午簡單吃了幾口後，心亂如麻的王姨娘再也無法留在家裡傻等，執意要出門尋找蕭靖嫻。

宋芸娘看著六神無主、目光茫然的王姨娘，深嘆一口氣。「王姨娘，您這個樣子出去，別等靖嫻回來了，您倒將自己搞不見了。罷了，還是我陪您去找吧。」

她看向李氏，目光中帶著詢問，李氏也嘆了一口氣，微微點了點頭，芸娘便陪著王姨娘一起出了門。

她們兩人將張家堡的大街小巷尋了個遍，也沒有看見蕭靖嫻的身影。

王姨娘越來越焦急，尋到最後，幾乎每看見一位稍微面熟一點的人，便衝上去問：「看見我家靖嫻了嗎？」

後來，終於有一位婦人不甚肯定地告訴她們，一、兩個時辰前好像在南北大街上看到過蕭靖嫻，看她行路的方向，是往南邊的城門去。

王姨娘聽聞蕭靖嫻出了城門，更加心驚，連道謝都沒有一句，就匆匆拉著芸娘往城門走去。

到了永鎮門，正好看見在城門口防守的張大虎，副總旗的軍服穿在他高大魁梧的身材上，顯得精神抖擻，威猛英武。

王姨娘在心中暗暗嘆氣，不明白為何蕭靖嫻看不上這張大虎。

張大虎看見了她們，凶神惡煞般的面孔立即露出了笑容，走上前來朗聲道：「弟妹，王姨娘，妳們這是要出城？」

宋芸娘急忙上前斂衽一福。「張大哥，請問你可有看見我家小妹出城門？」

張大虎皺著眉頭想了想，搖了搖頭。「妳家小姑沒有看到，倒是一、兩個時辰前，蕭老弟帶著幾個弟兄匆匆出城往東邊去了，問他去幹什麼他也不說，神色似乎十分緊張。」想了想，又關心地問：「是不是出了什麼事情了？」

宋芸娘忙搖頭，謝過了張大虎後，與王姨娘一起出了城門。

這一日天氣晴好，天空一碧如洗，微風徐徐，張家堡外的田地裡，幾十個軍戶們正在埋頭耕作。

宋芸娘看著三三兩兩分布在田地裡的軍戶們，同王姨娘商量。「我們之前在張家堡內已經尋了個遍，都沒有看見靖嫻，她應該是一時賭氣出了城，季寧應該也是查得她出了城才會往東邊去尋她；既然季寧他們去了東邊，不如我們往西邊去尋。」

王姨娘已經急得六神無主，芸娘無論說什麼她都是點頭贊同。芸娘嘆了口氣，便和王姨娘往西邊走去。

一路上，她們問了一些在田地裡耕作的軍戶，他們都表示沒有看到一個年輕的女子經過。

宋芸娘忍住渾身的不適，跟著王姨娘走了許久，她好幾次提出，既然走了這麼遠都沒有找到，說不定蕭靖嫻不是走這個方向，不如回去等候蕭靖北那邊的消息。

可是，每一次王姨娘都是堅定地搖著頭，繼續固執地往前走。芸娘無奈，便只好跟著她繼續沿路打聽尋找。

兩人走到飲馬河邊，聽到河岸旁傳來一陣銀鈴般的笑聲，只見清澈的飲馬河旁，或蹲或站著數十個婦人。

她們剛剛幹完了農活，此刻聚集在飲馬河畔，有的在清洗沾滿了泥土的農具，有的在洗路上順便摘採的野菜，還有些愛乾淨的，則是在洗刷褲腿和鞋履上沾染的泥土。她們一邊洗刷，一邊嘻嘻哈哈地高聲說笑，歡快的笑聲在飲馬河的上空飄蕩。

芸娘赫然發現裡面還有她認識的孫宜慧，便忙拉著王姨娘走了過去，問道：「宜慧姊，妳可有看見我家的靖嫻經過？」

孫宜慧剛剛清洗了一籃子野菜，見到芸娘詢問，她凝神回憶了下，搖了搖頭，笑著問道：「怎麼，妳家小姑子也出門幹農活了？」

說罷，她舉起籃子裡的野菜，笑吟吟地看著芸娘，熱情地說：「剛摘的，新鮮著呢，妳帶一點兒回去？」

宋芸娘笑著搖了搖頭，謝過了孫宜慧，正準備與王姨娘離去，突然，西北方向傳來陣陣馬蹄聲。

宋芸娘循聲望去，正在說笑的女子們也停下嬉笑聲，紛紛探頭好奇地往聲音來源的方向望去，卻見飲馬河旁的官道上，揚起了漫天的塵土。

轉眼間，數十騎人馬呼嘯而來，馬上的男子身形高大威猛，既未著梁國士兵服，也不是韃子兵，他們穿著普通的青布短打衫，一個個佩刀帶劍，神情慓悍，猶如凶神惡煞一般。他們的隊伍本已快疾馳而過，看到這一群女子，忽又勒住了馬。

為首的那個一臉猥瑣的男子露出了色迷迷的笑容，對身後的男子們笑道：「弟兄們，這次出來真的是好運氣，不但洗劫了王家莊的那幾個富戶，收穫了大量的財寶，回去的路上，還遇上了這些個標致的小娘子，真的是天助我等也！」

他一邊緩緩驅馬過來，一邊高聲道：「弟兄們，爺爺們出來一趟就不要走空路，這樣的便宜不撿白不撿，咱們一人一個，回寨子裡好好享用。」

芸娘心中大驚，緊緊抓住王姨娘的手，感受到她的手一片冰涼，抖個不停，其他的女子也是害怕地擠在一起，有一、兩個膽子大的，已經戰戰兢兢地舉起了手裡的鋤頭，結結巴巴地喝道：「你……你們……好……好大的膽子，光天化日之下，竟敢強……強搶民女。」

宋芸娘也一手指著不遠處的張家堡，一邊大聲喝道：「我們這裡可是軍堡，裡面駐紮著數千將士，你們膽敢強擄他們的家眷，他們勢必會端了你們的老窩！」

「嘿嘿，這小娘子還挺潑辣，老子喜歡！」那個一臉猥瑣的男子跳下馬來，慢慢逼近宋芸娘。

「放心，爺爺們的老窩遠得很，妳們的男人們端不了。這般嬌滴滴的小娘子，幹麼還在地裡幹這些粗活，不如跟著爺爺們回去享福吧！」說罷，他發出刺耳的笑聲。其他的男子也紛紛跳下馬，一邊淫笑著，一邊圍過來。

這些女子都嚇得臉色蒼白，有幾個正準備高聲呼救，卻被土匪們一記手刀劈暈了過去。宋芸娘飛起一腳踢向為首的那個土匪，卻被他三兩下制伏，掙扎間，芸娘只覺得後腦一陣劇痛，便人事不知。

不知過了多久，宋芸娘在一陣嚶嚶的哭聲中慢慢醒來，只覺得頭痛欲裂。

她強撐著睜開雙眼，眼前暗黑一片，慢慢才看出這是一間昏暗矮小的屋子，沒有窗戶，門緊緊關著，從門縫裡流洩進來的亮光微微照明了屋子，只見屋角堆著幾垛柴堆，原來是一間柴房。

芸娘掙扎著坐起來，旁邊傳來熟悉的女子聲音。「芸娘，妳醒過來了。」

芸娘看過去，只見身旁靠牆坐著一名身形瘦小的女子，是孫宜慧。微光中，她的神情看不太清，不過聲音沙啞，帶著哭意。

「宜慧姊，這是哪裡？我們怎麼到這兒來了？」芸娘開口問道，只覺得喉嚨嘶啞，又澀又痛。

孫宜慧泣道：「那幫該死的匪人將我們擄到這兒來了，我也不知道這裡到底是什麼地方。」

芸娘四下環顧了這間小小的柴房，只見地上、牆邊或躺或靠著十來名女子，大多是之前在飲馬河旁遇到的那些女子。

還有幾個不認識的年輕女子，都是普通村婦的打扮，估計也是這些歹人從其他村莊搶掠而來。她們有的已經甦醒，正在嚶嚶哭泣，有的則仍是昏迷不醒。

看來看去，卻沒有發現王姨娘的身影，芸娘問道：「宜慧姊，妳可有見到我家王姨娘？」

孫宜慧搖了搖頭。「這些歹人只擄了年輕的、略有些姿色的女子，王姨娘年老，他們可能沒有擄她。不過，我後來也被他們一掌擊暈了，也不知那些沒有被擄的女子有沒有保得一命。」

說罷又哭了起來。「我們怎麼這麼倒楣，居然遇到了這樣的事情。」

宋芸娘沈默了下來。

在這邊境，戰亂和匪患本就是一直不斷。她記得剛剛到張家堡時，青雲山上就有一窩土匪，只是後來被嚴炳帶著軍隊給剿滅了，因此，這幾年來，張家堡的軍民漸漸淡忘了土匪的威脅。

現在是韃子不會進犯的春季，導致這些女子們，包括自己都忘記了這裡是充滿危險的邊境，失去了該有的小心和警惕，以至於陷入了這樣的險境。

不知道這個地方距離張家堡有多遠，蕭靖北他們能不能找到這裡來，也不知自己能不能逃脫這些土匪的魔掌……

宋芸娘靠著牆，抱著雙膝蜷縮成一團，下巴擱在膝蓋上，愣愣看著門縫外的亮光，她皺著眉頭苦苦思索著，不知不覺間，已是淚流滿面。

第二十九章　新結識的義兄

不知過了多久，只能看到門縫外的亮光漸漸暗下來，陷入了一片黑暗，應該已到了夜晚，外面終於有了動靜，腳步聲越來越近。

屋內的女子已經全部醒過來，在之前漫長的等待裡，她們試過拚命砸門，也試過大聲呼喊，可是門外始終一片寂靜。

此刻，當門外終於傳來腳步聲，這些女子又嚇得渾身發抖，她們緊緊圍靠在一起，死死盯著那扇小門。

聽到幾聲開鎖聲後，門終於打開，屋外已是夜晚，晚風一湧而入，帶著刺骨的寒意，令這些女子越發不停地戰慄。五、六個持刀男子獰笑著走了進來，走在前面的一個淫笑道：「小娘子們，妳們等得久了吧，爺爺們來接妳們尋樂子了。」正是強擄他們回來的那個土匪。

他隨手拎起一名女子推給身後的土匪，命令道：「你們把這些女子送到聚義堂裡去，讓二當家、三當家他們幾個當家的先挑，挑剩了的，再給兄弟們享用。」想了想，又說：「大當家的傷應該養得差不多了，雖然沒有參加慶功宴，但是該喝的酒、該享用的女人也應該給他送去；說不定他一見到這嬌滴滴的小娘子，什麼樣的傷都好了。」說罷又嘿嘿地笑，笑聲恐怖，透著令人絕望的寒意。
有幾個女子忍不住上前反抗，可是三兩下就被這些土匪們制伏。一個女子一邊奮力掙扎，一邊大聲怒罵。「淫賊，快放了我們！」
那個小頭目怒目一瞪，隨手拔刀一捅，這名女子慘叫了一聲，倒在了地上。小頭目嘿嘿一笑，對屋內的女子們道：「看到了沒有，誰再反抗，這就是下場。」
其他的女子嚇得紛紛往牆角退避，這些土匪便獰笑著衝過來去抓她們。
「等一等。」小頭目喝道：「先給大當家選一個最標致的。」他點燃了火摺子，將屋內的女子一一打量了一番，最後停在宋芸娘身前。
他伸手抬起芸娘的下巴，宋芸娘緊緊抿著唇，狠狠瞪著他，小頭目眼中閃過一絲驚豔，淫笑道：「這個小娘子不錯，就孝敬大當家吧。」
回頭對身後一個男子道：「山子，將這個小娘子給大當家送去，就說是我孝敬他的。」
「是，四當家。」那個叫「山子」的年輕男子恭敬地回道。
宋芸娘被這個男子抓起來，跌跌撞撞地被拖著往外走，孫宜慧和其他的女子則被土匪們推搡著走向另一個方向。
走出柴房，芸娘發現這裡果然是身處深山之中。此時夜色已經降臨，四周是高大的樹木，在黑夜中影影綽綽，山間的夜風呼嘯著，伴隨著陣陣不知名動物的號叫聲和鳥叫聲。
孫宜慧他們去的那個方向，隱約可以看到一間高大的房屋燈火通明，應該就是那土匪所說的聚義堂，還聽得到裡頭高聲談笑、猜拳喝酒的聲音。

那個叫「山子」的土匪押著宋芸娘拐入一條羊腸小徑，小道的盡頭，有一點隱隱的燈光，應該就是那大當家的住所。

宋芸娘一邊特意放慢腳步走著，一邊左顧右盼地打量著四周，腦中不停地思索著對策。她觀察押著她走的那名叫「山子」的土匪，只見他二十來歲，長相普通，面色木訥，他的身上並沒有其他土匪那種狠戾之氣，就像是邊境普通的農民。

宋芸娘便試著求情，她低聲泣道：「這位大哥，求求你放我走吧。我看你的模樣，也是好人家的子弟，想必上山為匪也有不得已的苦衷。你若送我去你們大當家那兒，我勢必只有死路一條。大哥，救人一命勝造七級浮屠，只要你放了我，我將來一定會報答你。」

這名土匪仍是無動於衷地押著她走著，只是月光下，看到他平淡的面色上隱約閃過一絲不忍，轉瞬又恢復了冷酷的神色，冷冷喝道：「少廢話，快走。」說罷用力一推。

宋芸娘被他推著腳步打了個踉蹌，她乾脆假意摔跌在地，順手掏出了懷裡隨身攜帶的匕首，趁這土匪彎腰拉她時，拔出匕首猛地向他刺去。

那土匪一驚，迅速起身躲避，卻仍是被宋芸娘的匕首劃傷了手臂。他惱羞成怒，顧不上受傷的手臂，一手緊緊按住芸娘拿著匕首的右手，另一隻手在她的右手上重重一擊。

宋芸娘畢竟是女子，只練了些花拳繡腿，也沒有什麼內力，此時只覺得手腕一麻，匕首已經飛了出去。

土匪一手捉住芸娘的雙手，一手將她提起來，惡狠狠道：「妳給我老實點，別耍什麼花樣，小心爺爺我對妳不客氣。」

芸娘心中大急，她拚命掙扎，可這土匪力氣甚大，她掙扎不過，便用腳去踹、用牙齒咬，抱著必死的決心，絕不能被他送到大當家那兒。

一輪明月高掛在天空，無聲地注視著這死命廝打的一對男女。呼嘯的寒風越吹越急，兩旁高大的樹木在風中劇烈地搖擺，掩蓋了他們的打鬥聲。

那土匪雖然力氣大過宋芸娘，但是他畢竟帶著顧忌，不敢貿然出狠招傷到她，始終只是以防守為主，宋芸娘又帶了必死的決心狠命掙扎，因此兩人一時僵持住，誰也未能占了上風。

掙扎間，宋芸娘終於掙脫了一隻手，她迅速抬手抽出髮髻上的銀簪，狠狠向那土匪扎去。

土匪身手甚是敏捷，他迅速側頭避開，一把抓住芸娘的手，只見月光下，她皓腕上一只銀手鐲閃著幽暗的光。

土匪一愣，一把拍掉芸娘手裡的銀簪，緊緊抓住芸娘的手腕，死死盯著她的銀鐲打量著，臉上的表情又驚又喜，又是不敢置信，良久，才急急問道：「這手鐲是哪裡來的？」

芸娘心中奇怪，嘴上卻道：「你管我是從哪裡得來的？」

那土匪乾脆硬是拔下了芸娘的手鐲，舉到眼前仔細察看，突然，臉上露出了欣喜若狂的神情。他使勁抓住芸娘，神色激動。「妳快告訴我，這手鐲是不是一個田姓婦人的，她……她現在可好？她在哪兒？」

宋芸娘的手腕被抓得生疼，她忍住眼淚，怒道：「你放開我，我才告訴你。」

土匪稍稍鬆了手，緊緊盯著芸娘，眼中充滿了緊張和期盼。

芸娘看著那銀鐲，想到田氏在自己出嫁之前對自己說的那一番話。

「芸娘，我也沒有別的財產，這對手鐲是當年我家老頭子送給我的，我本打算將來留給我的媳婦，可是我現在對找到兒子已經沒有什麼指望了。

「我當妳是我的親生女兒疼愛，現在我將這手鐲送給妳，是義母的一點兒心意，妳以後也好留個念想。」

芸娘看著那土匪緊張而激動的神情，心中一動，試探著問：「你為什麼問這手鐲，你是——」

土匪神色更是激動。「她是我娘，她現在在哪兒？她……還活著嗎？」

宋芸娘心中又驚又喜，實在不敢置信居然會在這樣的情況下遇到了田氏失散的兒子。她只覺得緊繃著的心弦一鬆，一直僵硬著的身子隨之一軟，眼淚也忍不住流了下來。「你娘很好，她現在住在張家堡，她是我的義母。」

土匪死死盯著芸娘，面上神色驚疑不定。「妳說的可是真的？」

芸娘看著他，心中既驚喜又安定，似乎看到了黎明前的曙光。她對這土匪的品性畢竟還不瞭解，便一邊觀察他的神色，一邊小心組織著語言。

「自然是真的。你娘年前逃難流落到了張家堡，被我義父所救，他們兩人雖然結為夫妻，但只是為了讓你娘能進入張家堡避難的權宜之計；儘管如此，你娘也仍是我的義母。她現在過得很好，只是一直掛念著你，心心念念能夠和你團聚。」

說罷又舉起另一隻手，露出手腕上的銀鐲。「這對銀手鐲，義母說本來要留給媳婦的，只是此生已不知能否再見到你，所以在我出嫁之前，送給我做添妝。」

那土匪神色變幻，忽喜忽悲，突然握著那只銀手鐲放聲大哭。「娘……娘……太好了，您還活著……娘，兒子不孝，做了土匪……」

芸娘見他良心未泯，便試著勸說：「義兄，這樣的巧合，實在是老天爺要指引你和義母團聚，不如你帶著我一起逃離這裡，去張家堡尋義母吧？」

那土匪——田氏的兒子丁大山愣愣看著芸娘。「妳……妳方才叫我什麼？」

「義兄啊！你娘是我的義母，你不就是我義兄嗎？義兄，你和我一道回張家堡吧，那兒還有義父，還有許多善良熱心的人……」芸娘說著說著，又流下了眼淚。

丁大山神色猶豫，似乎在心中苦苦掙扎。「可是……我擔心我們逃走後，這裡的土匪會對你們不利，他們是非常凶惡之人，當初……當初我也是實在沒有辦法，才……才會上山為匪……」

芸娘不在乎地笑了。「義兄，你放心，張家堡是軍堡，這些土匪再厲害，也不敢殺進軍堡的。」

丁大山仍在猶豫，神色不定，芸娘正準備繼續勸說，突然，小道的一端傳來了腳步聲。兩人俱都大驚，芸娘回過神來，小聲對丁大山說：「快，快假裝抓著我！」

丁大山急忙扭住芸娘的胳膊，嘴裡罵罵咧咧。「妳個臭丫頭，磨磨蹭蹭的，快點走！」話音剛落，一個拎著籃子的土匪已經來到了身前，看到他們，驚奇地問：「山子，你小子送個小娘子怎麼送了這麼久？」

丁大山憨憨地笑道：「這小娘子忒潑辣，剛剛才教訓了她一番。」又問：「二狗子，你幹什麼來了？」

那二狗子舉了舉手裡的籃子，不滿地道：「娘的，老子喝酒喝得正好，偏偏派老子出來給大當家的送什麼酒菜，等老子回去，只怕酒菜都沒有了，連小娘子也沒有分了。」

丁大山腦子轉了轉，笑道：「二狗子，反正我也要去大當家那兒，不如我給你帶去吧！」

二狗子咧嘴笑了，遞過籃子。「好啊，也免得老子多走一趟！」

丁大山笑嘻嘻地伸手去接籃子，一直緊張地站在他身後的芸娘也終於鬆了一口氣。可丁大山手還沒有碰到籃子，那二狗子卻又將手收了回去。

他看了看不遠處的亮光，嚷道：「算了，老子都快送到門口了，乾脆就送進去算了，這討好大當家的事情可不能都讓你小子一人占全了啊！」

說罷，便大搖大擺地往前走，一邊回頭催促道：「快點走啊，送了酒菜和這小娘子，咱哥兒倆一起回聚義堂喝酒去。」

丁大山愣了下，無奈地拉著宋芸娘跟著二狗子往前走。芸娘心中又急又慌，不停地朝著丁大山使眼色，可是丁大山仍在猶豫，愣愣看著二狗子的背影，面上神色不定。眼看著離那亮光越來越近，芸娘心中有了幾分絕望。

突然，丁大山停住腳步，似乎終於下定了決心。他喊道：「二狗子，你看看前面的地上，是不是有一條蛇？」

二狗子嚇得跳起來，低著頭四下察看。「哪裡哪裡？蛇在哪裡？」

丁大山乘機疾步上前，一掌劈暈了他。

宋芸娘驚喜地看著丁大山。「義兄，我們快走吧。」

丁大山猶豫了下。「現在幾乎所有的弟兄都在聚義堂喝酒，防守甚少，逃走倒是個機會；只是……守山門的還有幾個弟兄。」

他看了看芸娘的裝扮，皺眉道：「妳這個樣子，肯定會引起他們的疑心。」想了想，神色一亮。「不如我們先回我的住宅，尋一件我的舊衣給妳穿上，我這兩年還存了些銀兩，也一併帶上。」

宋芸娘心中大急，她連一刻也不願意多逗留，生怕又生出什麼別的波折。

她看著趴在地上的二狗子，急中生智。「義兄，這不是有現成的衣服和理由嗎？我換上他的衣服，你提上這籃子酒菜，只說是送給那些守山門的弟兄們的。你纏住他們說話時，我悄悄從山門溜出去，你再出來和我會合。」

丁大山贊同地點了點頭，臉上又浮現出幾分不捨。「可是，那些銀子……那可是我拿命搏回來的……」

宋芸娘沒好氣地道：「義兄，留得青山在，不怕沒柴燒，只要人勤勞，敢拚敢幹，還怕掙不到銀子？再說，你那些銀子也是不義之財，不要也罷！」

丁大山面露慚愧之色，點頭道：「義妹說得極是，我竟然還不如妳的見識。」

說話間，躺在地上的二狗子掙扎了幾下，似乎有甦醒的跡象。

丁大山上前又補了一掌，徹底將他打暈，三兩下脫下他的外衣，解下他的褲腰帶將他的手腳綁住，又堵住他的嘴，將他推到路旁的草叢裡，這才拎著籃子站起來。

此時宋芸娘已經穿好了二狗子的外衣，將頭髮盤成男子的髮髻，正微笑看著他。月光下，眉目清秀，面色如玉，好一個俊俏的小郎君。

丁大山笑著點點頭，與宋芸娘一起沿著下山的路，往山門而去。

下山的路途很是順利，走到半山腰的山門前，丁大山憑著那一籃子酒菜讓那幾個守門的土匪失去了警覺。宋芸娘趁著夜色溜出了山門，在前面等了不到一盞茶的工夫，丁大山也匆匆走了出來。

「義妹，咱們走吧！」丁大山神色輕鬆，回頭看了看身後的高山，帶著幾分告別過去的毅然決然和感慨。

宋芸娘看著半山腰的點點燈光，隱隱約約聽到山風送來土匪高聲飲酒作樂的聲音，其中似乎還夾雜著女子的驚叫哭泣聲。

她雖然自己逃了出來，但內心卻並不輕鬆。她想到孫宜慧等十來個女子還在土匪的魔掌之中，自己卻無力解救她們。她看著丁大山，目光堅決。「義兄，我們回去後，一定要求得軍隊來解救那些女子。」

丁大山神色微動，他看著芸娘，也重重點了點頭。

兩人趁著夜色，急匆匆地下了山。

山路蜿蜒崎嶇，還有許多岔道，四周都是影影綽綽的樹木和又深又長的草叢，耳旁是呼嘯的寒風和不知名動物的嘶鳴聲。幸好有熟悉路徑的丁大山在前面領路，若只有宋芸娘一人，只怕她無論如何也無法順利走下山。

宋芸娘看著在前面帶路的丁大山，心中充滿了感慨。

她想著，果然助人就是助己，當初若不是義父一時的善念，也不會救下田氏；若不是自己一家人真心誠意地對待田氏，自己將田氏視作親生母親般敬重和愛戴，田氏也不會將她視作傳家寶的手鐲送給自己。

正是有了之前的種種善舉，此刻她才能靠著這手鐲得以逃出險境。

東方隱隱出現了曙光，東邊的山峰上已經披上一層紅紅的薄紗，映紅了半邊天空，火紅的朝陽漸漸昇起，慢慢出現在山頭，放射出萬丈光芒，順著山峰傾瀉而下。晨光衝破了山林間的晨靄，為山間的樹木灑上一層耀眼的金光。清新的晨風送來了歡快的鳥叫聲，奏起了山間清脆悅耳的歌曲。

經過了大半晚上不停歇地奔走，宋芸娘和丁大山離土匪山寨越來越遠。

丁大山一邊疾步走著，一邊催促道：「義妹，走快一點，馬上就要天亮了，萬一他們發現我們逃脫了，說不定會騎著馬來追我們。這是通往山下的唯一一條主道，我們快些離開這條道，到了平地上，再拐入其他的岔路，方才安全。」

芸娘痲木地邁著雙腿跟在後面，已經走得香汗淋漓，步伐緩慢，只覺得全身乏力，腿腳發軟，雙眼發花。

這段日子她一直身體不適，這兩日更是經歷了重重驚嚇和長途的奔波，能夠堅持到現在已是快透支了她的體力。

翻過最後一個小山坡，眼前出現了一片平原，丁大山臉上露出了興奮的神色，回頭大聲嚷道：「義妹，我們終於下山了！」

他的笑容還沒有完全展開，就僵硬在臉上，換上了愕然和驚嚇的神色。

丁大山疾步朝宋芸娘奔跑過去，一把抱起剛剛癱軟在地上的芸娘，緊張地大喊。「義妹，義妹，妳怎麼啦！」

宋芸娘努力睜開雙眼，只覺得眼前是五彩繽紛的色彩，頭腦一片眩暈，迷迷糊糊間，似乎看到蕭靖北那張俊朗的臉正在焦急地喚著自己，她如釋重負，露出了甜美的笑容，緩緩伸手去觸摸蕭靖北的臉龐，嘴裡喃喃道：「季寧，你……你終於來了……真好……真好……」

可是蕭靖北的臉看似很近，卻又離得很遠，她努力伸著手，卻怎麼也無法觸及，芸娘心中又急又慌，越急越看不清蕭靖北的臉，聽不清他的聲音，終於，她眼前一黑，徹底昏迷了過去。

宋芸娘掙扎著清醒時，只覺得頭昏腦脹，全身痠痛。她努力睜開雙眼，眼前視線昏暗，依稀看到這是一間低矮破舊的小土屋，對面牆上有一扇小窗，看到的窗子外面也是昏暗的一片，應該已是夜晚。

宋芸娘皺著眉苦苦思索著，這到底是什麼地方，莫非自己仍留在土匪山寨並沒有逃出來，莫非之前逃脫的一幕只是一場夢……

她想開口，卻覺得喉嚨又痛又乾，好不容易喊出幾個字。「有……人……嗎……」聲音卻是又虛又弱，帶著幾分嘶啞。

「義妹，妳醒過來了！」從門外疾步走進來一個中等身材的青年男子，手裡還拿著一盞煤油燈，照亮了他那張雖然相貌平平，但是充滿了興奮之色的臉龐。

「義兄……」芸娘漸漸想起了之前從山寨逃脫的經歷，她疑惑地問：「這是……哪裡？我……怎麼了？」

丁大山將煤油燈輕輕放在一旁的小桌子上，一邊道：「這裡是劉莊。妳從山上一下來就暈倒了，我揹著妳找到了這個最近的村莊。這是劉大爺的家，他是這個村子裡的大夫。」

「老頭子只是略通醫術而已，哪裡算得上什麼大夫？」隨著一聲洪亮的聲音，一位鬚髮皆白的老者端著一只粗瓷碗走了進來，他將碗放在宋芸娘身邊，輕聲道：「這位娘子，喝點兒藥吧！」

宋芸娘支撐起半個身體，向劉大爺微微俯身點頭行禮，恭敬道：「謝謝劉大夫，奴家姓宋，您可以喚我宋娘子。」

丁大山急忙上前攙扶著宋芸娘，餵她喝完了那碗藥，又謝過了劉大爺。「劉大爺，感謝您診治我義妹，又容我兄妹兩人在您家裡借宿。我們在此叨擾一晚，明日就啟程。」

劉大爺皺起了眉頭。「胡鬧，我不是跟你說過了嗎？你妹妹已經有了身孕，只是我看她面色蒼白，眼圈發黑，定是這些日子太過勞累，又受了驚嚇，心神不寧。她的脈象虛浮不定，隱隱有滑胎的跡象，這段日子千萬不要擅自行動，一定要安穩保胎才行。」

宋芸娘瞪大了眼睛，懷孕？自己居然有了身孕？她心中五味雜陳，又驚喜、又激動、又緊張，更多的則是害怕和後悔。

她想起自己這段日子忙於做面脂，天天又勞累、又疲乏，特別是這幾日連番的驚嚇和折騰，更是耗盡了氣力，不禁感到一陣後怕。

她伸手輕輕按住小腹，似乎感受到那裡正有一個小小的生命在生長，他和自己血肉相連，呼吸與共。宋芸娘突然由內心深處生出了一股溫柔的母愛和無窮的力量。她眼中閃著淚光，定定看著劉大爺，懇切道：「劉大夫，求求您務必幫我保住這個孩子。」

劉大爺安慰道：「宋娘子請放心，妳年紀輕，身體底子尚好，只要安心保胎，應該不會有大的問題，只是這段時日要以靜躺為主，千萬不能隨意起身走動。」

「可是……可是我們還要回去找……」宋芸娘看著劉大爺，欲言又止，她不知道丁大山到底如何對劉大爺講述了他們兩人的來歷，只好求助地看向丁大山。

丁大山會意，忙道：「劉大夫，之前簡單地和您說了一下，此次我特意送妹妹去靖邊城的張家堡與妹夫團聚，只是不幸路上遇匪，好不容易才得以逃脫。義妹心急，與妹夫又還是新婚燕爾，所以想快些和妹夫團聚。」

劉大爺呵呵笑了。「心急？心急可吃不了熱豆腐啊！再怎樣急，也要先養好胎才能走。宋娘子，妳放心，短短數十日時間，妳家相公也不會被別人搶走。」

宋芸娘紅著臉瞪了丁大山一眼，又對劉大爺道：「劉大夫說得極是，多謝您這般為我著想，只是我還有些事情要和義兄商量。」

劉大爺極有眼色，他點頭笑道：「好，好，你們慢慢商量，我迴避一下。」說罷，拿著空碗出了房間。

宋芸娘焦急地看著丁大山。「義兄，這可如何是好，我一想到仍在山上的那些女子，心裡就十分著急；還有我在張家堡的親人們，他們此刻一定快急壞了……」

丁大山撓了撓頭。「要不，妳就留在這兒養胎，我去張家堡找妳的相公？我看這劉大爺倒是一個熱心善良的老人，我就託付他照看妳幾日？」

宋芸娘沈默了一會兒，實在是想不出其他更好的法子，只好點頭道：「只能如此了。只是我看這劉大爺也不甚富裕，偏偏你我兩人都是身無分文，若在這裡白吃白住，實在是於心不安。」

丁大山也哭喪著臉。「之前劉大爺說了，若我們銀兩足夠的話，可以去村裡的富戶家裡借匹馬，頂多一日的工夫便可以到張家堡；只是若僅靠雙腳走路的話，只怕還要花費幾日的時間……」

兩個人又商量了半宿，最後，丁大山不顧宋芸娘的反對，忍痛拿走了田氏送的那一對銀手鐲，準備明日去村裡的富戶家裡借馬，到時候再帶銀兩來贖回這兩只手鐲。

第二日一大早，劉大爺帶著丁大山去了村裡的富戶家裡借馬。

他們兩人滿懷著希望而去，卻失望而歸。原來，那對銀手鐲雖然在丁大山和宋芸娘的心裡是無價之寶，在那富戶眼裡卻值不了幾個錢。

後來，還是劉大爺幫著說了許多好話，並指出丁大山將妹妹留在村裡作為質押，那富戶才不情不願地借了一頭小毛驢給丁大山，並限他十日內務必返還。

丁大山牽著那匹瘦弱的小毛驢，千恩萬謝地道別了劉大爺，又對宋芸娘百般囑咐，這才在宋芸娘充滿期盼的目光中，離開了劉莊，向著張家堡的方向而去。

宋芸娘在劉莊一住就是大半個月。

丁大山自從那日牽著小毛驢離去後，便一直杳無音信，如同石沈大海。

宋芸娘本來估算著，丁大山頂多用兩、三日的時間便可以到達張家堡。蕭靖北得知了她的消息後，一定會快馬加鞭趕過來，如此算來，最多四、五日的時間，蕭靖北便可以前來接自己。

五日過去了，十日過去了，轉眼間，半個月也過去了。

劉莊還是和往常一樣，幽靜而冷清，村裡的幾十家民戶日出而作，日落而息，整個村子裡除了宋芸娘外，看不到半個村外人；既看不到蕭靖北駕駛著馬車前來迎接宋芸娘，也不見丁大山騎著小毛驢折返。

前幾日，當初借毛驢給丁大山的富戶差人來劉大爺家打探，話裡話外流露出讓宋芸娘付銀子賠償毛驢的意思。

他家本來只答應將毛驢借給丁大山十日，當時，丁大山想著十日的時間綽綽有餘，便連想都沒想地一口應下，可是此刻，他卻遲遲沒有歸來。

劉大爺又是好話說盡，拍著胸脯保證丁大山不日便歸，方才暫時安撫住那富戶，可是到底丁大山何時回來，甚至能不能回來，他和宋芸娘心裡都沒有底。

為宋芸娘提供了數十日食宿的劉大爺是劉莊土生土長的一個村民，年輕時跟著來到村裡的一個遊醫學了幾個月的醫術。

他早年喪妻，一人辛辛苦苦地養大了一個兒子，可是幾十年前，連這唯一的兒子也被進村屠殺的韃子給殺死了，連一滴血脈也未能留下。

劉大爺孤身一人住在一間破敗的小院子裡，他一人孤獨慣了，突然多了宋芸娘這麼一個人，又是極其乖巧懂事的女子，就好似他的孫女兒一般。

劉大爺一心要將宋芸娘照顧好，情不自禁地拿出了他所有的米糧和蔬菜，又將家裡唯一的一張炕讓給宋芸娘睡，自己則在正房搭了個小鋪隨便將就一下。

劉大爺的熱情、善良和無私令宋芸娘既感激又慚愧。感動之餘，她又在心裡暗下決心，若有幸回到張家堡，一定要好好報答劉大爺的這一番恩情。

至於丁大山為何一去不返、遲遲沒有音訊，宋芸娘和劉大爺心中焦急，但表面上都心照不宣地閉口不提。邊境危險重重，劉莊又正好坐落在土匪所在的青雲山腳下，若丁大山半個月後仍然不返，只怕已是凶多吉少。

宋芸娘已經打定了主意，若半個月後丁大山仍然沒有音訊，那麼到時候無論劉大爺如何反對，她也要自行上路返回張家堡。

這一日，劉大爺興沖沖地扛著鋤頭回到家裡，臉上充滿了興奮的喜色，一看到正拿著掃帚掃院子的宋芸娘，急忙三兩步走過來攔住了她。「芸娘，使不得，不是說了要妳靜養嗎？怎麼又幹起活兒來啦！」

宋芸娘直起腰，無奈地笑了笑。「劉大爺，我都在炕上躺了這麼多天，骨頭都躺軟了。這麼點小活不礙事的，就讓我出出力吧，老是白吃白住的，還盡麻煩您照顧，多不好意思。」

劉大爺眼睛一瞪。「芸娘，妳這話我可不愛聽了，有妳在這兒和我說說笑笑，逗我解悶，我開心還來不及呢；妳就只管安心養胎，一心一意等候妳相公和哥哥來接妳。」

宋芸娘想到毫無音訊的丁大山，不禁神色一黯。

劉大爺心下了然，頓了頓，眉飛色舞地笑道：「芸娘，我剛剛在村口聽到了一個喜訊。」

「什麼喜訊？」芸娘也來了興致。

「我們劉莊東邊的那座青雲山，本來是個極好的地方。山上有採不完的野果，拾不盡的柴火，打不完的獵物……」劉大爺笑呵呵地坐在芸娘端過來的凳子上，又示意芸娘也坐下，饒有興致地話起了家常。

「可是前些年，不知從哪兒來了一群土匪，在半山腰建了寨子，占山為王，還不時下山騷擾，害得村民們不敢踏足青雲山半步。這回可好，我剛剛聽說朝廷派軍隊到青雲山剿匪，昨日晚上，已經將他們的老窩都給端了，他們的那什麼大當家、二當家、三當家的，一個都沒能逃脫。這下可好了，青雲山又清靜嘍，又是咱們的嘍……」

劉大爺話還未說完，宋芸娘已經急急起身問道：「軍隊剿匪？您可知道是什麼軍隊？」

「這個……」劉大爺皺起了眉頭。「這個我倒沒有細問，好像是什麼周將軍的游擊軍吧……」

宋芸娘身子一軟，又坐回了凳子上，心中又驚又喜、又有些失望。她本以為是蕭靖北已經查到了自己的消息，帶著張家堡的駐軍上山剿匪，可是沒有想到居然是周將軍的游擊軍……

宋芸娘突然眼睛一亮，心中生起了新的希望，她心想——「周將軍……安平哥不是正在周將軍的軍隊裡嗎？我也許可以讓安平哥幫我帶信……」

可是轉念一想，她又有些膽怯，上次那般傷害了許安平，本來覺得親如兄長的人現在卻無形中有了隔閡，她實在有些害怕去找他……

儘管如此，宋芸娘仍是決定厚著臉皮去試一試，她看向劉大爺，求道：「劉大爺，不知周將軍的軍隊還在不在這裡，我有熟人在裡面，想去找一找他。」

劉大爺聽聞此言，急忙出去找知情的村民詢問，不到一炷香的工夫便回來了，還沒有進門便在門外大聲嚷著。「芸娘，好消息，好消息。我去打聽過了，軍隊還駐紮在山下，聽說還要清點剿獲的贼贓，搜尋逃脫的土匪，可能還要駐留數日。妳的熟人姓甚名誰，我去替妳打聽打聽。」

宋芸娘想了想，起身道：「劉大爺，軍隊駐紮的地方離這裡遠嗎？不如我和您一道去尋吧！」

劉大爺看著芸娘消瘦而蒼白的臉，皺眉道：「那個地方在山腳下，走路去的話，怎麼也得小半日的工夫。小路顛簸又崎嶇，妳的身子實在是不宜折騰，還是我去吧。妳是不是要將妳的消息告訴妳的熟人，讓他為妳帶信？」

宋芸娘無奈，只好道：「如此就勞您走這一趟了。我的熟人名叫許安平，現在好像是哨長。若他不在，您也可以將我的情況告知軍隊裡的其他人，託他們轉告許安平，請許安平通知我張家堡的家人，讓他們來這裡接我。」

此時天色已近黃昏，劉大爺便決定明日一大早再去山腳下的軍隊尋人。

晚上，宋芸娘躺在炕上，輾轉難眠。

她想到山上的土匪已被剿滅，心中又欣喜、又興奮，同時又憂心那些一同被擄上山的女子們現在是否安然無恙；她還擔心，不知許安平現在在不在這一支剿匪的軍隊裡面，不知明日劉大爺是否能順利找到他……

想著想著，終於覺得一陣疲倦襲來，沈沈睡了過去。

第二日一大早，劉大爺天沒有亮就出了門，出門前並沒有驚動宋芸娘。

宋芸娘起來後，一邊幫劉大爺收拾著院子，一邊心神不寧地等候著，心中猜測著劉大爺此行結果如何。

此時，劉莊大多數的村民都去了村外的田地幹活，村子裡靜悄悄的，只能偶爾聽到幾聲狗吠和孩童的哭喊聲。

宋芸娘幹完了活，見天氣晴好，便端了一張凳子坐在院子裡曬太陽。此時春日暖陽和煦，春風輕輕拂在面上，帶來了青草清新的香味。宋芸娘呆呆地仰頭看著湛藍天空上的那一朵朵蓮花般飄浮的白雲，心中期盼著劉大爺能帶著好消息歸來。

第三十章 久別後的重逢

轉眼已近正午。

宋芸娘坐在小院子裡，懶洋洋地曬著太陽，自從有孕以來，她便特別嗜睡。此時曬著溫暖的陽光，吹著和煦的春風，芸娘越發有些昏昏欲睡，她的頭一點一點地打著瞌睡，幾次差點從小凳子上摔下來，她便乾脆端了一張高凳擱在身前，趴在上面，頭枕著胳膊，舒舒服服地睡著了。

迷迷糊糊間，似乎聽到了一陣馬蹄聲響。馬蹄聲越來越近，越來越響，似乎已經來到了門口。

宋芸娘想支撐著起身，可是只覺得眼皮沉重，身子僵硬，整個人無法動彈。她正急得冒汗，轉瞬間，落入了一個溫暖的懷抱，耳旁聽到一聲熟悉的輕嘆。

「芸娘，芸娘，妳在這裡……我終於找到妳了……」

宋芸娘強撐著睜開眼睛，眼前模模糊糊出現了一張面容，正定定地看著自己。目光漸漸清晰後，眼前居然是她苦苦盼了這麼多日的蕭靖北。

只見他面容消瘦而憔悴，眼睛裡布滿血絲，隱隱閃著淚光，下巴上也長出了亂糟糟的鬍鬚，看上去分外滄桑。

他緊緊摟著芸娘，身體微微顫抖著，好像捧著失而復得的人間至寶，他深邃的眼睛裡充滿柔情，帶著不敢置信的狂喜，一滴晶瑩的淚珠已經順著他瘦削的臉龐淌了下來。

宋芸娘癡癡看了半晌，喃喃道：「季寧……」

她伸出手想去觸摸他的臉，可是手臂猶如千斤重，怎麼也無法碰觸到。芸娘自嘲地笑了笑，自言自語道：「我一定又是在作夢，季寧怎麼可能會來……」說罷側了個身，靠著那溫暖舒適的胸膛，又睡了過去。

蕭靖北又心酸、又好笑，他俯首輕輕親吻著芸娘的面頰，聞到她身上熟悉的幽香，感受到她真實柔軟的身體，心中既感慨又激動。這些日子瘋狂地找尋，幾乎將他折磨得生不如死，每日都活在深深的悔恨和恐懼之中。

特別是昨日一舉攻下土匪的山寨之後，在十幾個衣衫襤褸、面容木然的被擄女子中搜尋不到宋芸娘時，他的那種絕望和痛苦，幾乎快要讓他無法支撐下去。

蕭靖北在宋芸娘的耳邊輕聲道：「芸娘，妳沒有作夢，是我，我來接妳了。」

宋芸娘的頭在蕭靖北懷裡蹭了蹭，不滿地嘟囔了一聲。「騙人！」

蕭靖北愣了愣，忍不住輕笑出聲。「芸娘，真的是我，妳睜開眼睛看看我。」

宋芸娘頭靠在蕭靖北懷裡，貪婪地嗅著他身上熟悉的味道，眼睛卻緊緊閉著，嘟起了嘴抱怨道：「我才不睜開眼睛，一睜開眼睛，你就又不見了，就像之前的每一次一樣……」

蕭靖北一陣心酸，盯著芸娘那張令他魂牽夢縈的秀美臉龐看了半晌，猛地低頭噙住了她的嘴唇，深深地吻著。宋芸娘微微愣了下，只當又是一場夢，她熱情地回應著，漸漸發覺臉上有了濕意。

剛剛進門的許安平看到這一幕，如同一記悶雷打在頭頂，本來急促的腳步一下子頓住，他迅速退了出去，身子不可抑制地顫抖著。

雖然他深知宋芸娘已經無法挽回地嫁給了蕭靖北，這麼長時間以來他也不得不死心，但是此刻讓他親眼看到這兩人如此親暱，實在是無法接受。

隨後進門的劉大爺也嚇了一大跳，羞紅了老臉，結結巴巴地嚷道：「芸……芸娘，這……這是怎麼回事？這……這個男人是誰？」

聽到了劉大爺的聲音，宋芸娘這才徹底清醒了過來，她急忙睜開眼睛，發現自己果真被蕭靖北緊緊摟在懷裡，他眼中淚光閃爍，正深情地凝視著她。

「季寧……真的……是你？」宋芸娘顫抖著伸出手，輕輕撫摸著蕭靖北的臉龐，擦著他臉上的淚水。蕭靖北在她面前，從來都是鎮定的、從容的，這是她第一次看到他流淚，看到他如此失態的一面。

「傻姑娘，當然是我，不然還能是誰？」蕭靖北哭笑不得地點了點她的額頭。

劉大爺見這兩人在自己的院子裡旁若無人地曬著甜蜜，完全無視他這個主人，忍不住咳嗽了一聲。

宋芸娘微微探出頭，赫然看到劉大爺正滿臉尷尬地站在門口。她羞得滿臉通紅，急忙將頭埋進蕭靖北懷裡，小聲道：「季寧，快……快鬆手。」

蕭靖北呵呵笑了，起身面對著劉大爺，對著他拱手行禮，朗聲道：「在下蕭靖北，是宋芸娘的相公。方才一得知芸娘的消息就急匆匆地趕來，忘了向您自我介紹了。」

他輕輕扶起芸娘，感激地對劉大爺道：「這些日子，我家芸娘有勞您的照顧，蕭某不勝感激。」說罷，拉著芸娘一同對劉大爺行禮。

劉大爺目瞪口呆地愣在那裡，結結巴巴地道：「芸娘，妳……妳不是讓我去找那什麼許安平嗎？怎……怎麼又成了妳的相公了？」

一直站在門外的許安平這才走了進來，他不自在地看了一眼宋芸娘，又對劉大爺道：「劉大爺，我才是許安平，方才走得急，沒有和您說清楚。」

「這……這到底是怎麼回事啊？」劉大爺仍是不得其解。

「對呀，季寧，你怎麼在周將軍的軍隊裡，還和安……安平哥在一起？」

宋芸娘也疑惑地問著，看到許安平，她面色微微一滯，不自在地對著他福身行了一禮。

許安平呆呆望著芸娘，良久，也面色木然地點了點頭。

「說來話長，不如我們進屋慢慢說吧。」蕭靖北反客為主，請劉大爺、宋芸娘和許安平進了小小的正屋，慢慢講述了這半個多月發生的事情。

卻說當日土匪擄走了宋芸娘和十幾個年輕貌美的女子，對付剩下的女子時，不知是因為時間緊急還是大發善心，他們除了刺傷了一名反抗的女子之外，並未傷害其他的人。

僥倖逃脫的王姨娘和其他女子急匆匆地趕回張家堡求救。

王遠得知居然有土匪在境內擄人，一時又驚又怒，立即派嚴炳率騎兵出去追趕。

可是那些土匪走得快，早已消失得無影無蹤。嚴炳他們一直追了很久都沒有發現土匪的蹤跡，只好無功而返。

傍晚，尋找蕭靖嫻無果的蕭靖北回到張家堡，得知宋芸娘被擄的消息，一時急火攻心，吐出一口鮮血。他急急奔赴防守府，請求王遠讓自己帶領一支騎兵隊出去解救這些被擄的女子。

即將離開張家堡的王遠卻猶豫了，他不願自己在張家堡任上的最後幾天出什麼波折。

畢竟，他的軍隊只能在張家堡，頂多是靖邊城的境內活動，不好貿然去其他的衛城範圍內剿匪，否則會引起不必要的誤會和爭端。

王遠本來打算派人送信到周邊的各個軍堡，讓他們代為尋人。蕭靖北哪裡等得及，他又急又怒，決定自己孤身出堡尋找宋芸娘，卻在城門口被張大虎等人死死攔住。

正在為難之時，嚴炳給蕭靖北指了一條明路：各個軍堡的軍隊雖然活動範圍有限，但是周正棋將軍的游擊軍卻可以隨意奔走在各個軍堡之間，不如去請周將軍出兵相救。

蕭靖北二話不說，告別了嚴炳去尋求周將軍的幫忙，他的好友張大虎、白玉寧、劉仲卿，還有其他幾個被擄女子的丈夫和兄長等人也跟著他一起離開了張家堡。

蕭靖北找到周正棋後，周正棋倒是一口答應願意出兵剿匪，解救這些女子，可是唯一的要求是：蕭靖北必須加入他的軍隊。

只要能找到宋芸娘，蕭靖北連命都可以捨棄，他想也未想地就應下了周正棋的要求。

白玉寧已然得知接替王遠任張家堡防守的是劉青山而非嚴炳，心知以後繼續留在張家堡只怕日子不會很好過，便拉著張大虎，一起跟隨蕭靖北到周將軍的軍隊效力。

至於劉仲卿身體瘦弱，不夠資格，只好跟著其他一同前來的幾個軍戶們一起返回了張家堡，臨行前眼淚汪汪地託付蕭靖北，務必要幫他找到孫宜慧。

周正棋的軍隊長年在各個軍堡之間奔走征戰，對這裡的地勢熟悉，對各個山頭上有什麼樣的土匪更是瞭若指掌。

只不過他的軍隊主要以抗擊韃子為主，剿匪一事通常都是各個衛城和軍堡「各人自掃門前雪」，若沒有軍堡主動相求，他的軍隊一般不會輕易去哪個山頭剿匪。

畢竟在這亂世的邊境，官匪勾結也是常事，沒有必要貿然觸犯他人的利益。正是在這樣複雜的環境下，處於靖邊城和定邊城交界之處兩不管地段的青雲山上，才會成了土匪窩，得以生存和壯大。

只是他們千不該、萬不該，就是擄了宋芸娘等十幾個張家堡的女子，徹底惹火了蕭靖北他們。

周正棋一下子收了幾員猛將，心中大喜，慷慨地派出了幾百人的騎兵和步兵隊伍搜救。

許安平聽聞宋芸娘居然被土匪擄走，心中焦急萬分，自然毫不猶豫地主動請求帶兵出戰。

許安平和蕭靖北當即放下成見和隔閡，全力合作。他們一一清查分布在靖邊城及其附近幾個衛城境內，各個大大小小的土匪窩，反覆打聽追查土匪活動的行跡，經過數十日的查找線索，最後將目標鎖定在青雲山。

前日晚上，他們率兵一舉攻下了土匪山寨，不但解救了那些被擄的女子，還剿獲了土匪這些年來搶劫的大量金銀物資；只不過，他們在解救出來的女子中並未找到宋芸娘，兩人不禁又失落、又焦急。

今日他們正在營帳中商量下一步對策的時候，士兵帶著劉大爺求見。當劉大爺說出宋芸娘現在的情況後，這兩個人便像瘋了般拉著劉大爺就往外走。

蕭靖北問明了劉莊的方向和劉大爺房屋在村莊裡的位置，便快馬加鞭地遠遠奔在了前面。許安平便帶著劉大爺上馬，緊緊跟在後面，考慮到劉大爺年歲老，他的速度比蕭靖北慢了許多，以至於比蕭靖北晚到了一會兒。

這大半個多月以來發生的事情很多，可以用千辛萬苦、波折重重來形容；只是蕭靖北為了不讓宋芸娘擔心和難過，只用寥寥數語避重就輕地簡單帶過。

儘管他避而不談，但是宋芸娘從蕭靖北消瘦的身形和憔悴的面容上，可以感受到他這半個月定然比自己更不好過；至少她只是在一心一意地等著蕭靖北早日找到自己，而蕭靖北卻是在茫然無措地四處尋她。

她可以想像得到他找不到自己時的那種痛苦、絕望和徬徨，特別是當聽到蕭靖北為了求周將軍出兵，不得不加入游擊軍後，宋芸娘更是神色一震，她吃驚地看著蕭靖北，眼中充滿擔憂和不捨。

蕭靖北好似明白宋芸娘所想，寬慰地對她笑笑，俊朗的臉上洋溢著溫暖的笑容，帶著幾許舉重若輕的從容淡定。他此刻找到了芸娘，心中的所有徬徨和不安都煙消雲散，哪怕是泰山壓頂也可以處之泰然。

這些日子尋找宋芸娘的種種困難、挫折和艱辛他都避而不談，而是僅僅告訴她一些好的消息。

「太好了，王姨娘沒有事，宜慧姊她們也都還好好地活著！」當宋芸娘得知那些一同被擄的女子都安然無恙，不禁喜形於色。

蕭靖北和許安平都不約而同地神色一黯，陷入了沈默。那些女子……他們找到她們的時候，好幾個人已經奄奄一息，還有幾個見到他們，即刻便要尋死……

蕭靖北看到宋芸娘滿臉的喜色，忍了忍，便沒有將這些女子的真實情況說出來。

「對了，那靖嫻呢？你那日找到她沒有？」

蕭靖北眉頭深深皺起，浮現出一絲惱色，似乎不願意提起這個害得芸娘遭此一劫的罪魁禍首，只是簡單地一語帶過。「她沒有事。那日她根本就沒有出城門，只是在城門口轉了轉，後來就沿著環城馬道轉回去了，所以我們都沒有發現她。」

宋芸娘愣了愣，有些無語，只好輕嘆一口氣，問道：「那她還有沒有堅持非要……」

蕭靖北似乎極不願提起蕭靖嫻，適時打斷了宋芸娘。「芸娘，妳別老是記掛著旁人的事情，妳還沒有告訴我妳是如何從山上逃到這裡來的呢？」

宋芸娘便將自己如何在山上巧遇了田氏失散的兒子丁大山，又如何說服他帶著自己逃下山來，最後到了劉大爺家裡的經過簡單講述了一遍。

蕭靖北聽得又驚又嘆，良久才感慨道：「想不到妳在山上有這樣的奇遇……看來，人還是要多行善事，廣結善緣；要不是有幸遇到了妳義母的兒子……」蕭靖北停住了話語，他想到在山上見到的那些女子的慘狀，不禁一陣後怕，面色也有些慘白。他深深看著芸娘，恨不得緊緊將她摟在懷裡，再也不放開。

可是劉大爺和許安平一左一右地坐在他的身旁，他連芸娘的手都不好意思碰觸一下。

劉大爺也是第一次聽到這樣的隱情，之前丁大山為了不讓劉大爺心生懷疑，並未對他道出全部的事實。

此刻，他瞪圓了眼睛，吃驚道：「芸娘，原來妳那義兄竟然是山上的土匪？你們居然是在山上才認識的？我看他對妳甚是緊張和關心，若不是看他一口一聲的義妹，我還當你們是親兄妹呢。」

蕭靖北自豪地笑了。「劉大爺，您和我家芸娘相處了這麼多時日，難道還沒發現她特別容易博得人的喜歡，讓人心生親近嗎？」

劉大爺也呵呵笑道：「說得是、說得是，我現在也把她當作我的孫女兒嘍！」

芸娘不滿地白了蕭靖北一眼，嗔怪道：「哪有你這樣誇自己娘子的。」隨即又神色一黯，皺起了眉頭。

「可是，義兄離開已有半個多月，卻音訊全無，我心裡實在是擔心。季寧，他會不會已經被那些土匪給……」

「不會不會。」蕭靖北忙安慰她。「他一個大男人，又有些功夫，應該不會有事情的，我們回頭再慢慢尋他。」

一直坐在一旁沒有出聲的許安平突然插話道：「芸娘妳放心，回頭我們好好審問被俘的土匪，看看能否有妳義兄的消息。」

宋芸娘急急起身，謝過許安平。

她在許安平面前，終究還是有著深深的愧疚，不知不覺間，面對許安平時便帶了幾分局促和生分。

許安平微微點頭還禮，眼神黯淡，心中更是一片苦澀，曾經親如一家人的鄰家小妹現在卻是如此生分。

許安平想到，芸娘對那只認識了幾日的所謂義兄都那般親密，對自己這個相識了五、六年的鄰家大哥卻生分了許多，他心中又澀又痛，便越發沈默不語地坐在一旁。

蕭靖北覺察到了他們兩人隱藏在平靜外表下的小小暗湧，他不動聲色地轉移了話題。

「劉大爺，我家芸娘已經叨擾了您這麼多日，我今天就將她接回去了。」

「接……接回去？怎……怎麼接回去？」劉大爺愣愣地問道。

蕭靖北指了指拴在院門外的馬，笑道：「自然是怎麼來的，就怎麼回去啊。」

劉大爺眼睛一瞪，急道：「那怎麼行，芸娘受不得顛簸！」見蕭靖北疑惑不解地看著自己，劉大爺看向宋芸娘，奇怪地問道：「怎麼妳沒有告訴妳的相公啊？」

宋芸娘臉一紅，剛才只顧著互相詢問雙方別後的經歷，倒真的忘了告訴他這件事。

蕭靖北不解地看看芸娘，又看看劉大爺，眼睛中滿是詢問。劉大爺拍拍他的肩膀，呵呵笑道：「傻小子，你娘子有了身孕，你要做爹了！」

蕭靖北一時有些愣住，他瞪大了眼睛看向芸娘，小心翼翼地問道：「芸娘，真……真的？」

宋芸娘脹紅了臉，輕輕點了點頭，微不可聞地「嗯」了一聲。

蕭靖北眼中閃過狂喜，他幾乎忘了顧忌身旁的劉大爺和許安平，起身上前緊緊抱起芸娘，一邊激動地大笑著，連聲道：「芸娘，芸娘，太好了，太好了，咱們有孩子了！」

劉大爺不滿地走上前拍拍他的背。

「你怎麼這麼性急，我還沒有說完呢！」說罷又收斂笑容，嚴肅地告誡他。「芸娘之前因為受驚和勞累，動了胎氣，所以這段日子只能靜養，你可千萬不能帶著她瞎折騰。」

蕭靖北嚇得臉色發白，他急忙放下芸娘，雙手緊緊攬住她的肩，上上下下地打量著她，緊張地問：「芸娘，妳要不要緊？身體有沒有好一些？」

宋芸娘又喜又羞，她輕輕搖了搖頭，眼睛盯著蕭靖北厚實的胸脯激動起伏，臉上飛起了一片紅霞。

劉大爺笑道：「她在我這兒靜養了半個月，自然是沒有事的，不過你若再折騰她幾下，可就保不准嘍！」

蕭靖北撓頭笑了笑，像個手足無措的毛頭小伙子，只是傻傻地看著芸娘笑。

許安平默然坐在一旁，靜靜看著這一幕，心中痠痛難忍。他好幾次想起身離去，可是一雙腿卻好像黏在了地上，挪不開半步。良久，他艱難地擠出幾個字。「芸娘……恭喜你……你們。」

宋芸娘愣了下，立即面向許安平露出了燦爛的笑容。「安平哥，謝謝你！」她的聲音真摯而脆亮，似乎希望藉由笑容衝破她和許安平之間的陰影和隔閡。

許安平咧開嘴扯出了一個僵硬的笑容，微微點了點頭。在尋找宋芸娘的這段日子裡，他不得不放下對蕭靖北的敵意，與他通力合作，也慢慢感受到蕭靖北身上穩重大氣、真誠果敢的一面，漸漸地產生了幾分英雄惺惺相惜之感。

他覺得蕭靖北的確是個值得託付終生的偉丈夫，芸娘選擇他也有她的道理。

此刻眼見宋芸娘和蕭靖北眉眼之間掩飾不住的深情，行動言語時自如的默契，他不得不黯然放下那份不甘心。

又見宋芸娘都能正面自己，自己堂堂一個男子漢……許安平搖搖頭，深嘆一口氣，大丈夫拿得起、放得下，他索性昂然挺起胸膛，坦然面對宋芸娘，對著她真誠地笑了。

宋芸娘仍在劉大爺家住了兩日，兩日後，蕭靖北從王遠那兒借來的馬車到達了劉莊，隨車前來的還有已經哭得雙眼紅腫的王姨娘。

王姨娘一下馬車，就踉踉蹌蹌地奔過來，跪在宋芸娘面前痛哭。「芸娘啊，這段日子可把我們嚇壞了啊，我對不住妳，對不住啊……妳若有個什麼三長兩短，我可……我可……」

宋芸娘急忙攙扶起她，連聲安慰。

她看到王姨娘斑白的髮鬢和乾枯的面容，心中知道她這些日子定然承受了巨大的壓力，才會在短短一個月就蒼老成了這副模樣。

宋芸娘流著淚，問道：「家裡人可都好？」

王姨娘連連點頭。「都好，都好，就是天天掛念妳。姊姊她是整宿整宿地睡不著覺，我更是罪孽深重……」

宋芸娘忙道：「這件事和您有什麼關係，您千萬不要自責。您看，我現在不是好好的嗎？」

王姨娘越發痛哭，一邊顫抖著撫摸芸娘的手，一邊哭道：「是老天有眼，菩薩保佑啊！妳失蹤後，我已在菩薩面前發誓，茹素唸經，求菩薩保佑妳平安……」

宋芸娘心中大震，緊緊拉著王姨娘的手，一時說不出話來。

站在一旁的蕭靖北忍了許久，終於忍無可忍地打斷了這哭哭啼啼的兩人。「王姨娘，不要再惹芸娘傷心了，她現在已經有了身孕……」

「真的？」王姨娘驚喜地問道，一邊又雙手合掌，虔誠地反覆唸起了。「菩薩保佑，阿彌陀佛。」

令一旁的蕭靖北哭笑不得。

官道上，遠遠地行來一輛馬車，速度極慢，車伕小心翼翼地駕駛著馬車，避開地上的小坑，生怕顛簸到馬車裡的人。

馬車旁，蕭靖北帶著十幾個士兵騎著戰馬一路緊緊相護，時不時地勒緊韁繩，放慢馬兒的速度。

宋芸娘坐在馬車裡，掀開一側的簾子回望著越來越小的劉莊，想到劉大爺站在門口癡癡目送著自己離去的那一幕——低矮破敗的小院前，他滿頭的白髮在風中飛舞，枯瘦的身軀顯得格外孤寂，她心中充滿了難過和不捨。

「芸娘，怎麼又流淚了，小心對孩子不好。」坐在對面的王姨娘遞過來一條手帕，輕聲道：「那劉大爺也真是的，既然已經是無兒無女，為何不願意和我們一起去張家堡居住。」

王姨娘特意要求隨著馬車一起前來劉莊接宋芸娘，一方面是因為她心中內疚，另一方面也是為了好好照顧芸娘。

宋芸娘放下簾子，接過手帕拭了拭淚，嘆道：「故土難離，這裡是他的根，他自然捨不得離開。」

王姨娘便開導她。「其實這裡離張家堡也不是很遠，騎馬的話小半日的工夫便可以到，妳若記掛著劉大爺，以後讓四爺經常陪妳來探望便是。」

宋芸娘突然想起來，忙掀開車簾，對著緊緊跟在馬車旁的蕭靖北喚道：「季寧——」

蕭靖北忙拉緊韁繩，傾身俯首看著芸娘，柔聲問道：「怎麼啦？是不是不舒服？要不要停下來歇息會兒？」

宋芸娘搖了搖頭，急急問道：「我要你將銀子偷偷放在劉大爺枕頭下面，你放好了沒有？」

蕭靖北愣了愣，隨即笑道：「自然是放好了。娘子只管放心，妳交代的事情，我還有不敢辦好的？」

宋芸娘便笑著啐了他一口，放下了簾子。

與劉大爺離別前，宋芸娘讓蕭靖北取二十兩銀子給劉大爺，可劉大爺連連推辭，說什麼也不肯接受。

宋芸娘無奈，只好囑咐蕭靖北趁劉大爺送自己上馬車時，偷偷進房間將銀子放在他的枕頭之下。

他們離開劉莊之前，還去了一趟當時借毛驢給丁大山的富戶家，賠償了毛驢的錢，贖回了田氏的銀鐲。

宋芸娘一想到杳無音信的丁大山，心中便十分沈重，連帶著歸家的喜悅也減少了幾分。慢慢行了近一日的時間，日落西山時分，熟悉的張家堡城牆在東邊青雲山、西邊飲馬河的相伴下，終於出現在視野裡。

半個多月未見的張家堡映入眼簾時，宋芸娘又一次湧出了淚水，她從未覺得張家堡是這般的美好和親切，曾幾何時，她魂牽夢縈的故鄉居然由溫暖富饒的江南變成了這北地孤寂的軍堡。

永鎮門前，宋思年、柳大夫、李氏、田氏他們正在翹首盼望，看到馬車駛近，都激動地圍了上去。

宋芸娘在王姨娘的攙扶下走出馬車，看到她的親人們，又是激動地抱頭痛哭。

他們這些日子牽掛著宋芸娘，都消瘦了許多，宋思年更是大病了一場，他面色蠟黃，顫顫巍巍地拉著宋芸娘的手，老淚縱橫。

柳大夫見宋芸娘面容消瘦，精神不振，順勢把了把她的脈，微微沈吟了會兒，睜圓了眼睛喜道：「芸娘，妳有喜了？」

宋芸娘羞澀地點了點頭，宋思年他們便更加激動，一時間又哭又笑，惹得城門口的守兵們和出入的軍戶們都圍著看熱鬧。

蕭靖北牽著馬走過來，無奈地勸道：「岳父，母親，芸娘身子弱，受不得累，不如我們先回家讓她休息下。」

李氏連連點頭稱是，一行人又手忙腳亂地扶著宋芸娘上了馬車，駛進了張家堡。

馬車寬敞，李氏和田氏便也一起上了馬車。宋芸娘看著坐在對面喜笑顏開地看著自己的田氏，心中猶豫再三，終究還是沒有將丁大山的消息告訴她。

畢竟她現在也不知丁大山究竟身在何處、是死是活，若貿然告訴田氏，只怕她又會再次傷心和失望。

回到蕭家後，留在家中的鈺哥兒一頭栽進宋芸娘的懷裡，緊緊抱著她哭著。「娘，我好想您，您這些日子都去了哪兒啊？」

宋芸娘彎著腰想抱起他，一旁的李氏忙攔住了她。「芸娘，使不得，使不得，妳現在可是有了身子的人，千萬別隨便出力。」

鈺哥兒仰起頭，睜大了水汪汪的大眼睛，不解地問：「娘有了身子是什麼意思？」

「傻孩子，你娘要給你添一個小弟弟呢！」李氏笑著摸了摸鈺哥兒的頭。

蕭靖北擔心宋芸娘會有壓力，便笑著道：「也許是一個小妹妹呢！若是女兒的話更好，又乖巧、又懂事！鈺哥兒，你喜不喜歡？」

鈺哥兒皺起了眉頭，小心翼翼地打量著大人們的神色，怯怯地問道：「娘有了自己的孩子，還會喜歡鈺哥兒嗎？」

宋芸娘心中一酸，忙蹲下身子，捧著鈺哥兒柔嫩的小臉，輕聲道：「當然還會喜歡鈺哥兒啊！鈺哥兒是大哥，以後要照顧小弟弟、小妹妹，好不好？」

鈺哥兒似懂非懂地聽著，重重點了點頭。

這時，一直站在一旁的蕭靖嫻走了過來，訕訕道：「四嫂，妳……妳平安回來了就好。」

宋芸娘慢慢站起身，對著她點了點頭，淡笑道：「靖嫻有心了。」

蕭靖北見宋芸娘面有疲色，便不顧一院子的家人，不由分說地彎腰抱起宋芸娘進了房，安置她躺在炕上。

宋芸娘大驚失色，一邊捶著蕭靖北的肩膀，一邊嗔道：「你幹什麼？一院子的人呢！」

蕭靖北不在意地笑了笑。「劉大爺不是說妳要靜躺嗎？今日一路顛簸回來，又站了許久，我擔心妳身子受不住。」

他溫柔看著宋芸娘又羞又急、脹得紅通通的臉，又安慰道：「他們都是自己人，不會笑話妳的。」

宋芸娘嬌嗔地瞪了他一眼，紅唇嬌豔欲滴，眼波似水流轉，蘊藏著無限嬌羞風情。

蕭靖北眼神暗了暗，積聚了大半個月的思念一下子爆發出來，他俯身含住芸娘的唇，輾轉不放。

宋芸娘急得使勁推開他，一邊嬌喘吁吁地道：「快……快出去，快出去，我爹和義父、義母他們都在外面呢。」

蕭靖北低頭抵著宋芸娘的額頭，無聲地笑了，心中充滿了溫暖、滿足和歡樂。看著宋芸娘真真實實地躺在炕上，他懸了這麼多日的心才踏踏實實地落了定。

他雙手捧著宋芸娘的臉，使勁親了親，這才笑著起身出了房門。

蕭靖北出去了一會兒，又帶著柳大夫進來給宋芸娘把脈，宋思年和田氏也跟著一道走了進來。

這是宋思年在宋芸娘婚後第一次來到蕭家，更是第一次進宋芸娘的廂房。他看到蕭家高大堅固的房屋，寬敞平整的院子，又見芸娘房裡嶄新的家具，雅致的佈置，不禁在心中暗暗點頭，臉上也流露出了欣慰的笑容。

柳大夫給宋芸娘把脈的時候，眾人都緊張地立在一旁，大氣都不敢出一下。柳大夫放下芸娘的手，露出了輕鬆的笑容。「沒問題，胎象很穩。芸娘年輕，身體底子好，再休養一段時日，好好滋補一下就可以了。」

蕭靖北他們都面色一鬆，李氏更是拍著胸脯，連聲道：「阿彌陀佛，這孩子真是個體貼懂事的，他娘受了這麼大的磨難，他都沒怎麼折騰。」

宋芸娘伸手輕輕撫著肚子，感受著那弱小的生命，心中突然湧起了一種奇怪的感覺，又酥又暖又軟，像江南三月最溫柔的風輕輕拂過，彷彿心都要化了。

蕭靖北怔怔看著宋芸娘，只見她半垂著頭靠坐在炕頭沈思，眉眼柔和，嘴角含著溫馨的笑容，充滿了母性聖潔的光輝。一時間，蕭靖北看得有些呆了。

宋思年他們略坐了坐便要告辭。蕭靖北送走了宋思年他們之後，正準備回房，卻聽院子門口有人在喊「蕭總旗」。

蕭靖北嘆了口氣，無奈地走過去，卻聽那人說道：「蕭總旗，王大人請您去一趟防守府。」

一、兩個時辰之後，蕭靖北從防守府回來了。他興奮地大步走進房間，嘴裡嚷道：「芸娘，好消息，妳義兄找到了！」

宋芸娘正躺在床上閉目養神，她雖然十分疲倦，但是精神興奮過度了反而睡不著，此刻聽聞此言猛然起身坐起來，面露喜色，連聲問：「真的？他在哪裡？他怎麼樣？」

蕭靖北有些後悔不該驚擾了芸娘的睡眠，又見她精神狀態尚佳，眼神晶亮，這才側身在炕沿坐下，輕輕扶宋芸娘在炕頭靠好，柔聲笑道：「妳先別著急，且聽我慢慢和妳說。」

原來，那日丁大山騎著小毛驢，一路上躲躲藏藏，花了兩日的時間好不容易到了張家堡，此時，蕭靖北他們已經離開張家堡去了周將軍的游擊將軍署。

丁大山當了幾年的土匪，在守城官兵面前沒開口便先矮了半截，有些無法控制地緊張和哆嗦。

他只說找蕭靖北，見蕭靖北不在便急得渾身冒汗，一個勁地說是宋芸娘的義兄，可他既無法說出宋家有幾口人，也不知道蕭家的基本情況，更不敢交代自己曾是土匪的事實。他躲閃的神色和結結巴巴的言辭引起了守城官兵的懷疑，便認為他是土匪派來的奸細，不由分說地給抓了起來。

王遠派人審問了幾日，丁大山除了讓他們速去劉莊和青雲山救宋芸娘以及其他那些被擄的女子外，其他的什麼也問不出來。

王遠越發疑心這是土匪設下的陷阱，他想著還有幾日便離任，自然不會在這個節骨眼再多費周折，便乾脆將此事交給了即將接任的劉青山。

劉青山更是個老滑頭，他派人嚴刑拷問了幾日，丁大山始終一口咬定是宋芸娘的義兄。劉青山見問不出所以然，又擔心丁大山所說屬實，便乾脆將他鎖入牢房，等著蕭靖北回來再處置。

宋芸娘聽得目瞪口呆，又急又氣，忍不住坐起來道：「他這個傻子，他為何不讓義母去認他。」

蕭靖北猶豫了下，想著終究是無法隱瞞，便道：「他開始自然是嚷著要見妳義母，可是那幫審問他的士兵只當他滿口胡謅，哪裡耐煩理他。

「後來，他見自己被打得鼻青臉腫、面目全非，不願妳義母看到他那副樣子傷心，又怕自己曾經是土匪的身分會連累妳義母，連帶著她都無法在張家堡待下去，便乾脆閉口不提，一門心思等著我回來。」

宋芸娘愣愣呆了半晌，想著丁大山受的磨難，又垂下淚來，一邊哽咽道：「都怨我，只顧著催他回來找你，也沒有和他交代清楚你我兩家人的情況，害得他被人誤會……」

蕭靖北一邊輕輕擦著她的眼淚，一邊柔聲安慰道：「哪裡能怪妳，要怨就怨我吧；若不是我剛好離開了張家堡，也不會讓妳義兄撲了個空。都怪我當時急昏了頭，像沒頭的蒼蠅到處亂跑。」

說罷又微微挑眉瞅著她，嘴角噙著一絲戲謔的笑容。「我應該相信我聰明勇敢、足智多謀的娘子吉人自有天相，一定會尋到辦法來找我……」

宋芸娘忍不住輕輕捶了一下他的肩膀，嗔道：「你哪兒來的這麼多廢話。對了，我義兄現在在哪裡？他還好嗎？」

蕭靖北見芸娘濕漉漉的大眼睛瞪著他，眉頭輕蹙，表情似喜似怨。他心頭一動，忍不住輕輕攬過芸娘，將她緊緊摟在懷裡。

「放心，妳義兄現在很好，我已經將他送到妳義父家裡去了。他和妳義母母子團聚，又有柳大夫這個名醫為他養病療傷，只怕不出幾天就活蹦亂跳了。他特意囑咐了，要妳別牽掛他，等過幾天傷養好了便來看妳。」

說罷，蕭靖北心頭湧出幾分酸意，加重了胳膊的力道，啞聲道：「妳還挺關心他的。以後在我的面前，不許提別的男人。」

宋芸娘一邊推他，一邊笑罵。「這種飛醋你也吃，真是個小氣的男人。」

蕭靖北摟得更緊，一邊輕柔地吻著芸娘的面頰，一邊喃喃道：「我就是小氣，我只對妳小氣。芸娘，芸娘，答應我，以後不要再離開我……不要再這樣毫無聲息地從我身邊消失……妳……妳不知道我這些日子有多麼難過……」

芸娘眼淚又湧了出來，她靠著蕭靖北溫暖堅實的胸膛，聽著他堅定有力的心跳，心中又酸又暖，也哽咽道：「好，我們天天守在一起，永遠不分開……」

蕭靖北身子僵硬了一下，突然低沈道：「芸娘，過幾日我便要去周將軍的軍隊了……」

宋芸娘一下子愣住，良久，才啞聲道：「這……這麼快？」

「芸娘，對不起……妳在外面受了那麼多苦，好不容易才回來，又有了身孕……我……我不該在這樣的時候離開妳，可是，君子一諾千金，周將軍慷慨相助，我……我總要對他有個交代……」

宋芸娘伸手輕輕捂住蕭靖北的嘴，她心中再多的不捨都不能表露出來，只是搖頭道：「季寧，你別說了，我都懂……你只管安心在外建一番功業，家裡一切有我……」

蕭靖北心中更加感動，緊緊抱著芸娘，好似摟著世上最珍貴的至寶，久久不願鬆開。

兩日後，周將軍的軍隊護送著被土匪擄掠的女子們回了張家堡，張大虎和白玉寧也一同隨行。

許安平則沒有一起回來，他另有重任，護送著剿獲的物資去了周將軍的兵署。

這些被救回的女子面容憔悴、神色麻木，一路上多次尋死，護送的將士們連哄帶勸，好不容易才將她們完完整整地送回了張家堡。

誰知一到張家堡的城門口，就有女子承受不了圍觀人們指指點點和鄙夷的目光，拔出身旁士兵的佩刀就要自盡。

張大虎眼疾手快，一個箭步衝上去，一掌拍下她手裡的刀，怒喝道：「妳們的命都是老子們捨下性命救回來的，為了救妳們，有五個士兵喪命，六個士兵致殘，還有多個士兵受傷，妳們若要死，也要問問他們同不同意，問問老子同不同意！」

他怒目圓瞪，一臉的大鬍子根根豎起，一副吃人的模樣，這些女子們嚇得呆住，圍觀的軍戶們也陷入了一片沈默。

這時，王遠帶著劉青山、嚴炳等人迎了出來。

見到這一幕，王遠沈聲道：「這些女子都是我們的親人，是我們這些男人們沒有用，才讓她們受到這樣的磨難和屈辱；這不是她們的恥辱，是我們男人們的恥辱，我們要忘記她們身上發生的這些事，誠心歡迎和接納她們。」

說罷，又換上了柔和的表情，安慰這些女子。「妳們只管像以前一樣安心生活，若有人譏笑、為難妳們，就到防守府找我……不，找劉大人，讓他為妳們作主。」

一旁的劉青山自然也連連點頭，一副悲天憫人、正氣凜然的模樣。

有了張大虎的怒喝和王遠這一番保證，圍觀的軍戶們都不再出聲，各個女子的家人也都紛紛領著她們回了家，沿路悲悲戚戚地啼哭，令聞者傷心、聽者落淚。

這樣的一幕宋芸娘卻不知道，她正安心在家裡養胎。蕭靖北為了不讓她傷心，並未將這些女子的慘狀告訴她，只說她們除了少數幾人被土匪侮辱外，大多數都因他們解救及時，得以保全。

宋芸娘雖然半信半疑，但也真心希望蕭靖北所說的一切屬實。

軍隊離開張家堡時，蕭靖北也不得不跟隨隊伍一同離開。臨走之前的那一晚，自然又是百般不捨，千般恩愛，萬般柔情。

宋芸娘雖然暗暗在心裡告誡自己千萬不能流露出傷心，以免讓蕭靖北心生牽掛；可是到了分離的前夕，她的眼淚卻好似斷了線的珠子掉個不停，怎麼也止不住。

蕭靖北只覺得心都要碎了，他手忙腳亂地安撫著芸娘，又愧疚、又心急。「芸娘，妳別傷心，我一有時間便會回來看妳……我答應妳，在周將軍的軍隊裡歷練個一、兩年，還了他的恩情，我便回來陪著妳，哪裡也不去……趕都趕不走，打也打不跑，好不好？」

宋芸娘破涕為笑，輕捶了他一拳，又忍不住縮在他懷裡哭一會兒、笑一會兒，自己也覺得像任性的孩子，有些不好意思。

她平時在眾人面前扮演著好女兒、好媳婦、好姊姊、好嫂子的角色，也只有在蕭靖北面前能撒撒嬌，使使小性子，釋放自己真實的情緒。

蕭靖北看著哭得梨花帶雨，淚眼朦朧的芸娘，百鍊鋼也化作了繞指柔，只能緊緊摟著她，一邊低聲勸慰，一邊百般憐愛。

晚飯時，宋芸娘哭得雙眼紅腫，便不好意思出去吃飯，只推說身子不舒服，躺在炕上不想起來。

李氏她們都是過來人，哪裡不明白這些小女兒情懷。

吃飯時，李氏便又將蕭靖北告誡了一番。「四郎啊，俗話說，兒女情長，英雄氣短。你這個年紀，正是征戰沙場、報效國家、好好建一番功業的時候；周將軍看重你，給你這個機會，你更應該好好把握，不能隨意敷衍。遠的不說，只說你父親當年與你嫡母那般恩愛，但他也是常年在外征戰，與她聚少離多。」

李氏看著蕭靖北不以為然的神色，頓了頓，又道：「我知道你新婚燕爾的，捨不得芸娘。只是你看，現在張家堡是劉青山當了防守，他這個人的品性想必你也瞭解，在他的手下，像你這樣一無錢財、二無後臺的人哪裡出得了頭；只怕等那徐文軒升成了百戶，你都仍然只是個看城門的……」

「娘——」蕭靖北不禁一陣煩惱，忍不住打斷了李氏。「您不要再說了，孩兒知曉的。」

第二日早上，任宋芸娘心中再多的不捨，也只能眼睜睜目送著蕭靖北一步三回頭地離開了張家堡。

第三十一章 秋日裡的私語

春去秋來，張家堡外面的那片莊稼地青了黃，黃了又青，轉眼已是三個寒暑。

秋日的午後，四下一片寂靜。

宋芸娘慵懶地靠在窗前的軟榻上，心不在焉地做著手裡的針線活。她上著淺粉色繡花交領短衫，下穿月白色撒花裙，外罩銀紅色暗花錦緞比甲，一頭烏黑油亮的青絲鬆鬆地綰著，斜斜地插著蕭靖北當年送的那支白玉簪。溫暖的陽光透過窗戶照進來，沐浴在芸娘身上，她的頭一點一點的，打起了瞌睡。

「芸娘，這是這個月的帳單，妳看看。」許安慧一陣風兒似地掀開簾子，走進了宋芸娘的廂房。她豐腴了許多，一身寶藍色的繡花緞面襖裙罩在她略顯豐滿的身體上，顯出了幾分雍容華貴。

宋芸娘睜大了睡眼朦朧的雙眼，愣愣看了看許安慧，清醒過來後又小心翼翼地做了個「噓」的手勢，指了指對面炕上睡得正香的那個玉雪兒般的小人。

許安慧吐了吐舌頭，輕聲道：「妍姊兒還睡著呀。」一邊在芸娘對面坐下。

宋芸娘略略坐直了身子，點點頭。「昨兒晚上聽說她爹爹這幾日便要回來了，興奮得大半夜的睡不著，剛才好不容易才把她給哄睡著。」說罷她接過許安慧遞過的帳單，看也不看，便隨手放在面前的小几上，懶洋洋地道：「安慧姊，這帳單妳看過就可以了，我懶得看了。」

許安慧看著宋芸娘消瘦的小臉和無精打采的神色，面露關心之色。「怎麼，身子還是不舒服嗎？妳這一胎的懷相不好，吃什麼、吐什麼，我看一定是個折騰人的小子。」

宋芸娘看看炕上睡得正香的妍姊兒，唇角不可抑制地翹起，柔聲道：「說得是呢。當年懷妍姊兒的時候，一點兒不舒服的感覺都沒有，頭幾個月還被擄到土匪山寨上一趟，又驚嚇、又奔波的，這孩子也沒怎麼樣，最後還是安安穩穩地生下來。」

許安慧掩嘴笑道：「所以說閨女是娘的貼心小棉襖啊，懷在肚子裡都知道心疼娘、體貼娘。妳這一胎這麼鬧騰，肯定是個哥兒。」說罷她又眨眨眼睛，曖昧地笑著。「我看，是你們家蕭把總上次回來懷上的吧，他肯定還不知道，這次回來一定樂壞了。」

宋芸娘伸手輕輕撫了撫肚子，臉上的笑意越發溫柔。窗外的陽光照在她的臉上，為她柔美的臉龐鍍上了一層淡金色的柔光，她恬靜的面容散發出母性聖潔的光輝。

許安慧愣愣看了會兒，突然嘆了口氣。「芸娘，你們家蕭四郎自從去了周將軍的軍隊，兩、三個月才能回來一次，一次也只能待個三、四天，這幾年上有老、下有小的，可真是苦了妳了。」

芸娘淡笑著搖了搖頭。「也沒有什麼苦的，這幾年面脂生意做得好，田裡的收成也好，季寧除了俸祿，還時時立功得些獎賞，錢財上倒也不缺；平時又多得鄭姊夫和妳的關照，也沒有誰敢為難我們，日子倒也過得安逸。」

許安慧笑了笑。「那哪能叫什麼關照啊，都是應該的。只是說起來，家裡面沒個男人，總歸是不好。妳看，這幾年你們聚少離多的，懷個孩子也難，妍姊兒都快三歲了，妳才懷了第二胎，不像我，這三年連生了俊哥兒和景哥兒……」

說罷低頭看了看自己仍有些突出的小腹，皺眉道：「我實在是生煩了，我已經和我們家那位說了，說什麼也不再生了。」

宋芸娘瞅了她一眼。「那只是妳在說罷了，鄭姊夫肯定不依。」

許安慧瞪了瞪眼。「哪裡還能由他？」

芸娘見狀便掩嘴格格地笑。「妳前年生俊哥兒的時候就嚷著說不生了、不生了，可還不是又生了景哥兒？」

許安慧也忍不住笑了，看了看擱在面前的帳單，越發笑得開懷。「這兩年這些面脂倒是賣得極好。方才我在徐家和蔡嬸嬸聊了會兒，她說他們打算在宣府城的幾個衛城裡再開幾家店；她還問咱們呢，當初訂的三年合約快到期了，問我們什麼時候再簽續訂的合同？」

「還續訂個什麼？」宋芸娘一下子坐直了身子，瞪圓了眼睛。「我是怕和這些生意人打交道了。前年他們家看面脂賣得好，特意從我們這兒挖走了兩個熟練的女工，結果做出來的面脂不如我們的，這才又覥著臉繼續求我們合作。這幾年和他們討價還價、鬥智鬥勇還少嗎？我是不想再費周折了，三年合約滿了，我們就自己開店賣吧！」

「哎喲——」許安慧斜睨著宋芸娘，臉上帶著促狹的笑意。「到底是掙了大錢了，說話口氣都不一樣，財大氣粗的。只是我問妳，妳我兩家都是軍戶，怎麼去自己開店？」

宋芸娘倒是胸有成竹。「我早就想過了，我們兩家雖然不行，但是我義兄丁大山可不是軍戶，不如就以他的名義開店。」

許安慧皺了皺眉，有些不贊同。「妳義兄那人，讓他出點傻力氣可以，要他去做生意只怕還不行，他沒有那個頭腦。妳看看徐家幾個人，都是多靈活的腦袋瓜子，就是徐文軒略微差一點兒；但是他娶了巧兒，卻是聰慧機靈、能說會道，倒是做生意的好料，真的是不是一家人，不進一個門。」

宋芸娘也笑了。「說得也是。說起來，巧兒是個實誠人，不似徐家老爺子那麼奸狡，若以後他們家的生意交到她手上，我們倒也可以安心和他們合作下去。」

「總有那一天的。」許安慧一副篤定的模樣。「徐家老爺子年歲老了，總不能將生意把持一輩子吧，徐文軒又不是做生意的料，他們家的生意遲早要歸巧兒打理。對了，巧兒快生了吧？」

「還有一個月，我看蔡嬸嬸的意思，她若一舉得男，他們兩個老的就一心一意回來抱孫子，將生意給她打理呢！」

「到底是生意人。」許安慧不滿地撇了撇嘴。「莫非生了女兒就不讓她參與家裡的生意了？」

轉念想到芸娘生的就是女兒，怕她心裡不舒服，急忙道：「其實要我說，女兒比兒子好多了，又乖巧、又貼心。妳看我家四個孩子，我最喜歡的就是大妞妞，比她的三個弟弟懂事太多了。我看你們家蕭四郎也是對妍姊兒疼愛得緊，每次只要一回來，就抱在懷裡不放手。」

宋芸娘看看炕上伸展著小胳膊、小腿睡成個「大」字的妍姊兒，眉眼裡都是掩飾不住的慈愛和滿足，壓低了聲音。「都被他慣壞了，天天問爹爹怎麼還不回來；還說爹爹好，娘壞，爹爹一回來，要什麼給什麼，娘就老是管她。」

許安慧也樂了。「這個小人精！」

說話間，太陽已經偏西，斜斜的陽光從窗戶一直鋪到了炕上，照到了妍姊兒粉嫩嫩的小臉上，帶了幾分透明的質感。

妍姊兒又密又長、又黑翹的睫毛猶如蝴蝶般微微撲閃著，小小的眉頭蹙起，緊緊閉著的眼睛微微顫動了幾下。

宋芸娘急忙起身輕輕走過去，放下床帳遮住陽光，光線暗了下來，妍姊兒這才舒展了眉頭，平穩地呼吸著，小小的臉蛋紅撲撲、粉嫩嫩，好似熟透了的蘋果。

「喲，真是個小精怪，睡個覺還挺講究。」許安慧走過來看了半晌，小聲笑道。

宋芸娘輕輕拉著許安慧出了房間。「讓她再多睡一會兒吧。我婆婆去接鈺哥兒只怕快要回來了，我得趕緊去將晚飯做好，不然妍姊兒若是醒了，我又不得安生。」

說話間已經進了廚房，宋芸娘便慌慌忙忙地準備做晚飯。

許安慧一邊在一旁幫忙，一邊皺著眉頭問道：「妳現在身子不舒服，還要天天做飯？妳婆婆還是不會做飯嗎？」

宋芸娘笑道：「她那個人，一輩子被人伺候，哪裡會伺候人。她是會做飯啊，只是做出的東西，吃不下去啊！鈺哥兒、妍姊兒兩個孩子嘴巴又挑剔得很。」

「還不是被妳慣的！」許安慧伸手點了點芸娘的額頭，又問：「王姨娘什麼時候回來，她去了靖邊城只怕快三個月了吧！以前倒還好說，妳辛苦點兒，一人幹兩個人的活兒；可是現在妳有了身孕，懷相又不好，自己都恨不得讓人伺候，現在還得伺候完了老的，又伺候小的。」

「不知道啊，肯定是靖嫻拉著王姨娘不讓她回唄！」

許安慧又不滿地撇了撇嘴。「沒見過做人姨娘也這麼高調的，生個孩子還非要親娘在一旁照顧；也是錢夫人大度，要是別的主母，只怕早就發威了。」

宋芸娘不在意地笑了笑。「王大人奔四十的人了，好不容易望到了這麼一個兒子，還不疼愛得像眼珠子一般，靖嫻也是母憑子貴，誰讓她有這個福氣生了王大人唯一的兒子呢？她現在風頭正勁，錢夫人自然不會在這個節骨眼上為難她。」

「她當初不顧你們全家人的反對，執意要給王大人作妾，現在倒也是得償所願。說是庶子，只怕過不了多久錢夫人就會將他養在名下，認成嫡子了。」

宋芸娘淡淡地笑了笑。「只要她不後悔就行，我們反正是希望她過得好的。」說罷又沈下了面孔，露出幾分憂色。「同是姨娘，又是差不多時候有了身孕，為何靖嫻就可以一舉得男，雪凝卻偏偏小產。上次我進王大人府裡去看雪凝，人都瘦得脫了形，說話也有氣無力的，拉著我的手只掉眼淚。」說罷嘆了口氣，擦了擦眼角的淚水。

許安慧也悵然了一會兒，嘆道：「這就是各人有各人的命啊！」

廚房裡飄出了濃濃的飯香時，李氏帶著鈺哥兒回來了。

李氏一進門，看見廚房裡冒出的熱煙便急匆匆走進了廚房，皺眉道：「芸娘，不是要妳好好歇著別幹活嗎？我回來再做飯。」她看了看芸娘的臉色，又心疼道：「妳這幾日都吐得厲害，晚上也睡得不好，瞧瞧這小臉，都瘦成什麼樣了，過幾日四郎回來看見了，還不知要心疼成什麼樣呢？」

芸娘淡笑著還沒有說話，一旁的許安慧已經心急地插了話。「李嬸嬸，按說我是外人，這話不該我說，可是芸娘現在這個樣子，家裡沒個人幫手也不行，過幾日又要趕製下個月的面脂和胭脂了，到時候只怕會更加忙。我看哪，您還是早點帶信讓王姨娘回來幫忙，你們家靖嫻在王大人府裡還怕沒有僕人伺候？也不缺她姨娘一人。」

李氏皺起了眉頭。「安慧啊，我也不當妳是外人。自從得知芸娘有了身孕，我便託人去靖邊城帶信催王姨娘回來，沒有十次也有八次了；可是玥兒一直沒有回來的音訊，我看她只怕是捨不得那裡的富貴安逸，不想回來受苦罷了。」

「娘，王姨娘不是那樣的人。」宋芸娘勸道：「也許是靖嫻不讓她回來吧。靖嫻的性子……您也知道。」

李氏冷哼了一聲。「這樣說起來，我們帶的口信還指不定沒有傳到玥兒那兒呢！這靖嫻現在風光了，越發不把我們這些人看在眼裡了。罷了，過兩天我捨下這張老臉親自去靖邊城接王姨娘，看她是真的不願意回來還是沒有收到信……她若的確不願意回來，我們就只當沒有這兩個人了吧！」

芸娘見李氏對蕭靖嫻的不滿之心越加嚴重，許安慧再怎樣熟也是外人，家醜還是不宜外揚，便笑著打斷了她。「娘，咱們堡裡是不是有哪家在辦喜事啊，晌午的時候，聽到鞭炮噼哩啪啦響得熱鬧呢！」

李氏「呸」了一聲，憤憤地道：「什麼喜事，就是那個負心的劉仲卿，又披紅掛綠做新郎了。當初他嫌棄宜慧被土匪欺辱過，成日冷言冷語，對她不理不睬，害得她想不開到飲馬河投河，幸好四郎和張大虎他們剛好經過，救了她。」

她嘆了口氣。「人家宜慧是多好的女子，不離不棄跟隨他千里充軍，被土匪擄走又不是她的錯；劉仲卿好好的原配趕走了，現在找了個二婚的寡婦，還拖著幾個孩子。那李寡婦是怎樣的人？那可是有名的潑辣戶，以後劉仲卿可有苦頭吃了，我看他這是自討苦吃，報應，活該！」

芸娘愣了會兒，也嘆了口氣。「聽李寧說，現在宜慧姊在周將軍的府邸做管事，挺得周將軍夫人的看重，只是她心裡一直有個結解不開，現在劉仲卿既然成親了，她也可以真正放下了吧！」

許安慧倒是笑了。「妳們都嘆什麼氣啊，這可是好事啊！芸娘，妳家蕭四郎不是說，那張大虎自從在青雲山上和飲馬河邊接連兩次救了孫宜慧後，就對她因憐生愛嗎？只不過孫宜慧這幾年心灰意冷，不願再接受其他人，張大虎是剃頭擔子一頭熱，現在劉仲卿另娶，說不定是個轉機。芸娘，這次妳家蕭四郎回來，妳把這件事告訴他，讓他想辦法透露給孫宜慧，再讓那張大虎想辦法加把勁，說不定可以成就一段良緣。」

芸娘聞言也甚是贊同，笑著應下。

又聊了幾句後，許安慧見時候已不早，便笑著要告辭。

「飯都做好了，就在這裡吃吧！」李氏熱情地挽留。

許安慧笑著擺了擺手。「家裡還有四個小的呢，已經出來太久了，還不知家裡鬧騰成了什麼樣子，我這就先回去了。」

許安慧走後，一直站在一旁的鈺哥兒走過來道：「娘，我也可以幫忙您做事。」

九歲的鈺哥兒挺直了腰背，昂頭注視著宋芸娘，目光堅定，小小的臉上掛著與他年齡不相符的一本正經的表情，儼然一副小大人的模樣。

他這兩年長得快，差不多已經到了她的肩膀，眉目輪廓間隱隱可以看得到蕭靖北的影子。

宋芸娘樂了。「鈺哥兒，你好好唸書就行，家裡的事情用不著你操心。」

李氏走過來摸了摸鈺哥兒的腦袋，露出了慈愛的笑容。「鈺哥兒真孝順。不過，你還是個小孩子呢，哪兒能讓你做事情。」

鈺哥兒不滿地偏了偏頭，氣鼓鼓地嘟起了嘴。「祖母，別再老將我當小孩子，我已經長大了。以後我每天自己去外公那兒讀書，您不要再接送了，您天天去接，學堂裡的孩子們都笑話我。」

當初宋思年在家裡為鈺哥兒啟蒙的同時，也連帶收了其他幾個相熟人家的小孩。誰知道一傳十、十傳百，張家堡一些軍戶們便紛紛找到宋思年，想把孩子送到他那兒讀書。

原來，朝廷頒布了新的軍政條例後，好多符合條件的軍戶們都想讓唯一的子弟讀書，藉此脫離軍籍。

也有一些不符合條件的軍戶，特別是原為文官的軍戶，他們心中都有著文人情結，便也想讓自己的孩子讀書。

同時，宋思年的腿自從受傷了之後就不夠靈活，做不得粗活，田地裡的事情不得不委託蕭靖北雇人耕作。加上荀哥兒去了靖邊城讀書之後，他閒在家裡無事，便乾脆在家裡開了個小學堂，收了鈺哥兒等十來個孩子，將「傳道、授業、解惑」當成了主業。

以前都是宋芸娘每日早上送鈺哥兒去宋思年家讀書，幫他做做家務活，下午再順便帶鈺哥兒回來。

只是這一個多月來她身子不適，便由李氏接送。宋芸娘接送的時候只是順便，現在李氏則是每日特意去接送鈺哥兒，便引起了其他幾個孩子的嘲笑，所以有了鈺哥兒的那一番話。

說話間，東廂房裡傳來了妍姊兒的哭聲，宋芸娘放下手裡的活，雙手在圍裙上擦了擦，一邊急匆匆往廚房外走。

「娘，我去照看妍姊兒。」鈺哥兒已經一溜煙地跑了出去。

「芸娘，妳就歇息會兒，讓鈺哥兒去吧。」李氏輕輕拉住了芸娘。「妍姊兒再怎麼哭鬧，只要鈺哥兒一逗她就好，只怕比妳去還有效一些。」

宋芸娘想了想，也笑了。「說得也是。他們兄妹這麼親近，我也很是欣慰呢。說實話，當初妍姊兒出生的時候，我還擔心鈺哥兒有抵觸情緒，想不到他那般喜愛妍姊兒。」

「鈺哥兒像四郎，又孝悌、又仁義，當然會疼愛妍姊兒。咱們這樣的人家，自然要家人團結、子女和睦方能好好過日子。」

李氏看了看芸娘仍然平坦的小腹，眼中充滿了期盼。「妳這一胎要是個哥兒就好了。俗話說，打虎親兄弟、上陣父子兵，在這種地方，兄弟越多越有出息，咱們這個家才越能站得住腳。」

芸娘臉上笑意滯了滯，小聲道：「娘，這種事情哪能說得準的，全看天意吧。」

李氏愣了愣，忙回道：「妳不要有壓力，生兒生女都好，我是一百個喜歡，四郎更是不用說；反正咱們家已經有了鈺哥兒，將來不怕四郎的軍職無人承襲。妳弟弟荀哥兒去年也已經考取了生員，再讀個幾年，將來你們家除籍只怕已經是板上釘釘的事情，所以你們也不必有定要生個兒子繼承妳父親軍職的壓力。」

芸娘看著李氏言不由衷的模樣，噗哧笑了。「娘，我倒真的是沒有任何壓力，不過您若再這樣多說幾遍，我可就真的有壓力了。」

李氏笑著伸手點了點芸娘的額頭。「妳這張嘴啊……」頓了頓，又道：「方才親家老爺說了，他那兒頂多只能啟蒙，鈺哥兒已經有了一定的基礎，建議我們開年將鈺哥兒送到靖邊城去，和荀哥兒一起在書塾讀書，畢竟那兒的先生多，學生也多，可以正正經經地做學問。」

見宋芸娘露出不贊成的神色，李氏又道：「親家公說了，雖然鈺哥兒將來要繼承四郎的軍職，不會走從文這一條路，但多學些學問總是好的。四郎現在已經是把總了，好歹也是個正七品的武官。他年紀輕，再拚個數十年，只怕以後還會繼續晉升，不管升到哪一步，將來總是要由鈺哥兒來承襲。我們蕭家的兒郎，可都是能文能武的儒將，沒有誰是不通筆墨的赳赳武夫。」

宋芸娘笑道：「娘，您別著急，我並沒有不同意，只是想到鈺哥兒年紀還小，擔心他去靖邊城讀書無人照顧而已。雖說荀哥兒現在也在靖邊城，但過不了多久他便要去宣府城的府學讀書了，也照顧不了鈺哥兒多久。」

李氏本想說自己跟去照顧鈺哥兒，可是想到若自己和鈺哥兒一走，家裡就只剩下了芸娘和妍姊兒，芸娘又有了身孕，便閉口未提。

「娘，這件事情還是從長計議吧，反正季寧過兩日便要回來了，這件事還是要問問他的意見才好。」

只是宋芸娘在家裡等了兩日，沒有等到蕭靖北，卻等到了他的一封信。

「芸娘，四郎在信上怎麼說？他什麼時候回來？」李氏見宋芸娘看完信後面色不豫，便緊張地問著。

「是啊，爹什麼時候回來？」

「娘，爹爹怎麼還不回來啊？」

坐在飯桌上的鈺哥兒和妍姊兒也異口同聲地問著，兩張小臉都眼巴巴地看著她，兩雙酷似蕭靖北的晶亮黝黑眸子裡都充滿了期盼。

宋芸娘低頭輕輕將信裝進信封收好，暗暗隱藏住失望的情緒，抬起頭時，面上已是一片寧靜，柔聲道：「四郎信上說，這幾日軍務較多，他可能要過些日子才能回。」

「為什麼？爹爹不是說這幾日就回來嗎？爹爹壞，說話不算話！」妍姊兒忍不住大聲叫了起來，紅潤的小嘴高高翹起，皺起了小眉頭，一副氣呼呼的樣子。

「妍姊兒，爹從來都是說話算話的，這次肯定真的有事情，說不定過些日子他便回來了。」鈺哥兒懂事地安慰妍姊兒。

「可是……」妍姊兒仍然噘著嘴，眼淚已經開始在眼眶裡打轉。「我好想爹爹啊……」

「我知道，我們都想爹爹，可是爹爹肯定不是故意不回來的。妍姊兒，妳別哭，走，哥哥帶妳去玩一個好玩的遊戲。」鈺哥兒跳下凳子，將小年團子般的妍姊兒從椅子上抱下來，一邊小聲勸著，一邊拉著她去了他的西廂房。

宋芸娘看著一高一矮兩個小小的身影，剛才收到信後滿心的失望和煩悶一下子減少了許多，心中不禁暗笑自己居然不如一個孩子懂事。

一旁李氏也在欣慰地笑著，定定望著他們離去的背影，半晌才感慨道：「鈺哥兒真的是長大了啊……」

晚上，宋芸娘一個人躺在空蕩蕩的炕上，翻來覆去地無法入眠。

蕭靖北自從去了軍隊後，便一直軍務繁忙，一、兩個月才只能抽空回來幾天。周將軍用三年的時間訓練出了一支技術熟練、槍法精準的火器營，現在儼然已經成為軍隊中的核心力量。

而蕭靖北靠著這三年來吃得了苦、立得了功，已經晉升為火器營的把總。

蕭靖北在軍中幹得風生水起，可苦了伺候一家老小的宋芸娘。白天的時候日子倒也好過，從早忙到晚的家務，再加上一家人說說笑笑，不知不覺就到了天黑。

只是晚上的日子太難過，孤單單躺在炕上，只覺得椎心蝕骨的思念猶如密密麻麻的小蟲子在啃食著自己的心，痛楚難忍。既擔憂蕭靖北在軍中有事，又心疼他獨身在外受苦，午夜夢迴間，芸娘常常淚流滿面，第二日卻又強撐笑顏，沒事人一般當起了家裡的頂梁柱。

宋芸娘以前每每無法入眠時，都會側身靜靜看著睡在一旁的妍姊兒，聽著她平靜的呼吸，握著她柔軟溫熱的小手，便會覺得空蕩蕩的心一下子滿滿當當，又柔又暖，妍姊兒香甜的睡眠也帶著芸娘沈沈入夢。

只是這半個月來，自從發現宋芸娘有孕後，李氏擔心妍姊兒影響芸娘休息，晚上便將她抱到自己房裡睡覺。

少了妍姊兒這個「小暖爐」，宋芸娘越發難以入眠，腦中不斷回想著蕭靖北信中的寥寥數語。

這三年來，蕭靖北每次的家書都是好幾張紙，記載了密密麻麻的思念和無微不至的關懷，最遲兩個月、最快一個月的歸家探親也是雷打不動的定律。只是，這一次他一反常態的推遲了歸家的時間，信上也只用了潦草的字跡簡單地說軍中有急事，不禁令宋芸娘又疑惑、又焦急。

她想著，自從四年前韃子攻城失敗，後來又被軍隊重擊後，這幾年邊境平和，除了偶爾有幾支部落的韃子小小地越境侵擾一下，掠奪些牲畜糧食之外，倒也沒有大規模的入侵。

可是蕭靖北說軍中有急事，莫非又有戰事要起？此時已是深秋，正是草長馬壯之時，也正是韃子入侵的最佳時機……

宋芸娘胡思亂想著，不知不覺間窗外已經是濛濛亮，隔壁院子裡的那隻大公雞又耐不住地開始打鳴。芸娘翻了個身，一把扯起被子蒙住頭，心中不停念叨：一定要睡著，一定要睡著，為了腹中的孩子，怎麼也要好好睡一覺……

宋芸娘起來的時候，太陽已經高高掛在天空。藍天白雲，秋高氣爽，微風輕輕拂在面上，送來了張家堡外稻穀成熟的芬芳。院子裡靜悄悄的，這個時辰，鈺哥兒應該是去了宋思年那兒讀書，李氏大概是不放心鈺哥兒，便跟著去察看，連帶著將妍姊兒也帶了去。

昨晚未睡好，此時腦中昏昏沈沈，腹中既沒有食慾卻又餓得慌，宋芸娘走進廚房，卻見灶上熱著小米粥，蒸籠裡還留著幾個包子和饅頭。

胡亂吃了幾口之後，宋芸娘一人待在空蕩蕩的院子裡，倍感孤寂。她看見院子裡已經落了一層落葉，想著左右無事，便拿起掃帚慢慢地掃著。

「請問，宋娘子在家嗎？」院門明明虛掩著未關，門外卻響起了敲門聲，說話的聲音又粗又老，透著陌生和怪異。

宋芸娘放下掃帚，一邊向院門走去，一邊問道：「是誰呀？」

「送信的。」

送信的？宋芸娘滿腹疑惑，昨日蕭靖北的信不是剛剛到嗎？而且他每次的書信都是隨軍報一起送到防守府，往往都是鄭仲寧幫忙拿了再由許安慧送過來，從來沒有人上門送過信。

「送信？送什麼信啊？」宋芸娘輕輕拉開了門，卻見門外空無一人。

正在疑惑萬分時，門側閃進來一個高大的身影，幾步走進來合上了門，下一刻，她已經落入了一個溫暖硬朗的懷抱。

「季寧！是你！你……你怎麼回來啦？」宋芸娘看清了他的面容，驚喜地問著，淚水已經無法抑制地淌了下來。

「傻姑娘，哭個什麼呀？」蕭靖北一邊手忙腳亂地擦著她的淚水，一邊柔聲安慰。

雖然這幾年蕭靖北都是一、兩個月才歸家一次，但每一次都是有計劃、有安排，從未有過臨時歸家。

宋芸娘剛剛經過了昨日的失望，又經歷了方才的疑惑，此刻猛然看到突然冒出來的蕭靖北，一下子有些懵住了。再加上她這一胎懷得辛苦，情緒多變，此刻只覺得又心酸、又委屈，忍不住一邊捶著蕭靖北堅實的胸膛，一邊又哭又笑。「你……你不是說不回來了嗎？你……你還冒充什麼送信的……你真是……你真是……」

蕭靖北緊緊摟著芸娘，任她的手一下一下捶在自己身上，只覺得又酥又麻。他含笑靜靜看著她，風塵僕僕的臉上充滿了柔情。

幾年的邊境軍旅生涯在他的面容上刻下風霜的印記，他的神色更加堅毅，身形更加挺拔，周身散發著一股掩飾不住的凜冽氣勢。

「寄信是前些日子的事情了，當時的確是以為不能回來。」蕭靖北輕聲開口。「不過，這兩日剛好有事到靖邊城公幹。我們提前辦完了公事，順路經過張家堡時，我讓那幫手下先回兵營覆命，我回家看看妳……你們。」他頓了頓又道：「剛才我從門縫裡看到妳一個人在院子裡，所以想給妳個驚喜，想不到倒是驚嚇到妳了。」

宋芸娘面色一紅，忍不住又伸手捶了他一拳。

蕭靖北順勢一把握住她的手，放在唇邊吻了吻，沈默了會兒，又低沈地說：「我……我明日早上便走。」

宋芸娘欣喜的心情即刻蒙上了一層陰影，黯然道：「這……這麼快？」想了想，又緊張地問：「季寧，你之前在信上說，軍中有緊急事務，這次回來也是行色匆匆，到底是什麼事情？」

蕭靖北聞言緊鎖了眉頭，面容蒙上一層陰霾，他猶豫了會兒，卻顧左右而言他。「怎麼妳一個人在家裡？母親呢？鈺哥兒和妍姊兒呢？王姨娘還沒有回來嗎？」

宋芸娘忍不住鼻子一酸。這幾年，蕭靖北就像這個家裡的過客，每次都是匆匆回來幾日便走，家中大小事宜都交給他們這群婦孺。他每次回來都是上司視察工作般簡單詢問一下，又匆匆離去。

宋芸娘道：「鈺哥兒去爹爹那兒讀書了，母親可能帶著妍姊兒去看他了；至於王姨娘，她還留在靖邊城呢！」

蕭靖北奇道：「以前不都是妳送鈺哥兒去岳父那兒嗎？怎麼是母親送去了？還有，王姨娘怎麼去了這麼長時間都沒有回來？」說罷又心疼地看著芸娘。「家裡這麼多的事情，妳一個人怎麼忙得過來？芸娘，這幾年辛苦妳了！」

宋芸娘剛剛忍住的淚又滾落下來，哭了幾聲，又破涕為笑，忍不住拍了一下蕭靖北。「瞧我，淨顧著拉你說話了，看看你這一身的塵土，快去淨房，我燒水給你洗洗。」

蕭靖北簡單擦洗了下，又換上了家居的青色長袍，一邊舒適地道：「還是家裡好啊！」一邊神清氣爽地走出來，宋芸娘早已拿著一疊乾帕子等在外面。

「季寧，頭髮濕漉漉的仔細著涼，我來給你擦擦。」

蕭靖北深深看了她一眼，嘴角噙著溫柔的笑容，如往常一樣側身坐在窗前的軟榻上。

宋芸娘拿著帕子包住他的濕髮輕輕擰著，一邊和他慢慢講述著這兩個月發生的事情。蕭靖北唇角含笑，專注地聽著，時不時應和幾句。

「哦，妍姊兒還會說那樣的話？這個小傢伙！」

「鈺哥兒真的堅持自己上學？到底是長大了……」

「生意上的事情妳先別急著做決定，回頭我們再慢慢商議……」

窗外的陽光照進來，將兩個人籠罩在溫暖明亮的光影之中，他們的面容便有了幾分朦朧。

院子裡靜悄悄的，只聽到宋芸娘柔柔的聲音輕輕響著，如幽林裡清澈的溪流在緩緩流淌。蕭靖北只覺得內心一片寧靜，他忍不住伸出手攬住了芸娘。

宋芸娘一驚，只覺得一陣眩暈，下一刻她已經倒在軟榻上，眼前一暗，蕭靖北已經俯身覆了上來。

「季……季寧……」宋芸娘有些結結巴巴。

「芸娘……別……別說話……」蕭靖北嗓音嘎啞，帶著蠱惑。「芸娘……芸娘……想死我了……」

他凝視著芸娘，眼睛裡彷彿跳躍著熾熱的火苗，燙得人心慌。他的嘴唇更是滾燙，在她的面頰、嘴唇、耳垂、脖子上狠狠地吻著，流連忘返。

「母親……母親要回來了……」雖然也算得上是老夫老妻，但是，大白天做這樣親密的事情，又擔心李氏和妍姊兒隨時會回來，宋芸娘有幾分緊張和羞澀，一邊輕輕地推著他。

蕭靖北抬起頭，定定看著芸娘，突然格格笑出了聲。「妳怎麼還這般害羞？」說罷狡黠地眨眨眼。「放心，我已經將門閂上了，母親若回來，就讓她去隔壁再串串門子吧……」

此時正值中午，窗外一片明亮，陽光卻只能透過窗子在軟榻邊上留下一道短短的光影，似乎也不願驚擾了上面正柔情密意的兩個人。

情到濃處、意亂情迷之時，宋芸娘眩暈的腦中突然閃現一絲理智和清醒，她慌亂地一手護住肚子，一手推著蕭靖北，急道：「季寧……小心……小心孩子……」

蕭靖北猛地抬起頭，錯愕地看著她。「什麼……什麼孩子？」愣了一會兒，他迷亂的眼神漸漸清醒，轉瞬呈現狂喜，他激動地摟著芸娘，喜不自勝地問著。「芸娘，真的？」

宋芸娘微微點了點頭，蕭靖北抱著她使勁親了幾下，咧開嘴傻笑了會兒後，突然臉上閃現出幾分慌亂。他急忙翻身坐起來，小心翼翼地撫著芸娘的肚子，緊張地問：「芸娘，妳……妳怎麼樣？剛才有沒有壓到妳……壓到孩子？」

宋芸娘搖搖頭，雙手搭在蕭靖北撫著自己小腹的手背上，波光瀲灩的眼睛裡是水漾的溫柔，唇角微微翹起，帶著為人母的自豪和驕傲，輕聲道：「他乖著呢，他和妍姊兒一樣體貼懂事，知道他爹爹回來了，乖乖地不鬧騰呢！」

蕭靖北小心翼翼地側身躺在一旁，輕輕撫著芸娘滑潤柔軟的面頰，深邃狹長的眼睛微微瞇起，裡面是濃得化不開的柔情，良久，才啞聲道：「芸娘，實在是辛苦妳了。我……這次的事情過了後，我一定回來陪著妳……陪著你們，不論周將軍如何挽留我都不管。」

「對了，這次到底出了什麼事，你這麼慎重？」

蕭靖北猶豫了下，眼中閃過一絲緊張和憂心，頓了頓才嘆了口氣道：「罷罷罷，我本來想著不讓你們擔心和緊張，不把這件事情告訴你們；但是，這件事情只怕馬上就要傳得沸沸揚揚，與其讓你們從別人嘴裡聽到不實的傳言，更加慌亂，還不如我先告訴你們。」

「到底是什麼事情？你這樣遮遮掩掩的，我越發緊張和不安。」宋芸娘急得坐了起來，她知道蕭靖北這幾年已經歷練得更加沈穩，不管多大的事情都是舉重若輕，哪怕泰山崩於前都是面不改色，此刻見他這般緊張，她不覺有了幾分慌亂。

蕭靖北嘆了口氣，正準備向宋芸娘一一道出，突然聽到院門砰砰響著，還聽到李氏焦急的聲音。

「芸娘，妳在家裡嗎？怎麼把門關上了？」

一旁還夾雜著妍姊兒帶著哭音的喊聲。「娘——娘——」

宋芸娘一時大窘，脹紅了臉，又氣又羞地瞪著蕭靖北。蕭靖北看著她紅撲撲、氣鼓鼓的臉蛋，忍不住偷樂，他嬉笑著在芸娘側臉親了一下，翻身跳起來走出去開門。

李氏和妍姊兒進門看見蕭靖北，自然又是一番驚喜和歡叫。蕭家的院子裡一下子生動熱鬧起來，蕭靖北的歸來讓家裡的每一個人都充滿了喜悅和興奮。

吃過晚飯後，蕭靖北將一直撒嬌地坐在自己懷裡吃飯的妍姊兒抱下來，笑咪咪地看著她。「妍姊兒，去和哥哥一起玩去。」

妍姊兒伸著柔軟的小胳膊，緊緊摟著蕭靖北的脖子，奶聲奶氣地說：「不要，我要和爹爹一起玩！」她小小的身子透著甜膩膩的氣息，細微溫熱的吐氣噴在蕭靖北的耳側，令他皮膚上麻麻的，心裡更是軟酥酥的。

蕭靖北在她的小臉蛋上親了親，柔聲道：「爹爹還有事情要和妳祖母商量，待會兒再和妳玩。」

「爹爹——我不嘛——」妍姊兒不依地緊緊抱著蕭靖北的脖子，小身子鑽進他懷裡，似乎怕一鬆手蕭靖北便會離去。

蕭靖北無奈地看了看宋芸娘，送去一個求救的眼神。他每次回來都將妍姊兒寵到了天上去，在這個女兒面前一點兒父親的威嚴也沒有。

在妍姊兒心裡，這個只會笑咪咪地陪著自己玩耍，會將自己拋得高高地再穩穩接住的爹爹，是天下最強壯、最有本事、最溫和的人，比時不時會嚴厲教訓自己的娘要好許多倍，所以只要蕭靖北一回來，她便膩在他的身上。

宋芸娘笑著搖了搖頭，走過來將妍姊兒的小手拉開，又對站在一旁正一臉孺慕地看著蕭靖北的鈺哥兒道：「鈺哥兒，你把妹妹帶到你房裡玩一會兒。」

「是，娘。」鈺哥兒畢恭畢敬地應了一聲，走上前拉妍姊兒的小手。

「不嘛，不嘛。」妍姊兒一邊擰麻花兒般地扭著小身子，一邊眼淚汪汪地看著蕭靖北。

看著這玉雪可愛、又對自己百般依賴的小女兒，蕭靖北只覺得心又酥又軟，幾乎都要化了。

他眼神更加柔和，蹲下身子，輕輕摸了摸妍姊兒毛茸茸的小腦袋。「妍姊兒聽話，去玩一會兒就好，爹爹過會兒就去找妳。」

妍姊兒瞪圓了亮晶晶的眼睛望著蕭靖北，黑亮黑亮的圓眼睛好似兩顆放著光的黑寶石。「真的？爹爹說話算話！」見蕭靖北重重點了點頭，方才放心地跟著鈺哥兒出了房門。

兩個孩子離開後，正房裡一時安靜了下來。

此時天色已晚，室內、室外都陷入了一片昏暗。蕭靖北靜靜看著桌子上那盞煤油燈跳躍的火光，緊緊皺著眉頭，似乎在醞釀如何開口。李氏和宋芸娘也只是無聲地看著他，並不開口催促和詢問。

一時間，室內的空氣彷彿凝固了一般。

「母親，芸娘，不知妳們是否還記得四年前張家堡被圍城的事情？」沈默了良久，蕭靖北終於開口，打破了室內的寧靜。

「怎麼不記得，那是我們剛剛到張家堡的那一年。那個時候天天活在炮火之中，又擔心你和芸娘出事，可真真兒是嚇死我了。」李氏憶起了當年，她蒼白著臉拍著胸脯，一臉的心有餘悸。

宋芸娘突然瞪圓了眼睛看著蕭靖北，眼裡充滿了詢問和不敢置信。

蕭靖北看著芸娘的眼睛重重點了點頭，深嘆一口氣道：「當時在張家堡圍城的阿魯克又捲土重來了。據探子回報，他率領了十萬大軍，不日即將南下，再次侵擾我邊境。」

宋芸娘大驚失色。「當時韃子的軍隊不是受了重創被趕回草原深處嗎？」

蕭靖北又嘆了口氣。「當年韃子軍隊被趕走後，沈寂了一段時日。前幾年老可汗臨死前，將可汗位置傳給了大王子烏各奇，小王子阿魯克則在一幫老臣的堅持下被遠遠放逐了。那烏各奇野心不大，也不好戰，所以這幾年邊境除了偶爾有些小小的侵擾，並無大的戰事。

「只是——」蕭靖北話鋒一轉，低沈的嗓音帶了幾分殘酷和腥風血雨的味道。「這幾年阿魯克四處征戰，征服了好幾個蒙古部落，實力大增。半年前，他更是發動了政變，殺了烏各奇，自己做了可汗。」

李氏和宋芸娘都聽得心情沈重，目光一瞬不瞬地盯著蕭靖北。

蕭靖北突然有些後悔不該和她們說這麼多，看著李氏和芸娘擔憂的臉，他努力扯出一絲輕鬆的笑容。「妳們也不要這麼擔心，咱們梁國邊境上的十幾萬大軍也不是吃素的。」

此言一出，李氏和宋芸娘反而更加擔憂。

宋芸娘憂心忡忡地看著蕭靖北，李氏更是拉著他的手千叮嚀、萬囑咐。「四郎啊，打仗的時候可千萬不要衝在最前面，保命要緊。你現在已經是把總了，娘已經知足了，咱們家這樣的處境，也不指望你封妻蔭子，只盼你平平安安就好。」

宋芸娘看著急得流淚的李氏，忙掏出帕子遞給她，一邊安慰道：「娘，您不要擔心，季寧知道自保的。他已經答應我了，這次的戰事一結束，就回來陪著我們。」

「好，好。」李氏更加激動。「是應該回來。這幾年這個家都靠芸娘撐著，裡裡外外地操持，家裡面沒有個男人，實在是不易啊！」

她一臉心疼地看著芸娘。「你看看你媳婦兒這幾年憔悴成什麼樣了，特別是這一胎又懷得艱難，吃不好、睡不好的，這臉都小一圈了。」

蕭靖北心中苦澀，深深望著芸娘，眼中神色複雜，有感激，有內疚，更多的卻是心疼。

宋芸娘淡淡笑著，輕輕搖了搖頭，默默看著蕭靖北，波光流轉的雙眸裡跳躍著閃動的火光，一切卻又盡在不言中。

「對了，這次回來，還有一件事情要和妳們商量。」

沈默了片刻之後，蕭靖北又開口道：「這次韃子來勢洶洶，你們老的老、小的小的留在這裡，我實在是不放心。正好我在軍中的一個好友在靖邊城有個兩進的小院，兩個月前他們一家都搬到宣府城了，想把房子賣掉；我就想著，不如你們先搬進去，覺得好的話就買下來，畢竟，靖邊城比這裡要安全許多。」

「買……買房子？貴不貴？」李氏吃驚地問著。

宋芸娘也擔憂地問：「季寧，我們的軍籍都在張家堡，可以搬去靖邊城嗎？」

蕭靖北不在意地笑了笑。「到時我和劉大人打個招呼就行了。再說，我們的房屋、田地仍留在張家堡，仍然按時繳納稅糧，你們都是扛不了刀、打不了仗的婦孺，他也不會強留你們。你們先去住一段時間，待戰事平息後，如果仍覺得住在張家堡習慣一些，就不買房子，仍是搬回來住；若覺得靖邊城好一些，就將房子買下，搬到那裡去住，反正這幾年都是雇人種田，也不必非要守在這裡。」

宋芸娘想著若能在靖邊城有一處房屋，以後在靖邊城採買貨物什麼的會更方便，鈺哥兒開年便要在靖邊城上學，也需要有一個落腳處，便道：「若價錢合理的話，便是買下也可以。」

「價錢妳們不用擔心，主要看住得習不習慣。」蕭靖北道：「我這次去靖邊城辦事的時候抽空去看過那個院子，不大不小，很是幽靜，只看妳們覺得如何。」

李氏想到未來的生活即將進一步改善，露出了嚮往之色，轉念想到生活了四、五年的張家堡和熟悉的左鄰右舍，又有幾分不捨。

蕭靖北見李氏和宋芸娘不捨的神色，知道她們心中所想，便嘆了口氣。

「其實這幾年妳們應該也已經看到，自從劉青山大人當了防守之後，將這張家堡治理成什麼樣。他不但接回了他那個色厲內荏的大兒子，縱容他在張家堡繼續橫行霸道、欺男霸女；加上他和他的幾個親信整日只顧斂財，不重城防，既不加固城牆，也不加強練兵，萬一韃子的軍隊真的打來，只怕張家堡不會像當年一般能夠安然守住啊……」

宋芸娘和李氏想了想，也都深以為然，她們想到熟悉的家園極可能落入韃子的鐵蹄之下，不禁都面色沈重，心頭好似壓了一座沈重的大山。

第三十二章　靖邊城的新宅

蕭靖北走後，蕭氏一家在他的安排下搬去了靖邊城，連宋思年也一道搬了過去。

劉青山看在蕭靖北以及蕭靖北身後周將軍的面子，沒有強留行動不便的宋思年，卻堅持留下柳大夫，並將他收為軍中的醫士。

柳大夫無奈，只好自己一人留在張家堡，讓田氏和丁大山一起隨宋芸娘去了靖邊城。

韃子即將入侵的消息在邊境傳播開來，人心惶惶的張家堡很快炸開了鍋，有條件的人家也紛紛像蕭家一樣搬到更為安全的靖邊城甚至是宣府城。

劉青山在危機面前的處理能力遠不如當年的王遠，韃子尚未攻來，一眾官員已經開始自亂陣腳，張家堡很快陷入了混亂；若不是嚴炳、鄭仲寧等幾個意志堅定的官員苦苦支撐，張家堡只怕早已失去了正常的秩序。

許安慧仍然想像上次一樣留在張家堡陪著鄭仲寧，但鄭仲寧深知此次形勢更加嚴峻，堅持將她和母親以及四個孩子都送去靖邊城，張氏便也跟著搬去靖邊城的哥哥家。

徐文軒一家更是在剛剛有風吹草動之時便急匆匆搬到了靖邊城的住宅，只有徐文軒因軍職在身無法一同離開。徐家這幾年很是捨得砸銀子，徐文軒已經被升為總旗，只是這次任徐家砸出再多的銀子也沒有用，他仍被留在了張家堡。

蕭靖北好友的那座院子坐落在靖邊城一處僻靜的角落，周邊很是安靜，院子雖然不大，卻也乾淨整潔。宋芸娘、李氏和田氏帶著鈺哥兒、妍姊兒住進了內院，宋思年和丁大山則住在外院。

一直和許安文一起寄住在許安文舅舅家的荀哥兒也搬了過來，和家人團聚在一起，作為已經成年的男子，他自然也住在外院。

荀哥兒和許安文都通過去年的童試，考上生員，獲得了秀才的身分，正式邁入讀書人的行列。荀哥兒還因為考試成績一等，考取了廩生，每月可以獲得官府給的六斗廩米。

開年後，他便要和許安文一起去宣府城的府學讀書，準備兩年後的鄉試。

宋芸娘這幾年除了研製了適合不同季節、不同年齡的面脂，還研發了香膏、胭脂、口脂、髮油等各種護膚品，再加上徐家強力的推銷，這些統稱為「凝香雪脂」的護膚品倒是賣得極好，在宣府城周邊個個大大小小的軍堡廣受歡迎，打出了自己的口碑。

這幾年隨著面脂銷量的大增，宋芸娘便雇了五、六個女子，主要都是當年和她一起遇匪的不幸女子。

她們每月開一次作坊，用四、五日左右的時間做完成品交貨。只是現在搬到了靖邊城，沒有適當的場所和人手繼續做面脂，再加上宋芸娘自從懷孕以來，對各種氣味極其敏感，所以做面脂一事便暫停下來。

正好和徐家簽訂的三年合約已滿，又加上在戰爭的陰影下，也沒有幾個女子有心情去塗脂抹粉，面脂生意不是很好做，徐家便也沒有再提續訂合約的事情，宋芸娘更是樂得清閒。

反正這幾年賣面脂的錢，再加上田地裡的收成，蕭靖北又時不時拿些獎賞的錢財物資回來，家裡倒是積攢了些銀兩，短時間內卻也不愁生計。

丁大山卻是很心急，滿心可惜張家堡外那幾十畝即將成熟的晚稻。

他當年到張家堡和田氏相聚後，柳大夫本來打算讓他繼承自己的衣鉢，帶著他行醫；只是這丁大山目不識丁，對各種藥材也不懂得分辨，對看病一事更是沒有天分。他除了有一把力氣，能吃苦、肯幹活，也不會幹別的事情。

因此，宋芸娘他們商量了一下，乾脆將幾家的田地都交給丁大山打理，由他負責雇人耕種。種田這件事倒是正中了他的長處，這幾年他將幾家的田地照料得極好，年年都有好的收成。

在靖邊城待了兩日，剛剛安頓好後，丁大山見外面風平浪靜，便不顧宋芸娘和田氏他們的阻攔，執意要回張家堡收稻子。

「山子，去不得！」田氏眼淚汪汪地攔住了他。「外面那麼危險，還是留在家裡吧，萬一你有個閃失，我也不想活了。」

「娘，好好的稻子再不收的話，就只能等著韃子來糟蹋了。」

宋芸娘見丁大山神情焦急，倒是看出了幾分他的心思，笑問：「大山哥，我看你除了擔心田裡的稻子之外，還擔心別的什麼人吧？」

丁大山臉曬得黑，倒是看不出臉紅，只是神色有些局促。「誰……誰說的？哪有……哪有什麼人？」

宋芸娘掩嘴笑了。「什麼人你自己心裡有數。」

田氏也想明白過來，恍然大悟道：「哦，你是擔心翠兒吧？」看到難得露出害羞表情的愣兒子，她笑得更開懷了，滿臉的皺紋都舒展開來。

原來，田氏去年給丁大山訂了一門親，說的是張家堡一戶普通軍戶人家的女兒，姓葉名翠兒，今年剛剛及笄，婚期則是訂在明年春天。

宋芸娘想了想，笑道：「如果你實在擔心，便去張家堡將翠兒接來吧，免得你天天牽腸掛肚的，也不安心。」

丁大山不好意思地摸摸腦袋，傻笑著不說話，神色更加局促，田氏便笑著推了他一掌。「傻站著幹麼？還不快去。說好了，只是接翠兒過來，收稻子什麼的可不許再提。」

丁大山走後，宋芸娘見大小事宜基本上安置妥當，便想去王遠的府邸探望殷雪凝，順便看看蕭靖嫻和王姨娘，畢竟已經搬來靖邊城，作為蕭靖嫻的娘家人，在她生產之後一直未去探望，於情於理上都說不過去。

當年蕭靖嫻不顧眾人的反對，執意要嫁王遠為妾，李氏氣得當時就發誓今生不再見她；儘管如此，在宋芸娘出門之前，她還是神情不甚自然地遞給她一個小盒子，卻沒有多的言語。

宋芸娘打開盒子，只見裡面是一套小兒的銀項圈、銀手鐲，做工精緻，小巧可愛，心中便暗暗嘆氣。

王遠的府邸在靖邊城的中心地段，周邊都是官員的住所，房屋修建得高大而氣派。進了府門，裡面卻比張家堡的防守府窄小了許多，顯出幾分局促。

宋芸娘先去拜見了錢夫人，並送上最近做的幾盒面脂和胭脂。

自從蕭靖嫻入府為妾後，錢夫人對待宋芸娘就不復往日的親熱和熱情。再加上蕭靖嫻一進府就得到了王遠的寵愛，現在生了兒子，更是盛氣凌人，錢夫人對她心生不滿，連帶著對她的家人也不甚待見。

宋芸娘見錢夫人神情懨懨，一副不願多談的模樣，便也知趣地告辭，去了蕭靖嫻的房間。

蕭靖嫻看到宋芸娘倒很是驚喜，畢竟她在王遠府中的地位還有賴她哥哥的支撐。王遠寵愛蕭靖嫻，一方面固然是她懂得討他歡心，另一方面也多少有對蕭靖北看重的緣故。

蕭靖嫻的兒子名王承嗣，小名寶哥兒，從名字上就可以看出王遠對他寄予了厚望。孩子長得白白胖胖，倒也喜人。

宋芸娘送上了準備的禮物，又略略逗了幾下孩子，和蕭靖嫻隨便聊了幾句家裡人的情況，兩人便呆坐在那裡無話可說。室內一下子有些冷清和尷尬，只聽到孩子時不時「咂咂」叫兩聲。

幸好王姨娘及時救場，尋奶娘進來給寶哥兒餵奶，宋芸娘便乘機告辭。王姨娘送芸娘出門時，芸娘裝作不經意地問她為何一直沒有回過信。

王姨娘倒是愣住了。「什……什麼信？我從未收到過什麼信啊？」

宋芸娘一時無語，對蕭靖嫻的心又淡了幾分。

告別了王姨娘，宋芸娘終於可以去探望殷雪凝。

同是姨娘，蕭靖嫻單獨住一個小院，婆子、丫鬟一大堆，房內家具貴重、裝飾精美。

殷雪凝雖然比蕭靖嫻先進門，此刻卻住在角落裡一個小小的房間裡，室內光線昏暗，布局簡陋，充斥了濃濃的藥味和一股腐敗的氣息。

宋芸娘忍住胸中的不適，疾步走到床前，卻見一個乾瘦的女子一動不動地躺在那兒，雙眼似閉未閉，面色慘白，嘴唇乾裂，唯有胸口還在微微起伏著，表明這仍是一個活生生的人。

「雪凝，妳這是怎麼了？」宋芸娘的眼淚一下子湧了出來。

「芸……芸姊姊，妳……妳來啦……」殷雪凝慢慢睜開眼睛，努力看清了芸娘後，失神的眼睛裡閃現了幾分神采，她想支撐起身子，撐了幾下卻怎麼也撐不起來。

宋芸娘含著眼淚去扶她，震驚地發現她居然已經瘦得如皮包骨，心中又酸又澀，深深哀痛當初那個活潑明媚的少女怎會變得如此模樣。

一旁的小丫鬟機靈地拿了一個靠枕在殷雪凝背後支撐，端了一張凳子請宋芸娘坐下，又要去倒茶。

「蔓兒，別忙了，妳……妳出去看著門，我……我和芸姊姊聊一聊。」殷雪凝有氣無力地說著。

蔓兒「唉」了一聲，遲疑了一下，還是為宋芸娘端了一杯茶，這才出了門。

「雪凝，這才幾個月不見，妳怎麼成這個樣子了？」宋芸娘忍不住問道。

殷雪凝露出了一絲淒涼的笑容。「芸……芸姊姊，自從……那個孩子沒有保住之後，我……我這條命也去了大半截。大夫說我傷了身子，以後再也不能有孩子，我……我活著也沒有什麼意義了……」

「妳怎麼這麼傻啊？」芸娘泣道：「妳還這麼年輕，以後的日子還長著呢……」

「沒……沒希望……沒意思了……」殷雪凝聲音更加虛弱。「自從她……」她顫抖著指向蕭靖嫻住所的方向，手略略抬起卻又無力地頹然落下。「她進門以後，就沒有我的好日子了。」

宋芸娘心中淒然，緊緊握著殷雪凝的手，無聲地流著眼淚。

昏暗的小屋內密不透風，空氣中充斥了死亡的腐敗味道。

宋芸娘默默流著淚，看著眼前幾乎只有進氣沒有出氣的殷雪凝，似乎可以感受到她虛弱的生命力正在一點一點流逝，即將消逝殆盡。芸娘緊緊抓住她的手，期望能抓住她正在逝去的生命力。

「芸……芸姊姊……」沈默著喘息了一會兒後，殷雪凝突然抓緊宋芸娘的手，眼睛瞪得滾圓，神色可怖，手上的力氣也大得驚人。「我……我不甘心……我那個孩子……沒得蹊蹺，除了她，我……想不出第二個人。枉我一開始和她那般交好，全是假的……假的……夫人，夫人倒真的是個好人，我……我不該幫著她和夫人作對，我……我對不起夫人……」

「雪凝，不要說了，我知道，我都知道。」宋芸娘見殷雪凝神色激動，已經有些上氣不接下氣，幾乎快耗盡了體力，急忙攔住她。

「不……我要說，再不說，就沒有機會了。我知道，我的時日不多了……」

宋芸娘大慟，伸手捂住她的嘴。「雪凝，不要亂說話，妳還年輕，只要好生調養，很快便可以好起來。」

「好不了了……我自己的身子……我自己知道。」殷雪凝面如死灰，眼中卻放射出奇異的光彩。「芸姊姊，妳知道嗎，這些時日，我常常可以看到萱哥哥，我知道，他……他這是來接我了……」

「雪凝——」宋芸娘驚叫出聲，忍不住掏出帕子捂住嘴，失聲痛哭。

「芸姊姊，不要哭……」殷雪凝眼睛裡柔情似水，乾枯的唇角微微翹起，露出一絲淒美的笑容，枯瘦的臉上居然泛出神采，好似凋零前的薔薇花透支著它最後的美麗。

「能和萱哥哥在一起，我……我心裡歡喜得很呢。」她抬起瘦骨嶙峋的胳膊，緩緩將那只羊脂玉手鐲取下，顫抖著遞給宋芸娘。「這兩只手鐲……本就是一對，現在……將這只也送給妳。」

宋芸娘哭著搖頭，殷雪凝又推了幾次，神色堅決，芸娘只好無奈地收下。

殷雪凝神色一鬆，猛然咳嗽了一陣，勉強抬起手指了指門口的方向，又道：「芸姊姊，我……還有一件事情要求妳。我走了之後，唯一放心不下的……就是蔓兒。她是我的丫鬟，更像是我的妹妹。當年……老爺對我還好的時候買下她送給我，這些年，我孤零零的一個人，身邊唯一對我噓寒問暖的就只有她……我……已將她的賣身契還給了她。她是個可憐的孩子，芸姊姊，妳能幫襯的就幫襯一把……」

宋芸娘握著殷雪凝的手，連連點頭。「妳放心，她以後就是我的妹子，我一定好好照顧她。」

宋芸娘依依不捨地告別了殷雪凝，腦中久久回想著她那毫無生氣的面容，心情沈重而哀痛。

經過蕭靖嫻的住所時，她並未進去告辭，而是神色複雜地盯著那厚厚的朱紅色門簾看了一會兒，雙手緊緊攥起了拳頭。宋芸娘心情沈重地走出大門，卻見王姨娘拎著一個小包袱正站在門側。

見到芸娘，她立即迎了上來，臉上掛著羞愧和歉意，訕訕道：「芸娘，我同妳一起回去。」

宋芸娘有些詫異。「您不陪著靖嫻嗎？」

「還陪個什麼呀，她又不是沒有人照顧，倒是你們剛剛搬來，各種事情也多，我回去多個幫手。再說，我也好長時間沒有看到姊姊和鈺哥兒、妍姊兒了，心裡怪想念的。」

頓了頓，王姨娘又露出了幾分不自然的笑容。「妳一說那個信的事情，我這心裡就明白了。靖嫻年輕不懂事，你們別怨她……」

「您也知道靖嫻不懂事，有您在她身邊管著，她也可以收斂些。」

王姨娘立即紅了眼眶，嘴唇微微顫抖著。「妳也知道，我哪裡管得住她。她現在上有王大人的寵愛，下有一群丫鬟、婆子精心伺候著，我在旁邊略多說個幾句，她都沒個好臉色，我還不如回去，省得在這裡招人煩。」

宋芸娘無語，只好帶著王姨娘一同向東三巷走去。

此時，整個靖邊城籠罩在一片陰霾之中，灰沈沈的天空正如宋芸娘陰鬱沈重的心情。道路上的人們大多低著頭行色匆匆，在戰爭的陰影之下，每個人都是陰沈著臉，神情惶恐。宋芸娘走在路上，壓在她心頭的，除了有對戰爭的恐懼之外，還有著對殷雪凝即將離世的哀痛和不捨。

四、五日後，殷雪凝毫無聲息地死在了一個淒風苦雨的夜裡。

宋芸娘自從那日探望殷雪凝回來之後便大病了一場，這幾日更是夜夜作惡夢，神情恍惚。收到噩耗後，李氏擔心她身子受不住，說什麼也不讓芸娘去祭拜殷雪凝，連連聲稱孕婦在這種場合會受到沖撞。

宋芸娘無奈，又因為身子實在虛弱無力，便囑咐宋思年帶著荀哥兒代替自己去送殷雪凝這最後一程，畢竟兩家也曾相識一場。

殷雪凝的喪事極其簡陋，一口薄皮棺材就了結了這個柔弱女子的苦難一生。宋思年和荀哥兒去後，還見到了殷雪凝的家人。殷雪凝生前大概曾對家人提到過宋家的事情，因此兩家相遇後，雙方都沒有太大的震動和吃驚。

殷望賢和宋思年也算得上同是天涯淪落人，經過歲月的磨難，他們都是面容滄桑，毫無當年的意氣風發，又是相遇在這樣一個悲慘的時刻，略略說了幾句便都是不勝唏噓。

殷望賢的兒子殷雪皓比荀哥兒略小，因殷雪凝這幾年在王遠那兒基本上不得寵，對家裡的助益不大，他們家的境況一直未得到改善，便捨不得送殷雪皓進書塾唸書，而是由殷望賢親自教導。

他也參加了去年的童試，只是未能通過。沈默的少年靜靜跪在姊姊靈前，雙唇緊抿，雙拳緊握，目中噴射著仇恨的怒火。

雖然當年在江南官場上，宋思年遠不如殷望賢混得風生水起，但現在兩家都充軍到這北方邊境後，宋家的一對兒女反而比殷家的要出息了許多。

宋思年看到這一幕，便完全熄了對殷望賢原有的怨憤之心，反而生出了深深的同情。

他介紹荀哥兒重新認識了他童年時的朋友殷雪皓，並讓他們多多走動，以後同他們的父輩一般，一同讀書、一同走科考之路。

殷雪凝簡陋的靈堂上，錢夫人略略露了個臉便藉口身子不適回房歇息去了。王遠倒是出來寒暄了幾句，還似真似假地掉了幾滴眼淚，蕭靖嫻則是從頭到尾沒有出現。其他的僕人都是神色木然，充分顯示了殷雪凝在這個家中毫無輕重的地位，只有那個忠心的丫鬟蔓兒是真正的哀慟。

宋思年和荀哥兒送了殷雪凝最後一程之後，帶著蔓兒一起回到了東三巷。

這個小丫鬟只有十四、五歲，四年前，她與父親逃難到靖邊城，父親不幸病死，她無錢收殮，只好在街頭賣身葬父，被正好路過的殷雪凝和王遠看到。

殷雪凝見她年紀幼小卻命運悲慘，心生憐憫，而當時正是王遠新得佳人，與她蜜裡調油，對她百依百順的時候，自然毫不猶豫地買下這小丫頭送給殷雪凝，並助她葬了父親。

小丫頭姓陸，本名叫饅頭，這個寄予了她父母對美好生活最高嚮往的名字卻被殷雪凝鄙棄，給她起了蔓兒的名字。

陸蔓兒聰明機靈又忠心，殷雪凝死後，獲得自由身的她不願意再留在王遠府邸，外面危機重重又無處可去，便遵從著殷雪凝的遺願投奔了宋芸娘。

陸蔓兒的到來，讓小小的院子更加擁擠和熱鬧。內院裡房間俱已安排滿，本無空餘的房間可以安置她，懂事的鈺哥兒便立即提出要搬到外院，將自己的房間讓了出來。

這樣的安排，最開心的要數妍姊兒，小孩子感受不到戰爭的威脅，只看得到滿屋子親人環繞的熱鬧。她邁著小短腿在裡院、外院各個房間跌跌撞撞地穿梭，格格格笑個不停。陸蔓兒亦步亦趨，緊張地跟在她身後，她已經主動地將看護妍姊兒視作了自己新的責任。

戰爭的陰影越來越沈重，荀哥兒的書院已經停課，宋思年和他一老一少兩個男子守著一屋子的婦孺，面對越來越緊張的戰爭形勢，一家人心裡都充滿了惶恐和未知的恐懼。

唯一的一個壯漢丁大山半個月前接了葉翠兒送到靖邊城後，自己卻仍留在張家堡未回來，執意堅持多收一些稻子，害得田氏他們日日擔驚受怕地盼著他早日回來。

宋芸娘還沒有從殷雪凝逝世的悲痛中走出來，梁國建國以來最慘烈的戰爭終於爆發了。

韃靼可汗阿魯克率領著八萬大軍兵分兩路，如同一條毒蛇吐出的蛇信，分別伸向宣府和大同這兩個邊境的重鎮。

阿魯克率領著五萬大軍直襲大同，大同周邊一些大大小小的軍堡幾乎全被攻陷，大同岌岌可危。另一支三萬人的大軍則由阿魯克手下的第一悍將率領，向著宣府城而來。

在韃子的鐵蹄已經踏到宣府城的另一個衛城——靖虜城，靖邊城也即將封城之時，丁大山終於拖著一大車的糧食趕了回來。

田氏一看到丁大山，便衝過去好一陣子的捶打和哭罵。

丁大山倒是挺委屈，他一邊抱著腦袋左躲右閃，一邊叫著。「娘，娘，孩兒這不是好好地回來了嗎？娘，您聽我解釋。」

宋芸娘他們在大鬆一口氣的同時，也都是又好氣、又好笑，紛紛上前勸解。

丁大山方道：「你們別看我雖然一直沒有回來，可我一直在關注戰事，要不然怎麼能這麼及時地趕回來。韃子這一次來得凶，不多準備點糧食怎麼和他們耗下去。地裡的稻子已經收了一大半，還有十來畝實在是來不及收割了；不過你們放心，稅糧我已經交了，剩下的都拖了過來。」

「你這個臭小子，命都快保不住了，還記得交什麼稅糧？你就算不交，那劉青山還能將我們怎麼樣？他現在自身都難保！」田氏忍不住抄起雞毛撣子，又要敲打丁大山的頭。

丁大山不幸中招，他捂住腦袋「嗷」的叫了一聲，一邊跳著躲閃，一邊委屈地叫道：「娘，我哪裡是為了劉大人，我是為了張家堡的鄉親們。」

亂哄哄的室內一下子安靜了下來，田氏也拿著雞毛撣子愣在那裡。

只聽丁大山的聲音低沈了下來，有了幾分沈重和滄桑。「韃子要打來了，誰知道會圍城多長時間，我多給張家堡交點糧食，說不定到時候就可以多活一條命……」

一番話畢，宋芸娘他們都陷入了沈默，葉翠兒想到留在張家堡無法前來的家人，更是忍不住大哭起來。

「山子，疼不疼？」田氏愣了半晌忙上前心疼地摸著丁大山的頭，一邊眼淚也是淌個不停。

「對了，我這次在外面還聽到了一個消息，也不知是真是假，如果是真的，那可真是天大的好消息，再多的韃子咱們也不怕了，就安安心心地等著吧！」丁大山突然想起了什麼，眉飛色舞地說著。

「山子，什麼事？」

「大山哥？」

「快說，快說，別賣關子！」

眾人都好奇地看著他，七嘴八舌地問著。

丁大山得意洋洋地笑了笑。「告訴你們吧，聽說聖上帶著幾十萬大軍御駕親征了，勢必要與韃子大戰一場。你們想啊，聖上都來了，那韃子還不得被打得落花流水，逃得遠遠地，咱們還有什麼好怕的？」

「真的？」

「你說的可當真？」

眾人或驚或喜，或不太相信，只有李氏呆呆站了一會兒，突然冷冷哼了一聲。「御駕親征？他是嫌命太長了嗎？」

此言一出，眾人都是大驚失色。

宋思年急忙朝著宋芸娘使了個眼色，一旁的荀哥兒已經機靈地奔到院門口將門緊緊關了起來。

「親家母，這種大逆不道的話可說不得，這可是要掉腦袋的啊！」儘管門已經關上，宋思年仍然一臉緊張地小聲勸說。

李氏眉頭緊鎖，面色沈重，好似心頭壓著重重大山。她沈默了一會兒，看到面色驚慌的眾人，突然展顏一笑。「瞧我，真是老糊塗了，亂說話，聖上御駕親征當然是好事。」

她看了看亂糟糟的院子，立即挺直了脊背，又恢復成了當年那個沈著從容的侯府夫人，從容自若地指揮著。「你們都愣著幹麼，該幹什麼就幹什麼去。玥兒、翠兒，妳們幫著大山將這堆糧食收拾一下；荀哥兒，你帶著鈺哥兒回房唸書去；蔓兒，妳帶著妍姊兒去芸娘房裡，哄著她睡一會兒；芸娘，妳隨我來。」

李氏轉身剛走幾步，看到宋思年焦急的面孔，她頓了頓又道：「親家公也一起來吧。」

一走進正房，李氏便收斂了一直掛在臉上的笑容，坐在太師椅上皺著眉思索著，宋芸娘也順勢關上了房門。

「親家公，芸娘，我擔心這次御駕親征沒那麼簡單。皇上已經是五十多歲的人了，四年前我們在京城之時他的身子便不是很好，現在只怕是更甚。這次他居然會御駕親征，我懷疑背後有陰謀，說不準朝廷又有大的動盪啊！」

這些宮闈秘事、朝廷內鬥距離宋思年和宋芸娘的世界實在是太遙遠，他們兩人都愣愣看著李氏，嘴張了張，卻不知如何開口。

李氏突然產生了一股深深的孤獨感和無力感，她嘆了口氣，向他們講述了一些往事。

劉惠是梁國開國以來的第四任皇帝，太祖皇帝是馬上得的天下，經過了幾代人的征戰，到了劉惠這一代，周邊小的戰事雖仍是不斷，但大的征戰一概沒有，基本可以算得上是四海昇平。

劉惠非常崇敬自己曾經南征北戰的曾祖父和祖父，年輕時也十分重視馬上功夫和拳腳武術，還時不時組織皇親國戚們到郊外狩一狩獵、比一比武，自己也常常親自上陣；但是除此之外，他就再沒有其他任何的實戰經驗。

特別是這些年來，他寵信宦官劉振和張貴妃，年老體弱之際又迷上了煉丹。劉振和張貴妃狼狽為奸，教唆著劉惠疏遠了皇后和太子，當年更是以迅雷不及掩耳之勢將皇后一族剷除乾淨，蕭靖北一家就是在這樣的背景下慘遭滅族，被充軍到張家堡。

「奇怪的是，太子已經被幽禁四、五年了，卻一直沒有聽到重立太子的消息。」李氏深深皺起了眉頭，她雖然遠離京城，卻時時注意著皇城裡動態。「最受寵的張貴妃僅生了六皇子，今年才十五歲。她想讓自己的兒子越過前頭幾個已經成年的皇子當上太子，只怕還有不小的阻力。」

李氏眼裡突然閃出一絲精光，猛地立起身來。「皇上一直不立新太子，就說明他對太子還留有餘地，若非如此，當年他也不會那麼輕易放我們一馬……莫非……莫非皇上有了為太子翻案的意圖，引起了張貴妃他們的恐慌，所以在這個節骨眼上攛掇著皇上離京……若果真如此，只怕皇上此行甚是危險。」

她不顧宋思年和宋芸娘震驚的神情，急急地走到門口，拉開房門。「大山，你過來一下。」

正在搬米袋的丁大山小跑著過來，臉脹得通紅，汗水正順著臉頰往下淌著，憨憨地笑問：「李嬸嬸，您有什麼事情？」

「你快別幹活了，出去打探一下，皇上此次御駕親征，隨行的有什麼人，京城裡又是什麼人留守？」

丁大山愣怔了一下，面露為難之色。

宋芸娘想了想，便回房取了一小袋碎銀子給他。「城裡的軍爺、官宅裡的下人、茶館裡、酒樓裡的各色客人，也許有知道些許消息的人，用這些銀子和他們套套近乎，總會有些消息。大山哥，就辛苦你出去打探一下。」

丁大山雖然有些丈二金剛摸不著頭腦，但他還是立即出了門，在外邊晃悠了小半天後，臨近傍晚才回到家裡。

「聽說，聖上這次率領了三十萬大軍，京城裡的文武大臣，我大梁國最最神勇的五軍營、神機營和三千營，這京中三大營都浩浩蕩蕩地隨著他來了，端的是威武。」丁大山匆匆喝了一口茶，眉飛色舞地講述著他打探了一個下午的消息。

「那京城裡是誰留守？」李氏著急地問。

「這個？」丁大山撓了撓頭。「這個問得也不是很清楚，好像說是一個姓張的宰相留守，還有一個皇子監國……」

「是不是六皇子？」

「好像……好像是吧。問了好些人都不清楚，皇上都來了，誰還管什麼皇子不皇子的啊？」

李氏一下子臉上慘白，失魂落魄地慢慢向房裡走去。

宋芸娘急忙走過去攙扶著她，一邊小聲安慰。「娘，您也不要太過憂心，也許不是您所想的那樣。」

「皇子監國？」李氏苦笑了幾聲。「其實我早就想到只會是這種結果，卻偏偏還要不死心地去問一問。」她低聲慢慢講述著。

「皇上一共十個皇子，太子已被幽禁，二皇子生母低賤，三皇子年幼時患過病有些遲鈍，四皇子與太子同為皇后所生，早已被發配到遠在廣西的封地，無詔不得回京。七、八、九、十這四個皇子還只是小娃娃，能夠監國的就只有五皇子和六皇子，五皇子的母妃賢妃一向以張貴妃馬首是瞻。這次既然是張宰相留在京城主持大局，自然是他的外孫六皇子監國……」

李氏又苦笑了幾聲。「皇上啊皇上，您這次一出來，就是將皇權拱手讓給了姓張的一家啊……」

宋芸娘緊緊握著李氏的手，只覺得一片冰涼濡濕，還微微顫抖著。

李氏突然用力抓緊了芸娘的手。「芸娘，妳可知道，若果真是六皇子坐上了皇位，我們的日子可能會更不好過，皇上肯放我們一馬，但是那個女人不會。張貴妃心如蛇蠍，睚眥必報，她曾經被皇后壓了小半輩子，張宰相更是和侯爺當了一輩子的對頭。當年的事情即使不是他們一手策劃，也必定離不開他們的推波助瀾。芸娘，我很擔心……」

「娘，這都是您的猜想。皇上這次這麼大的陣勢御駕親征，怎麼可能跑來白白送死，就算他身後的三十萬大軍不頂事，咱邊境上還駐守著十幾萬大軍呢。娘，我們就只管安心等著吧。」

李氏的擔憂也好，宋芸娘的期望也罷，這一屋子的婦孺都無法左右戰爭的局勢，只能無能為力地待在小院子裡，靜待戰事的發展。

靖邊城已經封城，城牆外面圍了大量的流民，天天在城門口哀求和號哭，可是劉守備下令緊閉城門，一個也不能放進來。

大半個月後，靖邊城內物價飛漲，漲得最快、最不可思議的是各種糧食。一些不良的糧商在此關頭發起了國難財，他們屯糧自居，將糧食賣出了天價。

城內一些貧苦的人家存糧告罄，又買不起高價糧，膽子小的只好在街頭乞討，膽子大的則乾脆三五成群地聚集起來，打家劫舍。

他們不敢到家丁成群的大戶人家，便將目標鎖定了蕭家這樣的一般人家。城裡的官兵都將精力放到城防之上，無心他顧，這些盜賊便越發猖獗。

這些日子，宋芸娘家隔壁左右都進過盜賊，對門的男主人還在反抗時不幸被賊人砍傷。

自家也未能倖免，被盜賊「光顧」過幾次，幸好丁大山拚著一身蠻力打退了盜賊，卻將一屋子的婦孺嚇個半死。

王姨娘便趁著白天外面還太平，去了一趟王遠的府邸，也不知她是如何懇求了蕭靖嫻，居然帶了兩個王遠的家丁回來。這兩個家丁身材高大，孔武有力，都是腰挎朴刀，虎虎生威地立在那兒，有了這兩個人充當守衛，宋芸娘他們便安心了許多。

天氣已經轉寒，一到夜晚更是寒氣逼人。宋芸娘他們搬來得匆忙，再加上增加了人口，經過了快一個月只出不進的消耗，家中的柴火、糧食存量都已不多。

他們不知道這一次封城會持續多久，更不知蕭靖北現在身在何方，是否安全。

他們唯一能做的便是儘量待在家裡，減少木柴和糧食的消耗。除了保證懷孕的芸娘和鈺哥兒、妍姊兒兩個孩子有足夠的吃食，其他人每餐都是略略吃了幾口便擱下筷子，謊稱吃飽。

到了晚上，他們捨不得燒炕或者炭盆，偏偏當時搬家時走得匆忙，被子什麼的又大多留在張家堡未帶過來，便只能蜷縮在冰冷的炕上，在漫長又寒冷的黑夜默默祈禱著，期盼皇上帶來的大軍和邊境的將士們能夠早日驅除韃虜，解救百姓們脫離這樣的痛苦。

李氏和王姨娘她們更是日日吃齋唸佛，為蕭靖北祈福。

靖邊城仍然緊閉城門，靜靜屹立在那兒。韃子的軍隊並未馳騁到城下，也許他們正在別的地方肆虐，也許他們被梁國的大軍阻在了途中，無論外面戰事如何，城裡的人都一無所知，高大的城牆阻隔了外界的一切消息。

宋芸娘每日白天都是打起精神強顏歡笑，鎮定地安撫李氏他們。到了晚上，她望著窗外黑漆漆的暗夜，輕輕撫著已有些凸出的小腹，想著外面殘酷的戰事和毫無音訊的蕭靖北，未知的恐懼如暗黑的夜一般緊緊包圍著她，她心痛如絞，卻只能默默地流著眼淚。

這一日，靖邊城如往日一般，寧靜中帶著小小的喧鬧和嘈雜，街上仍有著三三兩兩的人群，大多數店鋪雖然生意一落千丈，但仍然堅持開著門。茶館裡更是擠滿了人，七嘴八舌地探聽著城門外的消息。

只有緊緊關閉著的城門和城牆上全副武裝、神情凝重的士兵，提醒著人們靖邊城的戰爭危機並未解除。

中午時分，突然間烏雲蔽日，黃沙漫天，悶雷般的馬蹄聲隱隱響起，疾速向靖邊城馳來。宋芸娘他們坐在家裡都感覺得到地面在震動，還聽得到遠處馬嘶鳴的聲音。

聲音越來越近，似乎已經到了城牆邊，李氏他們都臉色蒼白地呆呆坐在那兒，無法抑制地發著抖。

「我得出去看看去！」丁大山忍不住站起來，毅然走向院門。

「山子，去不得！」田氏急忙跑過去一把拉住他，一邊眼淚已經流了出來。「外面太危險了，就留在家裡吧！」

丁大山滿臉的焦急和煩躁。「我出去看看到底發生了什麼事情，我們也好有個應對。」

「還能有什麼事情，聽這動靜就知道已經兵臨城下了。」宋芸娘想起了幾年前張家堡被圍城的一幕，她將跑來跑去的妍姊兒一把拉過來，緊緊抱在懷裡，心中充滿了不安。

妍姊兒皺了皺秀氣的小眉頭，仰著頭看著屋子裡表情沈重而緊張的大人們，細聲細氣地問：「娘，兵臨城下是什麼意思？是什麼兵？」

一直沈默著的荀哥兒突然道：「我們也別自己嚇自己，說不定外面是自己人呢。不是說皇上帶了幾十萬人馬御駕親征嗎？也許是咱們梁國自己的軍隊。」

此言一出，眾人都神色一亮，丁大山更是急著要出去打探消息。此時聽得到院子外面鬧哄哄的聲響，還有許多人家站在門口互相緊張地詢問的聲音。

丁大山便不顧家人的勸阻，毅然出了門，沿路順便約了左鄰右舍七、八個壯丁，一起往城門而去。

宋芸娘他們緊閉院門，靜靜守在家中，等候丁大山的消息。

幾個時辰後，城牆外又有了動靜，噠噠的馬蹄聲響起，又漸漸遠去，似乎是有軍隊在城外駐紮了小半天，此刻又開拔到其他地方去。

宋芸娘他們面面相覷，有些摸不著頭腦。

愣了半晌，李氏突然面露喜色。「城外的軍隊走了，看來真的是自己的軍隊，才會這樣不傷靖邊城一兵一卒便輕易離去。」

宋芸娘心情卻沒有那麼輕鬆，這件事情透著蹊蹺和古怪，她心裡沈甸甸的，似乎有著不好的預感。

傍晚時分，丁大山終於跌跌撞撞地回來了，他臉色慘白，神色驚恐，額上是密密的細汗，一進門便一屁股癱軟在地上，看著焦急地看著他的一大家子人，帶著哭音嚷道：「完了，完了，幾十萬大軍都沒了，皇上也被俘了……」

「什麼？」李氏雙眼一翻，暈了過去。

本就驚慌失措的宋芸娘他們這下更是慌亂，驚叫聲，妍姊兒的哭喊聲，王姨娘慌著跑到廚房裡倒熱水，沿途撞翻了幾張凳子，打碎了幾個瓷碗……

好一番人仰馬翻的忙亂後，李氏終於悠悠醒轉了過來，看著緊張地圍著她的芸娘他們，還未開口，她的眼淚便掉了下來，嘴唇顫抖了半天，才哆嗦地問道：「大山呢？」

丁大山急忙擠上前，滿臉的愧疚。「李嬸嬸，我在這兒。」

方才他一回來控制不住自己的情緒，嚷出了外面悲壯的戰情，卻未想到家裡的這些婦孺老的老、弱的弱，無法承受住這樣的噩耗。剛剛除了李氏一口氣上不來暈了過去，宋思年他們也都是驚嚇得半死。

「大山，到底是怎麼回事？」李氏虛弱地問著。

丁大山便將今日在城門處探聽到的消息告訴了他們。

原來，方才圍在城門之外的果真是阿魯克的軍隊。只是他們並未攻城，而是派使者在門外喊話，稱劉惠已經被他們俘虜，此時正在他們的軍中，他們傳來了劉惠的口諭，命靖邊城官兵速速開城門受降，迎接皇上。

劉守備甚是狡猾，他拒不開城門，聲稱靖邊城只是邊境上的一個小小的軍堡，城內大小官員無一人見過皇上，無法辨認阿魯克俘虜的是不是皇上，更表示靖邊城是宣府城的衛城，一切行動要聽宣府總兵的號令。最後建議阿魯克去三十里之外的宣府城，那裡官員級別高，見過皇上的不在少數，只要宣府總兵受降，靖邊城一定隨著受降。

阿魯克見靖邊城拒不開門，不願消耗兵力攻城，便調轉馬頭，率軍去了宣府城。

「好一個狡猾的守備大人，居然就這樣將韃子大軍推到宣府城去了。」宋芸娘冷笑了幾聲。「只是到底皇上有沒有被俘，韃子說的是真是假，現在還未可知啊！」

宋思年也深以為然。「皇上帶著幾十萬大軍御駕親征，居然會被俘，實在是匪夷所思，我看這只怕是韃子的詭計，不太可信。」

李氏卻不是很贊同。「戰場上的事情，真真假假實在是說不清楚。不過，韃子的大隊軍隊居然一路行到這裡，又往更深處的宣府城而去，定是我梁國的軍隊未能攔截住他們。皇上就算沒有被俘，也是凶多吉少啊……」

「李嬸嬸憂慮的甚是。空穴來風，未必無因，韃子不會貿然撒下這樣的彌天大謊。依我所見，要麼皇上真的已被韃子俘虜，要麼皇上的軍隊已經戰敗，並且敗得很慘。」荀哥兒鎮定地開口。

荀哥兒這兩年長高了許多，已經長成了一個玉樹臨風的少年，他頭戴四方平定巾，身穿青色直裰，身子立得像一棵筆挺的小樹，面容沈靜，神色淡定，幾年的潛心苦讀生涯令他周身散發著濃濃的書卷氣，明亮有神的眼睛裡顯現出讀書人的博學和睿智。

「那……那怎麼辦？那季寧的軍隊會怎麼樣？」宋芸娘面色一下子慘白，一把緊緊抓住了荀哥兒的手，渾身抑制不住地顫抖起來。

與鎮定的荀哥兒相反，懷孕後的宋芸娘柔弱了許多，又極易情緒化，特別是事關蕭靖北的安危甚至是生死，她此刻更是六神無主，亂了陣腳。

第三十三章　梁皇帝的絕境

儘管所有人都希望皇帝被俘只是韃子為了破城而編出的謊言，但是天不從人願。此時，浩浩蕩蕩往宣府重鎮而去的阿魯克大軍中，有一輛小小的馬車，裡面坐著一個身形瘦弱、形容枯槁的老者，正是一個月前立志仿效祖先征戰千里、一舉殲滅韃子的劉惠。

他失神地靠坐在顛簸的馬車裡，目光呆滯。馬車的外面，刁悍的韃子兵一邊縱馬疾馳，一邊發出刺耳的怪笑聲，聲聲馬蹄都彷彿踏在他的心上，良久，一滴渾濁的眼淚慢慢順著他的臉頰滾落下來。

這些年來，劉惠寵信宦官劉振和貴妃張玉蕾，年老體弱、身體多病之後，又開始沈迷於煉丹修仙，追求吃下丹藥之後的飄飄欲仙之感。

每每吃下仙丹之後，他就精神亢奮，脾氣暴躁而多疑。他第一個懷疑和想壓制的，便是大權在握的國舅爺——鎮遠侯蕭定邦。蕭定邦性子耿直、脾氣倔強，在劉惠面前一向敢於為不同的政見和他爭執頂撞。

若是以前的劉惠，大多寬厚地一笑置之，可是晚年時進食過多的仙丹讓劉惠個性大變，開始變得剛愎自用，不再有容人之心；而蕭定邦並沒有意識到這一點，仗著與皇上關係親近，仍如同以往一般大大咧咧地隨意相處。

劉惠對他漸漸心生嫌隙，再加上劉振、張玉薔等人在一旁惡意中傷詆毀，最終導致了君臣關係完全惡化，直至蕭定邦被削爵，蕭家滿門抄斬。

先皇后蕭蕪蘅還在之時，尚能時時勸誡劉惠，讓他有所克制。蕭蕪蘅自盡身亡後，劉惠越發少了約束，他乾脆將朝廷政事交給了以張玉薔的父親宰相張鳴德為首的一幫大臣，自己則日日留在內廷，做個不問政事、只尋仙道的活神仙。

五年前蕭定邦一家被抄斬後，少了唯一與之抗衡的力量，一人獨大的張鳴德越發大權獨攬；後宮裡沒有了皇后的壓制，則成了張玉薔的天下，張鳴德和張玉薔一內一外，牢牢把持了梁國的朝政。

唯一令他們遺憾的是，劉惠儘管軟禁了太子，將先皇后一族的勢力連根拔起，但他畢竟與先皇后蕭蕪蘅是結髮夫妻，相扶相持、共同經歷了風風雨雨，有著深厚的感情。

特別是五年前蕭蕪蘅自盡身亡，臨死前留下一封血書，字字泣血，句句椎心。劉惠痛心疾首、愧疚悔恨之下，在心中始終為蕭蕪蘅留有一小塊角落，連帶著對她所出的太子和四皇子也格外網開一面。

幾年來，不論張玉薔和劉振如何進讒言，他始終對他們心懷仁慈，不忍心嚴苛責罰。太子劉榮熙是他與蕭蕪蘅的第一個孩子，寄予了他們兩個人無限的期望和厚愛。

這幾年，他僅僅將劉榮熙軟禁在京郊一處庭院，卻沒有更進一步的處罰，也一直未有立張玉薔所出的六皇子劉榮泰為太子的打算。

而一向以寬厚仁德示人的張鳴德隨著大權在握，漸漸開始流露本性，在朝廷上獨斷專行、排除異己。張玉薔更是寵冠後宮、恣意打壓欺凌其他大小妃子，朝廷內外開始隱隱有了反對的聲音。

眾臣們回想起了賢淑溫良的蕭皇后，和雖然言行跋扈但為人十分公正的蕭定邦，甚至有幾個老臣聯名上書，指出了當年長公主謀反案的重重疑點，要求重審蕭定邦之案，並早日解禁太子。

這樣的舉動和呼聲令張鳴德他們心驚不已，眼見劉惠身子越來越弱，而六皇子劉榮泰尚未成年，且仍未能立為太子，此時此刻阿魯克率大軍南侵，簡直是上天送到他們面前一個難得的機會。

張鳴德、劉振和張玉薔一內一外，成日在劉惠耳旁慫恿煽惑，吃多了仙丹有些飄飄然的劉惠一時頭腦發熱，決定親自率領著三十萬京軍北上征討韃子。

此次出征，本就準備倉促，途中軍糧沒有跟上，軍心已經不穩；再加上劉惠毫無任何征戰經驗，將一切軍政事務交由同樣沒有作戰經驗的劉振專斷，隨征的一些文武大臣卻不能參與軍政事務，導致軍內非常混亂。

梁軍首先浩浩蕩蕩地奔赴大同，劉惠本以為梁國聲勢浩大的軍隊一到，韃子軍隊就會嚇得落荒而逃，本就沒有做認真打仗的準備，想不到，韃子卻是毫不退卻，越戰越勇。

沿途聽聞阿魯克率領的韃子主力軍隊已經攻破了大同的周邊堡壘，即將攻陷大同，劉振已是嚇得驚慌失措。快到大同時，又聽聞阿魯克帶著主力去了宣府方向，意圖專攻京城，他便匆忙改變行軍路線，指揮著大軍又轉戰宣府的方向。

負責糧草的官員一直未能保證足夠糧草的供給，三十萬大軍被劉振指揮著東奔西走，又饑又寒、又疲勞，一路上怨聲載道。

行到龍門堡時，劉振下令就地紮營休息，全軍在飢渴交迫又惶恐不安的氣氛中，度過了難熬的一晚。夜半時分，梁軍最為鬆懈的時候，震天的殺喊聲突然間四面響起，原來早有韃子大軍埋伏在此。

此時，大多數梁國士兵已經數日未飽食，再加上沿途一直沒有水源，天氣又陡然轉寒，士兵們衣衫單薄，只能在飢寒交迫、又渴又累的狀態下倉促應戰。

龍門堡本就是易攻難守之地，韃靼騎兵騎著高頭大馬四面圍攻，直衝而下，破陣而入，殺得梁軍毫無招架之力。隨行文武大臣大多戰死，士兵死傷過半，僅有少數人馬得以僥倖逃脫。

「劉振！劉振！」劉惠目眥盡裂，咬緊牙關，握緊了拳頭恨恨一拳砸向馬車側壁。

被俘以後，他沒有仙丹可吃，不再成日混混沌沌，神智漸漸清明。這幾日以來，他回想了許多事情，想明白了自己竟然會一步步走到被俘這一步的緣由。

他想起當時兵敗之時，幾個親信侍衛本來助他換上士兵服飾，準備護送著他趁亂逃走，可是劉振看到後，偏偏故意扯著嗓子大喊。「聖上在此，保護聖上——」

韃子兵聽到動靜後，立刻策馬過來將他們團團圍住，不但殺死了他僅剩的幾個親信侍衛，還狠狠羞辱了他一番，將他俘虜；而那劉振卻趁亂逃走，不知所蹤。

「這個閹貨！」劉惠又恨恨捶了一拳。

他想起了太祖皇帝當年曾經說過「宦官不得干預政事，預者斬」的警言，可是自己卻不顧老祖宗的告誡，不但縱容著劉振在朝廷橫行作亂，還被他鼓動著親征。最不應該的是讓他隨意指揮大軍，導致三十萬大軍幾乎全軍覆沒，而自己也不幸被俘，成了整個梁國的恥辱和笑柄。

「阿蘅……阿蘅……我對不住妳……」在人生最落魄的時刻，第一時間出現在劉惠腦海的，不是他現在最寵愛的張玉薔，而是髮妻蕭蕪蘅。

他想起他第一次見到蕭蕪蘅，是在一次宮廷宴會上。春風拂面、暖陽宜人的陽春三月，奼紫嫣紅的御花園裡，一群活潑嬌豔的少女正在漫步賞花。她們都是侯門貴族家的尊貴小姐，進宮參加皇后設的百花宴，宴會的目的是，從她們中間選出未來的皇后——當時的太子妃。

皇后當時有意令宮人帶著這群少女從還是太子的劉惠面前經過，十幾個千嬌百媚的佳人中，他一眼就看到了她。蕭蕪蘅不是最漂亮的那一個，但是她端莊的儀表，泰然自若的神態，優美輕靈的步伐深深打動了他。

他想起了他們在東宮之時度過的甜蜜時光，想起了他們共同迎接第一個小生命時的欣喜和激動……

劉惠想起了往事，不禁又流下了幾行熱淚。他不明白自己最後為何和蕭蕪蘅走到了那一步。他突然想起，他當年之所以與蕭蕪蘅關係越來越冷淡，一方面固然是蕭蕪蘅色衰愛弛，漸漸失寵，另一方面也是蕭蕪蘅每每一見面，便不斷地板著面孔勸誡他不要再吃仙丹，不要寵信劉振，引起了他的厭煩。

他又想起了這幾年來，劉振在他面前鼓吹著仙丹的妙處，害得他越發沈迷於求仙煉藥。可就是這個仙丹，不但未能讓他延年益壽，還令他迷失了自我，失去了自己最親愛的人……

他想著，若阿蘅還在，一定不會贊成自己率軍親征；若身經百戰的蕭定邦還在，自己也肯定不會被可惡的韃子欺辱到如此地步。

他又想到了遠在京城的貴妃張玉薔。「薔兒，薔兒，她定是嚇壞了……」在他的眼裡，他的薔兒一心依附著自己，無論自己做出何種決定她都是毫不猶豫地贊成。

他想起自己在猶豫是否應該親征時，薔兒以崇拜的眼神看著自己，眼中充滿了鼓勵……

劉惠又看了看馬車外，幾十個高大健壯的韃子騎兵緊緊圍在馬車四周，看來韃子並沒有殺他的打算，而是想挾持他換取更多、更大的利益。劉惠又有了幾分心安，他知道，不論韃子提出什麼樣的要求，他的薔兒都會答應，只要換得他回去。

阿魯克挾持著劉惠一路暢通無阻地到了宣府城下。雖然宣府城內駐守著三萬多精銳騎兵，可是不論是梁國大軍在龍門堡被圍攻時，還是此刻韃子大軍已經殺到城下，裡面都靜悄悄的，好似一座空城一般毫無動靜；只有城牆之上隨風飄動的旌旗和隱隱冒出牆垛子的長矛，才顯示裡面有著嚴密的防守。

阿魯克命人將劉惠的馬車直接驅使到宣府城門口，又命人在城門喊話，令宣府總兵和巡撫速速打開城門，迎接劉惠進城。

城內沈默了一會兒，良久，才有士兵在城門上喊話，說奉楊總兵和徐巡撫之命，不能打開城門，並要阿魯克速速撤兵，否則即將開炮轟炸。

坐在馬車裡的劉惠聽到這一番言辭，氣得渾身發抖，忍不住哆囉哆嗦地掀開簾子從馬車上走下來，衝著城門大喊。「朕在此，還不速速叫楊嵩和徐信兩個小子前來接駕！」

城門上安靜了下來，片刻之後又是咚咚咚的跑步聲，一會兒，一身戎裝的宣府總兵楊嵩和巡撫徐信登上了城頭。

「余受命巡撫宣府，不敢怠慢。凡信降者和犯城者格殺勿論，誓與宣府城共存亡，永保大梁江山不移……」徐信慷慨激昂地說著，楊嵩則手持利劍，面容沈靜、虎視眈眈地立於一旁。

「徐信，你瞎了狗眼了，沒有看見朕在此嗎？」劉惠氣得破口大罵。在自己的將士們面前，他終於找回了幾分君王的霸氣。

徐信沈默了片刻，神色似有幾分尷尬和退縮。

一旁的楊嵩立即挺身而出，大義凜然地朗聲喝道：「余等受命誓死守衛宣府城，與城池共存亡。」冷笑了幾聲，又道：「先皇已經以身殉國。奉太后懿旨，舉國哀悼，半個月後，新皇登基，勢必舉全國之力踏平爾等，為先皇報仇血恨。」

「什……什麼太后，什麼先皇，朕好端端的在此，你小子在胡說八道些什麼？」劉惠只覺得五雷轟頂，怒不可遏，氣得跳起了腳。

「太后自然是先皇後宮中最尊貴的張貴妃，先皇出征前已留有口諭，若他不幸殉國，將傳位於六皇子，張貴妃為太后。」楊嵩冷冷答道。

「反了……你們都反了！」劉惠氣血上湧，怒氣攻心，顫抖了半天，好不容易說出這句話，便一下子昏了過去。

阿魯克也沒有想到這樣的變故，一時有些無措。說話間，城牆上的幾十門火炮已經架好，黑洞洞的炮筒對準了韃子的軍隊。

阿魯克深知宣府城中的三萬精兵驍勇善戰，而自己的士兵之前與梁國大軍大戰一場，現在又長途跋涉至此，已是又餓又累，他不願碰宣府城這塊硬石頭，便挾持著劉惠往西面已經攻克的大同而去。

半個月後，六皇子劉榮泰順利登基，年號天佑。

新皇的第一道聖旨，便是積聚全國精銳兵力，一舉殲滅韃子大軍，為以身殉國的先皇報仇。

另一方面，並未死心的阿魯克在大同鎮城經過了數日的休整後，繼續挾持著劉惠向宣府進軍，想趁著梁國主力軍隊遭受重挫、其他兵力尚未調動到位之際，繼續深入梁國腹地，意圖直指京師。

他打著護送「太上皇」回京的旗號，一路在各大小軍堡前叫陣，命他們速速開門迎接「太上皇」，並乘機攻下了好幾個軍堡。

種種消息傳到靖邊城的蕭家小院之時，已是新皇登基後的十多日之後，一切幾乎塵埃落定。

李氏經過了長時間的惶恐，真正面臨到這一刻，就好像一直被線懸著的巨石終於落了下來，她反而沈靜下來，決意好好謀劃接下來的對策。

李氏的小屋裡，一盞煤油燈發出微弱的光，李氏側坐炕邊，微微低垂著頭，一手輕輕拍著炕上睡得正香的妍姊兒。看著妍姊兒紅撲撲的小臉和平靜起伏著的小胸脯，她的心突然寧靜了許多。

「娘，外面傳得沸沸揚揚的，一會兒說先皇已經殉國，一會兒說太上皇在韃子手裡，也不知哪種說法才是真的。」宋芸娘一邊低頭繡著一個小兒的肚兜，一邊輕聲問著。

這些日子外面各種真真假假的消息傳個沒完，卻偏偏沒有蕭靖北的消息，她心中甚是不安，卻又不敢在李氏面前表露，只好藉做些針線活來掩飾自己的惶恐，殊不知她繡得七零八落的針腳，和動不動就扎破了手指還不自知的恍惚，早已經暴露了她內心的緊張和無措。

李氏為妍姊兒掖了掖小被子，輕輕走到芸娘身前，隨手扯過一張凳子坐著，輕聲道：「哪種是真已經不重要了。新皇登基，先皇就是不殉國也得殉國，他們這一招釜底抽薪，就是要活生生逼死皇上啊。」

宋芸娘手捏著針，半天也無法扎下去，愣在半空中僵持了一會兒，乾脆將手裡的肚兜放下，喃喃道：「也不知季寧現在怎麼樣了？只聽說是隨皇上親征的軍隊慘敗，倒沒有聽到周將軍的軍隊現在怎樣了？」

李氏沈默了片刻，既是安慰芸娘也是給自己信心。「京軍失敗是因為倉促出征，又不熟悉地勢，沒有與韃子作戰的經驗。周將軍的軍隊又不一樣，他們與韃子征戰多年，以往也是勝的多、敗的少，應該不會有事情的。妳且安心養胎，不要東想西想。妳看看妳現在瘦了這麼多，對孩子也不好，到時候四郎回來了還不知道會怎樣心疼呢，他肯定要怨我這個老太婆沒有照顧好妳了。」

室內一時沈默了下來，只聽到妍姊兒平靜的呼吸聲輕輕響著，為昏暗寂靜的傍晚注入了幾絲靜謐溫馨的味道。

宋芸娘便轉換了話題。「今日大山哥說宣府總兵不但派出了宣府城內的兩萬精兵攔截韃子大軍，還號令各個衛城和軍堡積極防衛，靖邊城也要派兵出征呢！」

頓了頓，又道：「也不知這楊總兵是真膽小還是假懦弱，當初韃子大軍都殺到他城下了，他只是龜縮不出，現在卻派兵主動出擊。」

李氏冷笑了幾聲。「這些事情別人不清楚，我倒是知道些內幕。他之前之所以守城不出，八成就是他京城裡主子的授意，現在他的主子奪了政權，他還不得賣力效勞？」

宋芸娘變了神色，猛地坐直了身體驚呼道：「怎麼連宣府總兵也……」

這聲驚呼劃破了夜的寧靜，床上的妍姊兒突然不滿地皺了皺小鼻頭，小胳膊、小腿動了動，李氏急忙走過去輕輕拍了幾下，一邊不滿地瞪了芸娘一眼。

宋芸娘縮著脖子、吐了吐舌頭，對著李氏訕訕笑了笑。

李氏慈愛地盯著妍姊兒看了一會兒，見她又睡得安穩了，這才輕輕走過來坐下，小聲說道：「我記得當年宣府楊總兵的夫人隨夫進京之時，曾經參加過幾次京城裡貴婦的宴會。當時她穿著打扮俗豔浮誇，談吐也有些粗魯，宴會上的侯門貴婦們一個個眼高於頂，哪個耐煩應付她；倒只有張鳴德的夫人，一向高傲冷淡的一個人，居然與她一見如故，親熱地拉著她的手噓寒問暖，還戲言要認她為乾女兒。我當時還覺得奇怪呢，現在看了這件事後倒是明白了……想一想也是十多年前的事情了，看來姓張的一家從那麼多年前就開始籌謀了……」

她沈默了一會兒，又發出一聲輕嘆，帶著說不出的無奈和無盡的滄桑。「侯爺大意了，不敗不行啊……」

宋芸娘也有些震驚，靜靜地發了一會兒呆，才問道：「不知那張宰相還收買了哪些將領，不知周將軍是不是也……」

李氏愣了愣，也很是憂心。「這個說不準啊，不過周將軍為人正直，忠君愛國；更何況他一直在邊境活動，品級也不是很高，不見得會被收買吧。」

宋芸娘也點點頭。「希望如此吧！」深嘆了一口氣，又感嘆道：「也不知這一仗，又要打到什麼時候……」

李氏低頭不語，沈默了一會兒後，突然傾身過來一把抓住芸娘的手，她的手又乾又冷，聲音更是冰涼，透著寒意。

「芸娘，京城裡的那夥人現在忙於穩定政權，估計不會顧及到我們，但是他們一旦坐穩了江山，肯定會四處清算異己，斬草除根。張玉薔那個女人最是記仇，說不定會加害於我們，芸娘，妳……妳怕不怕？」

宋芸娘心中慌亂，表面上卻仍是一派寧靜，淡淡道：「是福不是禍，是禍躲不過，怕也沒有用，還不如坦然面對。咱們安安分分地待在這邊堡，時間長了，也許他們就淡忘了。娘，這以後的事情您也別太憂心，還是想想眼下該怎麼辦吧？」

李氏重重捏了捏宋芸娘的手，眼中閃過幾許讚許之色。「芸娘，遇事沈著穩定，不慌亂，不愧是我蕭家的媳婦。現在，四郎不在家裡，妳就是這一大家子人的主心骨兒，不管遇到什麼樣的困難，只要咱們沈得住氣，全力應對，就沒有過不去的坎。」

宋芸娘抬眸看著李氏，眼中光芒閃動，她重重點了點頭，突然覺得心中安定了許多。

阿魯克挾持著劉惠一路南下，銳不可當，直逼京城。新登基的小皇帝茫然無措，政權全部落入張鳴德的手中。他很快召集了二十萬大軍嚴守京師重地，阻擋阿魯克的攻勢，各地勤王的軍隊也紛紛向京城集聚，加入京師保衛戰。

外面狼煙四起，靖邊城內也是一片混亂，城門仍然緊緊封鎖，城內各類物資依然是天價，街頭巷尾出現了越來越多的乞討者，整個靖邊城內的秩序更加混亂。

人們生活在戰爭的陰影之下，聽著外面傳進來的各種真真假假的傳言，終日惶惶不安。

因靖邊城派了一部分精銳士兵出城與韃子作戰，各官員大戶人家的家丁便被抽去守城，原來王遠派到蕭家的兩名侍衛也收了回去。

宋芸娘他們倒是無所謂，反正家中餘糧所剩不多，就算賊人入室搶劫，也沒有多少糧食可搶。

這一日，許安慧與許安文突然登門拜訪。

他們兩家雖然都搬進靖邊城，但是相隔甚遠。剛剛搬過來、街上還算安穩的時候，兩家時時走動，隨著局勢越來越混亂，他們各自守在家中，不敢輕易出門，已是許久未見。

「安慧姊！三郎！」宋芸娘興奮地迎他們進屋，拉著許安慧的手似乎有說不完的話，許安文則被荀哥兒和鈺哥兒拉著去了他們的房間。

只見許安慧面有菜色，身形憔悴，早已不復原來的豐腴。略略聊了幾句她便滴下淚來，嘴唇抖了半天才斷斷續續地開口。「芸娘，我……我也是沒有辦法了，家裡實在是揭不開鍋了。我知道你們家人口多，一定也很困難。我……我倒不是為自己，大人們餓一餓總是不要緊，只是幾個孩子……實在是餓不得了……」

許安慧他們搬來得急，又沒有如丁大山一般回張家堡搶收田裡的稻子，所帶的錢財物資也不是很夠。靖邊城封城後，他們完全和張家堡的鄭仲寧失去了聯繫，許安慧的舅舅家也不是很寬裕，一大家子人強撐了這麼一段時日已是不易。

宋芸娘印象中的許安慧總是歡快的、輕鬆的，從未見過她如此愁苦的模樣，她立即紅了眼眶，二話不說便去廚房將大米、麵粉各裝了一大袋遞給許安慧。

「這……要不了這麼多，芸娘，你……你們也難……」許安慧見芸娘一下子拿出這麼多糧食，縮著手不肯接受。

「沒關係，大山哥之前收了稻子，我們家還有一些餘糧呢！」宋芸娘輕鬆地笑著，寬慰她。

「芸娘……」許安慧拉著宋芸娘的手，嘴唇微微顫抖著，千言萬語說不出口，只是默默地流著眼淚。

宋芸娘輕輕拍了拍許安慧的手背，輕聲問道：「安慧姊，還是沒有鄭姊夫的消息嗎？」

許安慧強撐著笑了笑。「沒……還沒呢……」她看著芸娘關切的眼神，撐了許久的弦突然一下子斷掉，失聲痛哭起來。「芸娘……怎麼辦……我該怎麼辦……張家堡已經被韃子攻占了……」

「什麼？」宋芸娘驚叫出聲。

聽到動靜的李氏他們也紛紛圍攏過來，聽到這一消息後都有些懵了，突然產生了連根都被拔除的茫然無助感。良久，葉翠兒爆出一聲哭聲，一屋子的婦人也跟著哭起來。

正在院子裡幹活的丁大山緊張地跑進來，問明了事由後，不禁問道：「消息可不可靠？我這些日子成天在外面打探消息，都沒有聽到這個說法啊？」

許安慧已經趴在宋芸娘懷裡哭得說不出話來，聽到哭聲走過來的許安文低沈地說：「是前兩日聽我舅舅說的，他以前是軍中的武術教官，特意找軍中的熟人瞭解的最新軍情。據說韃子還沒有攻城，劉青山那老匹夫就主動開城門投降了，也不知我姊夫他們怎麼樣了……」

宋芸娘倒是鬆了一口氣，拍著許安慧的肩膀柔聲安慰道：「既是投降，想必就沒有開戰，鄭姊夫他們應該不會有事。」

許安慧泣道：「別人或許沒有事情，但我們家那口子最恨韃子，性子又倔強耿直，他豈會甘心投降受辱，說不定第一個反抗的就是他……」

宋芸娘哭笑不得。「所謂關心則亂，還只是沒有影子的事呢，妳就哭得死去活來的，鄭姊夫再恨韃子，想著妳和幾個孩子，也不會貿然行事啊。」

她突然又想起了蕭靖北，忍不住也流下淚來，哽咽道：「倒是季寧，一直沒個消息，外面那麼多大大小小的軍隊，也不知他現在在哪裡……」

許安慧又反過來安慰宋芸娘，一屋子的女人也是一邊哭、一邊七嘴八舌地猜測，互相安慰著。

丁大山、宋思年他們幾個男子沈著臉、皺著眉頭在一旁無奈地聽著。

只聽她們越說越亂，宋思年忍不住喝道：「妳們這群女子，天都還沒有塌下來，自己就先哭死了。哪有無端亂咒自己男人的，妳們怎麼不往好處想，也許他們現在都安然無恙呢。」

宋芸娘回神了過來，她急忙伸手擦眼淚，一邊不好意思地笑著。「安慧姊，我說妳關心則亂，我也是一樣啊。」

許安慧也看著她笑，笑一陣、又哭一陣，將在舅舅家中憋悶著不敢流露的情緒在宋芸娘面前一股腦兒地發洩出來。

又聊了一會兒之後，宋芸娘見天色已經不早，擔心許安慧和許安文拿著兩袋糧食走在路上會不安全，便尋來一個空箱子將麵粉和大米裝好，又讓丁大山和荀哥兒護送著許安慧他們回去。

許安慧依依不捨地拉著宋芸娘的手，彼此又囑咐了半天，這才告辭離去。

許安慧走後，宋芸娘走進廚房，默默看著已經見底的米缸，站在那兒發愣。

灶前正在做飯的王姨娘沒有看見芸娘進來，正在不滿地小聲對身旁餵柴火的田氏抱怨著。「芸娘也是忒大方了，她把糧食都給了他們，咱們可就馬上要揭不開鍋了……」

田氏倒是看見了芸娘，她神色尷尬，急忙拉拉王姨娘的裙襬，示意她不要多說話，王姨娘嘆了口氣，繼續埋頭幹活不語。

宋芸娘也是心情沈重，她想了想，匆匆去了李氏的房間。

李氏正坐在炕頭做著針線活，蔓兒則陪著妍姊兒在一旁玩耍。

宋芸娘急急走進去屈膝跪在地上。「娘，芸娘今日沒和您商量，就將家裡的糧食給了安慧姊，請娘責罰。」

李氏放下手裡的活，急忙彎腰去扶芸娘，蔓兒已經機靈地帶著一臉迷糊的妍姊兒退出了房間。

「芸娘，我為何要責罰於妳？滴水之恩當湧泉相報，許家對我們幫助良多，現在他們遇到了困難，我們本就應該盡全力相助，妳今日做得很對。」李氏扶芸娘在炕邊坐下，又嗔怪道：「妳是有了身子的人了，不要動不動就下跪，我又不是惡婆婆。」

宋芸娘紅了眼眶。「謝謝娘體貼，可是……可是家中的存糧已經不多了，可能撐不了幾日了……」

李氏淡定地笑了笑。「這有何難，咱們家這幾年賣面脂、賣糧也存了些錢，我也還有些體己，明日便讓大山去買些糧食回來。」

宋芸娘很是心疼。「娘，現在外面的糧食價錢實在是高得離譜，簡直是在搶錢。再說，當初我們不是商量好了，這些錢是要買這個小院的……」

「買院子的事情緩一緩也不遲，眼下當務之急是要將肚子填飽，萬一餓出個好歹的，看病抓藥都不止這幾個錢啊！」

宋芸娘不禁又一次佩服李氏的淡定豁達，她點點頭。「我這就同大山哥說去，讓他先去打聽城裡幾家糧鋪的價格，貨比三家再買。」

只是宋芸娘尚未來得及去買糧，過兩日就有人送了兩大袋糧食上門。

卻說這一日，丁大山和荀哥兒去街上詢問糧食的價格，一屋子婦孺緊閉院門守在家裡，只聽大門被敲得砰砰響，還有人問著。「請問這裡是蕭靖北的家嗎？」

宋思年好奇地從門縫往外看，只見隱約是幾個士兵模樣的人，他心中一驚，急急拉開門閂，打開大門。

卻見兩個高大的士兵一人扛著一個沈重的大袋子走進來，重重擱在地上，一個高大挺拔、一身戎裝的軍官隨後走了進來。他一進院門便用審視的目光四處打量，一雙劍眉已經緊緊蹙了起來。

宋芸娘他們聽到動靜都從內院走了出來。

宋芸娘吃驚地看著來人，只見來人身穿高等軍官的銀色盔甲，面容極其英俊，神色卻很是冷峻，他目光明亮銳利，薄薄的雙唇緊緊抿著，周身籠罩著一股凌人的氣勢，沒有蕭靖北身上那種讓人心生溫暖的氣息。

「請問，您是……」宋芸娘遲疑著開口。

一旁的鈺哥兒已經歡快地撲了過去。「六舅——」

「孟六郎，真的是你？」李氏不敢置信地揉了揉眼睛，顫顫巍巍地迎了上去。

「李嬸嬸，當然是我啊！孟家小六見過李嬸嬸！」孟雲澤展顏一笑，屈身行禮，李氏已經一把攔住了他。

「六舅，你怎麼來了？」鈺哥兒激動地問著。他對孟雲澤的記憶實在是太過深刻，雖然好幾年沒有見過孟雲澤，仍是一眼就認了出來。

孟雲澤笑呵呵地看著鈺哥兒，摸了摸他的腦袋。「好小子，都快有舅舅高了，舅舅可再也抱不動你了。」

宋芸娘便明白了這位軍官是蕭靖北的好友，也是他曾經的舅弟——孟雲澤。

蕭靖北曾經數次對她提過這位好友，宋芸娘卻是第一次見到他。他身上有著複雜的氣質，沈靜時冷如冰山，氣勢凌人；與李氏見禮寒暄時，卻是一個禮節周全、舉止從容優雅的翩翩貴公子；和鈺哥兒說笑時，又有了幾分熱情活潑的大男孩的影子。

特別是當他看到已經長成了半大小子的鈺哥兒時，燦爛的笑容在他的臉上洋溢開來，居然讓人有了如沐春風的溫暖之感。

孟雲澤也直覺地知道站在李氏身邊的那位氣質端莊、面容秀美的女子定是蕭靖北的娘子。雙方見過禮後，李氏便迎孟雲澤去正屋坐下敘話。

蕭家的正屋不算很矮小，但是孟雲澤他們三個高大的男人走進去後，房間立即顯得逼仄了許多。陸蔓兒和葉翠兒奉了茶之後，知趣地拉著鈺哥兒、妍姊兒兩個孩子退出了正屋，只留下大人們在裡面敘話。

寒暄了幾句，李氏問道：「孟六郎，聽我家四郎說，你這幾年一直在福建抗倭，這次來是……」

孟雲澤微微向前傾了身子，神態恭敬，笑得誠懇而親切。「京裡詔令全國各地精銳兵力火速進京，保衛京師，我們隔得遠，前幾日剛到。」

李氏聽他只說「京裡」，不稱「皇上」，心裡便明白了幾分。她微笑著點了點頭，又問：「對了，你怎麼知道我們住在這兒？」

孟雲澤朗聲笑道：「自然是蕭四哥告訴我的。」

「季寧？他現在在哪裡？他現在可還好？」一直安靜地坐在李氏下首的宋芸娘激動地站起來，急急問道。

李氏神色也甚是激動，急切地看著孟雲澤，身子忍不住微微顫抖著。

孟雲澤臉上笑意更深了些。「蕭四哥一切安好，他們的軍隊已往京師方向去了。前幾日我的軍隊剛好碰到了周將軍他們，我特意去見了蕭四哥一面，他在這次征戰中多有立功，現在已是千總；只是他現在有重任在身，無法抽身回來看你們，特意託我告訴你們不要擔心。」

他頓了頓又道：「我稍微比他自由些，正好今日行軍路過靖邊城附近，便特來看看，看到你們一家人平安，我也就放心了。我剛剛已經和劉守備招呼過了，你們以後若有什麼為難之事，只管去找他。」

宋芸娘聽聞蕭靖北平安，緊繃了多日的弦終於放鬆，一直懸著的心也終於落定，她輕輕吁了一口氣，緩緩靠坐在凳子上，掏出帕子輕輕拭淚。

李氏也甚是激動，連唸了幾聲佛，謝道：「孟六郎，有勞你跑這一趟了，知道四郎平安無事，我也就放心了。」

說罷看向芸娘。「妳也不要再擔心了，以後只管吃好睡好，安安心心地等著四郎回來。」

宋芸娘微微紅了臉，對著李氏點了點頭，又起身對孟雲澤斂衽行禮。「多謝孟六哥百忙之中抽空來看望我們，為季寧帶話。」

孟雲澤忙起身回禮。「蕭四嫂，妳多禮了。我與蕭四哥是從小一起長大的莫逆之交，我們兩家的關係也不一般……」他突然想到這個「不一般」早已成為過往，神色有幾分尷尬，便轉換了話題。

「我聽劉守備說目前城中最緊缺的就是糧食，來的路上便特意買了兩袋，你們先吃著，相信過不了多久蕭四哥便可以回來了。」

李氏和芸娘自然又是感激了一番。李氏又擔心地問道：「孟六郎，現在外面傳得沸沸揚揚的，也不知到底哪句是真、哪句是假，你能不能和我們說說，現在到底局勢如何，也免得我們日日惶恐不安。」

孟雲澤一時愣住，似乎有些猶豫。他略略掃了一眼同他一起來的兩個侍衛，那兩人立即起身道：「將軍，屬下們去外院等候。」

孟雲澤微微點了點頭，轉身看著李氏，仍然但笑不語。

一旁的宋思年自從鈺哥兒親熱地稱呼孟雲澤為「六舅」之時就已明白他的身分，又見孟雲澤舉止優雅，一身貴氣，和李氏言談甚歡，極為熟稔，內心突然產生了一股說不上的怪異感覺，既有些自慚形穢，又隱隱有些不安。

此時見孟雲澤微笑著不語，心知他定是有所顧忌，環顧屋內，只有自己是外人，便起身假稱有事要去外院。

宋芸娘也甚是明白，立即起身要隨宋思年一起告退，李氏卻叫住了他們，又對孟雲澤道：「我這個親家公是靖安三年的舉人，也曾是江南的官員，最是忠君愛國，六郎你有什麼話只管放心說，這裡沒有一個外人。」

她看到坐在下首的王姨娘，略略猶豫了下，狀似隨意地說：「玥兒，妳去廚房幫田姊姊的忙吧，今日燒幾個好菜，留孟六爺吃個飯。」

王姨娘急忙起身應了一聲，樂呵呵地出了房門。屋內便剩下了李氏、孟雲澤、宋芸娘和宋思年四人。

李氏寥寥數語，孰親孰遠已經一目了然。

她倒不是信不過王姨娘，而是擔心王姨娘會不小心透露給蕭靖嫻，以至於間接告訴了蕭靖嫻背後的王遠。

孟雲澤見李氏這一番言語和舉動很有些吃驚，他微微挑了挑眉毛，卻仍是不動聲色，輕笑道：「李嬸嬸想知道哪些方面的局勢呢？」

「皇上是不是還在韃子手裡？」李氏肅穆了神情，開門見山。

孟雲澤一愣，也迅速收斂笑意，沈默了片刻，無聲地點了點頭。

李氏又問：「你們此次受命前來，是抗擊韃子，還是營救皇上？」

抗擊韃子和營救皇上本應該是同一個目的，可是李氏這句話問出來，就成了兩件全然不同的事情。

孟雲澤身子一震，深深看了李氏一眼，挺直了脊背，正色道：「京裡命我們全力殲滅韃子，但是……我會全力營救皇上。」

李氏表情凝重地盯著孟雲澤審視了一會兒，面露讚許的笑容。「說得好！孟六郎，我就知道你是個明白的好孩子，和你們家……和他們那些人不一樣。」

孟雲澤神色凝重。「雖然皇上算不上是明君，但是……」他指了指京師的方向。「他們使出的這些招數實在是太過陰損，居然拿三十萬將士的性命和幾乎要滅國的危險去奪這個皇位，若讓他們坐穩了江山，實在是對不住那些已經殉國的將士們。」

他狠狠捏緊了拳頭，轉瞬又鬆開，神色有些黯淡。「只是……蕭老將軍和蕭侯爺戎馬一生，他們當年的那些老部下要麼已經告老還鄉，尚留在軍中的也已是大權旁落。京裡的那幫人深耕已久，現在各個軍中他們的勢力倒是占了大半，營救皇上、助皇上奪回皇位實在是太過艱難。」

李氏神色堅定。「好孩子，只要你們有這份決心，就一定可以辦得到，亂臣賊子勢必不得善終！」

宋思年聽到他們這些不知可以讓腦袋掉多少次的驚天言論，早已經是駭得臉色慘白。他的世界離皇權紛爭實在是太過遙遠，他說不出半個字，只能半張著嘴，呆呆坐在那兒，一時有些承受不住。

宋芸娘也是默不作聲，她知道蕭靖北在這一場戰爭中勢必會放手一搏，營救皇上。這是上天送給他的一個機會，成功，則可以為家族洗清罪名、報仇雪恨；失敗，也許會跌入地獄的深淵。然而，這是他唯一的出路，也是唯一的路，除此之外，他毫無退路。

宋芸娘幫不到他分毫，只能在心中默默為他祈禱。

吃晚飯之前，孟雲澤不顧李氏的挽留，執意要告辭。「李嬸嬸，軍令在身，不敢延誤，我還要即刻率領將士們連夜開拔，實在是不能久留了。」

李氏也點點頭。「如此我就不耽誤你了，等你們殲滅韃子、達成心願的那一日，李嬸嬸再為你們準備慶功酒！」

孟雲澤重重點了點頭，眼中光芒閃爍，充滿了必勝的信心和堅決。

臨走前，他環顧了院子裡眼巴巴看著他的一群人，突然發現其中沒有當年那個曾令他頭疼的蕭靖嫻，便問道：「怎麼沒有見到靖嫻妹妹？」

當年的他年輕氣盛，處理蕭靖嫻一事有些簡單粗暴，事後他也頗為後悔當時沒有用更婉轉的方法拒絕她。

李氏愣了下，只好不甚自然地笑道：「她嫁人了。」

「嫁人了？那就好，那就好！」孟雲澤甚是欣慰，笑得怡然而輕鬆。

「只是六郎啊，你也是老大不小的人了，你的親事訂了沒有啊？」李氏忍不住問道。

孟雲澤聞言笑容一滯，有些悵然失神，他遙望南方，黯然道：「我沒有蕭四哥那麼好的福氣，也許，我這一輩子就這樣單身下去吧……」

「傻孩子，又說傻話，你這樣的好孩子還怕沒有好姻緣？」李氏忍不住笑罵了他。

轉身即將出門之前，鈺哥兒跑過去拉住了他的衣袖，哀哀叫道：「六舅——」

孟雲澤腳步一滯，回頭看著鈺哥兒，立刻柔和了眉眼。「鈺哥兒乖乖在家裡，等舅舅打了勝仗就來看你！」

鈺哥兒點點頭，小小的臉上掛滿了和他年齡不相符的擔憂。「六舅你在戰場上務必要小心。」

孟雲澤笑著摸了摸鈺哥兒的頭，感慨道：「到底是長大了……放心，舅舅可是常勝將軍哦！」

「六舅——」鈺哥兒又叫住了孟雲澤，清澈的眼眸裡神色卻很是複雜，欲言又止，猶豫了半天，終是忍不住問道：「六舅，我……我母親可好？」

眾人都是一愣，這小小的孩童隨著年齡的增長便越加敏感，不論芸娘如何待他遠勝於親母，他對親生母親刻骨銘心的想念和牽掛始終無法磨滅。

孟雲澤看著鈺哥兒有些神似自家三姊的眉眼輪廓，心中酸澀，柔聲道：「你母親現在很好，她……以後若有機會，她自會來看你。」

孟雲澤帶著兩名侍衛離去後，望著他們高大挺拔的身影漸漸消失在長長的巷口，鈺哥兒忍不住輕泣出聲。

宋芸娘輕輕嘆了一口氣，緩緩走過去攬住鈺哥兒的肩頭。

鈺哥兒突然趴在芸娘懷裡哭了起來。「娘……娘……我剛才只是……我只是……我……我並沒有……」

宋芸娘一邊輕輕拍著他抽搐的肩，一邊柔聲安慰道：「我知道，我都知道！你是娘的好兒子，也是你母親的好兒子……」

第三十四章 戰場上的消息

孟雲澤走後，宋芸娘他們又陷入了無盡的漫長等待之中。

幸好孟雲澤送來的那兩袋糧食解了他們的燃眉之急，不但滿足了蕭家院子裡十來口人的日常所需，宋芸娘還勻出了一部分，讓丁大山給許安慧他們送去。

這些日子，丁大山仍然如往常一樣每日去街上晃悠一圈，帶回來各種最新戰況。

一會兒是梁國軍隊又殲滅了多少韃子，一會兒又是韃子攻下了幾個軍堡。真真假假，虛虛實實，也不知哪個是真，哪個是假，唯一可以肯定的是外面的戰況非常激烈。

阿魯克挾持著劉惠步步緊逼，期望謀取更大的利益；而張鳴德他們則是嚴防死守、寸步不讓，絕不允許劉惠有翻身的機會。

天氣寒意更重，即將進入冬天之時，戰爭終於結束了。

韃子的軍隊在頑強的梁國軍隊面前一連遭遇了好幾場敗仗，士氣低落。

再加上他們深入中原腹地，糧草各方面開始不繼，梁國各地勤王的軍隊仍在源源不斷地奔赴京城，阿魯克不得不拔營而走。梁國軍隊乘勝追擊，殺敵數萬，一路將阿魯克趕回了老家。

在這場京師保衛戰取得絕對的勝利之後，隨著阿魯克的潰敗，關於「太上皇」是真是假、是死是活的爭議也煙消雲散。

劉惠的「以身殉國」已經成為板上釘釘的事實，皇城裡的小皇帝終於可以安下心來，好好享受他外祖父和母后為他爭得的這份至高無上的地位和權力。

消息傳到靖邊城的蕭家小院後，宋芸娘和李氏自然是痛心疾首、失望無比。

但他們深知營救劉惠、扭轉局勢的難度實在是如同登天，這樣的結局雖然是她們最不希望見到的，卻也在她們的意料之中。

事已至此，宋芸娘他們便只能期望蕭靖北在這場戰爭中能夠保全自己，平平安安地回到家人身邊，一家人再好好謀劃以後的日子。

各地勤王的軍隊開始陸陸續續打道回府，邊塞各個軍堡派出去的戰兵也紛紛回了營，可是，卻一直沒有周將軍隊伍的消息。宋芸娘他們一邊急切地等待著蕭靖北的消息，一邊開始收拾行李，準備在入冬之前搬回到張家堡。

前兩日許安慧歡天喜地地過來一趟，帶來了一個大好的消息。

原來，當時劉青山開城投降時，將誓死反對的嚴炳、鄭仲寧等官員抓起來關進了防守府內。韃子軍隊不攻而破、占領張家堡之後，並沒有將這小小的軍堡看在眼裡，他們搜刮了張家堡的大量糧食物資之後，立即開拔去侵占其他更大的軍堡和衛城，只留了一小隊人馬留守。

只是，這段時日以來，這些留守的韃子兵在張家堡作威作福，隨意打殺軍民、姦淫婦女，無惡不作。

當阿魯克節節敗退之時，張家堡內留守的韃子們聽聞戰敗的消息，也準備慌亂逃走。憤怒的張家堡軍民自發行動起來，與防守府內的守衛裡應外合，救出了嚴炳、鄭仲寧等武將。最後，群情激憤的軍戶們乾脆衝入防守府，不但殺了那些韃子，還趁亂殺死了劉青山及其手下的幾個心腹官員。

雖說殺害朝廷命官要受到嚴格查處和懲治，但是此時正值韃子節節敗退之時，邊境各地均是一片混亂。嚴炳他們便統一口徑，稱韃子撤退之前進防守府搶劫財寶，遭到了劉青山的反抗，韃子一怒之下殺了劉青山等人，憤怒的軍戶們又一湧而上，殺光了韃子。

張家堡內的軍民人人憎恨劉青山，所有的人都堅持這一說法，久而久之，真相反而被人們刻意地淡忘了。

靖邊城的劉守備對劉青山的視財如命也有所耳聞，便對這番說辭深信不疑。他沒有過多追究此事，而是大大褒揚了以嚴炳為首、奮勇殺敵的一群官員和士兵，還報請上級，建議任嚴炳為張家堡的新任防守官。

鄭仲寧在張家堡大小事宜大致上安置妥當後，便來靖邊城接許安慧母子回家。許安慧自然是喜極而泣，她臨走之前急匆匆地趕來向宋芸娘告辭，將張家堡安然無恙的好消息告知了芸娘。

繼許安慧他們回了張家堡之後，當初一起從張家堡搬到靖邊城避難的軍戶們也紛紛搬了回去。

萬巧兒一個月前生了一個女兒，現在剛剛出了月子的她也隨蔡氏一起搬回張家堡。

宋芸娘他們也開始著手準備搬回張家堡的諸多瑣碎事宜。葉翠兒憂心張家堡的家人，丁大山便帶著她和田氏先返回張家堡。又過了幾日，歸心似箭的宋思年擔心家中已遭到韃子的破壞，便也搬了回去，留下荀哥兒幫忙照看宋芸娘。

蕭家這邊，李氏也命王姨娘帶著陸蔓兒先行回家收拾，自己則陪著宋芸娘留在靖邊城，日日緊閉門戶，靜靜等待蕭靖北的消息。

又等了數日，蕭家沈寂了許久的院門終於響起了叩門聲，住在外院的荀哥兒急匆匆地打開院門，愣然愣著站了片刻之後，驚喜地大叫。「安平哥！三郎！」

許安平仍穿著一身盔甲，風塵僕僕。他的臉黝黑而消瘦，身形疲憊，眼神黯淡而消沈，不見以往的生氣勃勃和昂揚的精神狀態。

許安文也是不見笑容，半垂著眼看著地面，默不作聲。

荀哥兒儘管滿腹疑惑，也仍然熱情地迎他們進內院的正屋坐下。

眾人搬走後的小院空曠了許多，此時也分外安靜，李氏正在房裡陪著妍姊兒玩耍，時不時發出幾聲歡笑聲。鈺哥兒則在一旁的桌子邊靜靜地看書，妍姊兒的嬉笑聲影響不了他分毫，他專注地看著書，手指飛快地翻過一頁、又一頁。

宋芸娘則在自己房中午睡，她已經有了四、五個月的身孕，這段日子天天擔驚受怕地牽掛，她除了肚子略略凸起，身形卻仍是消瘦。

昨天夜裡她又作了惡夢，半夜驚醒後，一夜無眠到天亮，今日白天精神不振，此刻便躺在炕上稍稍補眠。

李氏見到了這兩個客人也甚是驚訝，她和許安文有過幾次接觸，但還是第一次見到許安平。此時聽荀哥兒介紹了許安平，便激動地問：「許二郎，聽說你和我家四郎一同在周將軍手下效力，不知我家四郎可有回來？」

許安平看著李氏，呼吸沈重，每每要開口卻覺得雙唇有如千斤重，怎麼也無法張開，他一雙漆黑如墨的眼眸裡是濃得化不開的哀傷，剛剛觸及李氏的眼神又急忙避開，靜靜看著面前茶杯裡氤氳升起的熱氣，默不作聲。

李氏心中便明白了幾分，她努力支撐住自己搖搖欲墜的身體，鎮定地對荀哥兒道：「荀哥兒，你帶著鈺哥兒和妍姊兒去外院玩去，我和許二郎有要事要商談。」

荀哥兒站著猶豫了會兒，見李氏神色堅決，便一步三回頭地出了房門。

「荀哥兒，等一等，我陪你一起去。」許安文急忙站了起來，他歉意地看了一眼李氏和許安平，匆匆追了出去，如逃脫般地離開了這令人窒息的屋子。

「許二郎，現在屋裡就我們兩個人，有什麼話你就直說吧……你放心，我老婆子雖然年老體弱，但我這輩子什麼樣的大風大浪都經歷過，沒有什麼是承受不了的！」

良久，李氏低沈滄桑的聲音在昏暗的房間裡緩緩響起，如同在這幾乎凝固了的空氣裡劃開一道口子，涼颼颼的冷風彷彿瞬間便灌了進來。

許安平雙手緊緊按在膝蓋上，幾乎可以聽到骨節的喀喀聲，李氏無言地看著他，雙唇倔強地緊緊抿起，琥珀色的眼眸裡充滿了疲憊和哀求。

「李嬸嬸……這次韃子……攻勢很凶，我們的軍隊……雖然人數不多，但是周將軍卻也毫不畏懼，不是避其鋒芒，而是迎難而上。他一直率領著我們與韃子的主力部隊周旋，還有過好幾次的正面交鋒……」

許安平突然鎮定了下來，講著講著，開始直視李氏的眼睛，語速也由凝滯變得越來越流利，血雨腥風的戰場透過他低沈略帶沙啞的嗓音慢慢展現在李氏的眼前。

「這幾場仗打得慘烈，很多弟兄都以身殉國，馬革裹屍而返……但也有的弟兄脫穎而出，在與韃子作戰時立下赫赫戰功，得以嘉獎……蕭兄就是其中的一個，兩個月多前，他已由把總升為了千總，統領整個火器營。」

李氏唇角含笑，鎮定地看著許安平，眼底的哀傷和絕望卻是越來越深。

許安平舔了舔嘴唇，突然只覺得口乾舌燥，在寒冷並未燒炭盆的屋子裡，後背卻已然濕透。他突然覺得他不該走這一趟，接受這場比戰場上更為殘酷的折磨。

「一個月前，我們聽從軍令前往京城方向追擊韃子，在孫家灣一帶和阿魯克的主力有了一場惡戰。那場仗打得艱苦，除了我們的幾千人，還有其他幾支部隊的上萬人馬。我們本已包圍了韃子的大營，當時蕭兄帶著一隊精銳兵力深入韃子內部，我們則在周邊為他們打掩護。本來說好以一個時辰為限，一個時辰後，不論是否救出太上皇，只要聽得我軍鼓聲響起，蕭兒都要立即撤退，因為，炮兵已經預備好炮轟韃子大營……」

「可是……可是……」許安平緊緊捏起拳頭，面色痛苦而憤恨。「不到半個時辰，炮兵就開始擊炮。當時正值夜半時分，各路人馬混雜，也不知是哪一支軍隊先開了炮，很快就亂糟糟打成一片。事後，我們找了許久，也沒有找到蕭兒，倒是找到了隨他一起的幾個將士，都已被炮轟得……」

許安平突然語帶哽咽，無法繼續說下去，他死死地咬緊牙關，抑制不住地顫抖著。

屋子裡又靜了下來，彷彿連一根針掉到地上都可以聽得見。許安平局促不安地盯著地面，靜靜等待著李氏隨時會爆發出來的哭聲。

除了不忍心看到李氏傷心欲絕的一幕，他更害怕的是面對知道這一消息後的宋芸娘。剛才，當他得知宋芸娘正在房中午睡，他居然產生了幾分如釋重負的輕鬆。

此時，許安平仍在心中後悔，不該擔負這樣沈重的壓力來通報這項訊息，但是他又不忍心讓芸娘直接面對之後由官府送來的那張殘酷冰冷的陣亡名單。

他直覺地感到，若他將蕭靖北在軍中最後的經歷詳細講述給她們聽，也許能稍稍減輕她們的悲痛。

又靜坐了一會兒，許安平呆呆看著從門口投射進來的太陽的影子在室內悄悄地移動，看著它慢慢拉得斜長，終於忍不住移動了一下身子，不自覺地清了一下嗓子。

一直坐著發呆的李氏突然如夢初醒般地回過神來，她坐直了身體，愣愣看了一眼許安平，似乎在奇怪這個小夥子為什麼仍然坐在這裡。

良久，她才緩緩道：「多謝許二郎來我家傳信。今日家中忙亂，我就不留你多坐了。」李氏的聲音顫抖而虛弱，似乎耗盡了她全身的氣力，停頓了一會兒又高聲喚道：「荀哥兒，幫我送客。」

荀哥兒送走了許安平和許安文兩兄弟，轉身回來，先在宋芸娘廂房的窗前靜靜站立了一會兒，又來到正屋門口，哀傷地看著孤零零坐在幽暗房間深處的李氏。

許安平一走，李氏挺直的腰背便迅速佝僂了下去，她的靈魂彷彿已被抽走，只剩下枯朽的身軀。

「李嬸嬸，您……您想哭就哭出來吧……」荀哥兒早已淚流滿面，泣不成聲。方才他見許安文神色不對，早已悄悄將他拉到一旁問明緣由。

他一直忍住悲痛，在鈺哥兒和妍姊兒兩個孩子面前強顏歡笑。此刻他送走了許家兄弟，又將鈺哥兒和妍姊兒留在外院，當他走進內院，特別是經過宋芸娘的房間時，一直隱忍的情緒終於爆發了出來。

「我為什麼要哭？」李氏側頭奇怪地看著他，她衰老的面容一半隱藏在陰影之中，與昏暗的屋子融為一體，另一半卻是模糊的、木然的、僵硬的，她緩緩地緩緩開口，蒼老嘶啞的聲音在寂靜昏暗的室內響起，透著刺骨的寒涼和悲哀。

「我兒為國捐軀，戰死沙場，做了他祖父、他父親、他的哥哥們想做而沒有做到的事情，不愧是蕭家的好兒郎，我為他驕傲！我不哭，我不會哭！」

「李嬸嬸……」荀哥兒愣怔地站在門側，看著這樣的李氏，心中突然湧出了幾分害怕。

李氏支撐著身子想站起來，撐了幾下卻軟弱無力，她喘著氣，虛弱地說：「荀哥兒，扶我起來。」

荀哥兒急忙走過去攙扶李氏，只覺得她的身子又冰又涼，抖動如篩，她抓在荀哥兒胳膊上的手力氣卻大得驚人，支撐著走了幾步，終於腿腳一軟，暈了過去。

「咚」地一聲響，驚動了正在外院玩耍的鈺哥兒和妍姊兒。鈺哥兒慌慌張張地牽著妍姊兒跑進來，卻見李氏面如死灰，癱在地上一動不動，荀哥兒正蹲在地上使勁扶她，可他又急又慌，怎麼也扶不起來。

兩個孩子都嚇得大哭起來，一邊哭一邊跑到李氏身邊，鈺哥兒使出吃奶的勁幫著扶李氏，妍姊兒一邊摸著李氏冰冷慘白的臉，一邊嚇得大哭。「祖母，祖母，您怎麼啦？」

正在慌亂之時，一個高大的身子俯身下來，用強而有力的臂膀扶起了李氏，一下子將瘦弱的她抱了起來。

荀哥兒仰頭看去，只見來人身材高大挺拔，面容黝黑清俊，正是剛剛離去的許安平。

原來，許安平離開蕭家後，走在路上想著之前李氏不正常的神情和表現，心中忐忑不安，便帶著許安文折返回來，卻正好遇上了這一幕。

許安平將李氏安置在她的炕上，又命許安文速去請大夫，回頭對神情慌亂的荀哥兒說：「這件事情是我的錯，不該這樣貿然告訴你們，此事到此為止，千萬不要告訴芸娘。」

荀哥兒神色黯然。「瞞也瞞不了多久，姊姊總會知道的……希望越大，失望就越大，還不如……」

他側頭看向兩個孩子，只見妍姊兒趴在炕頭抱著一動不動的李氏害怕地哭喊著，鈺哥兒正怔怔看著這邊，神色驚惶，如一隻弱小無助的小獸，怯怯地問：「許二叔，荀舅舅，祖母為什麼會暈倒？是不是……是不是我父親出什麼事了？」

許安平無言地愣在那裡，哀痛之極。

荀哥兒眼淚又湧了出來，他輕輕走到鈺哥兒身前，緊緊扶住他弱小的肩頭，一字一頓地道：「鈺哥兒，以後你就是你們家唯一的男子了，你要代替你父親撐起這個家，照顧好你祖母、你娘、妍姊兒……還有你母親肚子裡的小弟弟，你……一定要堅強！」

鈺哥兒的小身子開始不停地顫抖，嘴唇也抖個不停，黑亮的眼睛中淚水在滾動，裡面充滿了恐懼，他小心翼翼地問道：「我父親……他……他受傷了嗎？」

荀哥兒輕輕搖了搖頭。

「那……他還會回來嗎？」

荀哥兒仍是搖了搖頭，側頭盯著地面，不敢再看那雙幼小的、充滿絕望的眼睛，深恨自己的殘忍和無力。

豆大的眼淚一顆接一顆地湧出鈺哥兒黑亮的大眼睛，他透過淚眼矇矓的眼，看著身影模糊的許安平，泣不成聲。「許二叔，我父親……是不是……回不來了？他……不在了嗎？」

許安平咬著牙點了點頭，不知不覺間，淚水悄然順著臉頰滑下來。

荀哥兒突然感到自己肩頭比山還重的責任，他挺直了背，扶著鈺哥兒也挺直背，定定望著他的眼睛，沈聲道：「鈺哥兒，你祖母年老體弱，你娘懷著身孕，妍姊兒還那麼小……你雖然還小，但你現在是這個家裡最堅強的男子。鈺哥兒，你一向很懂事，以後，你要更加懂事，更加堅強，你知不知道！」

鈺哥兒仰頭盯著荀哥兒看了半晌，突然一下子抱住荀哥兒大聲哭起來。「荀舅舅……荀舅舅……」

趴在炕上的妍姊兒扭頭看到鈺哥兒抱著荀哥兒哭泣，她越發張開嘴大聲哭起來。

荀哥兒腦門上急得冒汗，他一邊安撫鈺哥兒，一邊壓低聲音道：「鈺哥兒，你要懂事，這件事情暫時還不能讓你娘知道，她現在身子很弱，會受不住的。你……明不明白？」

鈺哥兒一邊點著頭，一邊抽抽噎噎地說：「我懂……我懂……」

「什麼事情不能讓我知道？為什麼不能讓我知道？」一聲輕柔似水、又清澈如泉的聲音喚回了屋內的幾個人的神智。他們齊齊看向門口，卻見宋芸娘斜斜靠在門邊，一隻手死死扶住門框，面色慘白，雙眼通紅，不知已經站了多久。

「娘——」

「姊姊——」

「芸娘——」

屋內幾個人都緊張地向宋芸娘撲來，許安平伸出雙手還沒有觸及到宋芸娘，便急忙收回，局促地站在一旁。

「娘——」妍姊兒靈活的小身子已經從炕上滑下來，衝入宋芸娘的懷裡，一邊哭泣著。「娘，您快看看，祖母為什麼躺著不動了？」她抬頭望著芸娘，小小的鼻子紅通通的，淚眼汪汪的大眼睛裡充滿了疑惑和恐懼。「娘，舅舅說爹爹不回來了，爹爹為什麼不回來了，他不要我們了嗎，不要妍姊兒了嗎？」

宋芸娘雙目刺痛而通紅，卻一滴淚也流不出來，她愛憐地摸了摸妍姊兒毛茸茸的小腦袋，柔聲道：「傻孩子，妳爹爹最疼愛妳了，怎麼會捨得不要妳。」

「可是……舅舅和這位叔叔說……」妍姊兒疑惑地看了看許安平和荀哥兒。

宋芸娘溫柔地笑著。「爹爹不是答應過我們嗎，這場仗打完了就回來和我們在一起，再也不分開了。現在仗已經打完了，想必妳爹爹馬上就要回來了。」

「芸娘……」許安平上前一步，緊張地看著她。他想起了之前李氏奇怪的表現，心中更是擔心這樣反常的芸娘。

宋芸娘略略點頭行禮。「多謝安平哥伸出援手。」

許安平眼神幽暗，裡面是深深的痛苦，啞聲道：「芸娘，妳不要憋著，難過的話就哭出來。」

宋芸娘笑得更加溫柔。「我沒有難過啊！現在戰爭結束了，我們再也不用擔心季寧日日在外面征戰了。他答應過我們，戰爭一結束就馬上回來。」

許安平心中又痛又急，忍不住道：「芸娘，靖北兄他已經……」

宋芸娘收斂了笑容，鎮定的面容終於閃現出一絲慌亂，她茫然的視線漸漸收回，定定地盯著許安平，顫聲道：「你……可有見到他的……他的……屍首？」

許安平愣了下，木然搖了搖頭。

宋芸娘忽又笑了，眼中居然有了晶亮的神采，語氣篤定而輕快。「活要見人，死要見屍，連屍首都沒有看到，你們怎麼可以斷定他不在了？季寧答應過我，要和我快快樂樂一輩子，沒有我的答應，他怎麼可能會死，怎麼敢死？」

許安平張了張嘴，猶豫了片刻，忍不住低聲道：「芸娘，戰場上慘烈，當時……轟了炮……戰後……很多人都沒有找到……」

宋芸娘卻不再聽任何言語，自顧自地走到了炕邊坐下，一把握住李氏的手，語氣激動。「娘，安平哥回來了，季寧肯定也會馬上回來。我們這幾日就搬回張家堡，收拾好屋子，等他回來一起過年。」

李氏不知什麼時候已經幽幽醒轉了過來，她愣愣看著芸娘，眼淚在眼眶裡打轉，良久，才顫聲道：「好，咱們回去，回去等著四郎回來！」

宋芸娘和李氏便不再胡思亂想，一門心思收拾好行李準備搬回張家堡。

搬回張家堡之前的那天下午，蕭靖嫻居然來了一趟。她生產後豐腴了許多，穿著一身桃紅色的錦緞襖裙，滿頭珠翠，越發顯得面色如玉，容貌豔麗。

當時宋芸娘他們正忙著收拾行李，妍姊兒則在一旁歡樂地跳來跳去，發出格格格的笑聲。

蕭靖嫻一進門見到這一幕不禁怒火中燒，厲聲喝道：「你們這是在幹什麼？都什麼時候了，你們還有心情嬉鬧？」她這幾年備受王遠寵愛，言行舉止上很是威嚴和霸道。

妍姊兒嚇得躲在宋芸娘背後，怯怯地探出小腦袋看著這個陌生的、凶巴巴的華貴女子。

宋芸娘挺直身子，安撫地拍了拍妍姊兒的小臉，轉身冷冷看著蕭靖嫻，淡淡道：「靖嫻，有什麼事情好好說，小孩子膽小，別嚇著了她！」

「這是哪家的貴夫人，哪有隨便進人家裡呼來喝去的！」李氏從房裡走出來，冷冷道。這是蕭靖嫻自願為妾之後首次見到李氏，儘管幾年未見，她骨子深處仍有著對李氏無法磨滅的懼怕和羞愧，此刻便垂下頭，眼眶一下子紅了，突然哭了起來。「母親——」

李氏一時愣住，冷哼了一聲。「蕭姨娘，老婆子身分卑微，您這聲母親我擔不起。」

蕭靖嫻眼淚流得更凶。「母……母親，我剛聽老爺說，四哥已經……他已經……他……他在陣亡名單上……」

「靖嫻，如果妳是特意來通報這件事情的話，就不用再說了，我們已經知道了。」宋芸娘淡淡打斷了她。

蕭靖嫻愕然看向宋芸娘，眼中充滿了恨意。「妳這個惡毒的女人，四哥出事了妳居然一點兒都不傷心。當年若不是妳被土匪擄去，四哥怎麼會為了救妳而進了軍隊，現在也不會戰死沙場，妳這個剋夫的掃把星……」

「啪」的一聲響起，蕭靖嫻捂住臉，驚訝地看著李氏。「母親，您為何打我？」

「妳還有臉說芸娘？當年若不是妳任性，芸娘怎麼會遇匪？四郎此次若真有個好歹，妳才是罪魁禍首！」李氏氣得身子打顫，鈺哥兒緊緊攙扶著她，目光一瞬不瞬地盯著蕭靖嫻，眼中不再有溫情，只有漠然。

蕭靖嫻又氣又恨、又狼狽。「我好心來看望你們，你們卻這樣對我。四哥現在不在了，以後總還得靠我來照顧你們一二。」

宋芸娘冷笑了一聲。「謝了！我們沒有那個福氣，妳只管放一百二十個心，我們就算是餓死、窮死，也絕不會去找妳的麻煩。」

蕭靖嫻一聽氣得掉頭就走。

李氏身子突然往下一軟，鈺哥兒急忙攙扶住她。

李氏擔憂地看著芸娘。「官府的名單上也有了，芸娘，此事只怕……」

宋芸娘搖了搖頭，堅定地笑著。「娘，只要一日找不到季寧，我就一日堅信他還好好的，我會好好等著他回來！」

李氏盯著芸娘，似乎也被她堅定的信念鼓舞，也重重點了點頭。「好，我們一起等著他回來！」

宋芸娘他們回到張家堡時，天氣已經轉寒，蕭瑟的寒風中，破舊的張家堡好似一個歷經艱辛的垂垂老者，每一聲呼吸都透著辛苦和辛酸。

蕭家的小院在這段時日曾經受到過不小的破壞，可能是韃子闖進來搜刮過財物，也可能是張家堡的居民趁亂進來盜竊，此事不能追究，也無從追究。

王姨娘她們先行回來時，家中一片凌亂，桌椅板凳、鍋碗瓢盆之類的都少了很多，幸好一些大件的家具無法搬走，仍好端端地擺在那兒。

宋芸娘他們回到家後，家中已經收拾妥當。雖然少了很多生活用品，但是經過王姨娘和陸蔓兒的精心收拾，院裡、房內都乾淨整潔，房裡燒了暖盆，暖意融融，灶上煮著飯，飯香四溢，處處都透著家的溫暖和溫馨。

他們回到張家堡時，蕭靖北戰死沙場的噩耗已經在軍堡內傳播開來。

新任防守嚴炳曾是蕭靖北的頂頭上司，他本是武將出生，對蕭靖北一向器重而欣賞。他對蕭靖北的不幸遇難深感惋惜，不但未收回蕭家的房屋，還命人送來一些銀兩物資以示慰問，並囑咐他們只管安心住下，蕭靖北為國捐軀，張家堡定不會虧待他的家人。

同樣征戰未返的還有張大虎和白玉寧，他們身為蕭靖北的部下兼心腹，當時一起隨他衝入韃子大營營救劉惠，也一樣未能活著回來。

此時的張家堡又恢復了寧靜的生活，雖然曾被韃子占領過一段時日，但所幸除了被擄去了一些糧食物資之外，人員傷亡並不多。

加上正值年末，家家戶戶準備著除舊迎新，大街小巷裡歡聲笑語，熱鬧非凡，一掃這幾年被劉青山剝削、前段日子被韃子欺辱的苦悶和壓抑。

白玉寧的遺孀吳秀貞卻是哀痛之極，短短四、五年，她已經連做了兩次寡婦，帶著三個拖油瓶。除了前夫的兩個兒子，她一年前又為白玉寧生下一子，現在還是一個抱在懷裡吃著奶的娃娃。

吳秀貞見左鄰右舍都熱熱鬧鬧地準備著過年，只有自己家淒風苦雨、愁容滿面。她坐立難安，便抱著最小的兒子去了與她同病相憐的宋芸娘家，指望著互相訴一訴苦，尋求安慰。

出乎她意料之外的是，和自己家的淒慘哀怨不同，蕭家居然充滿了歡聲笑語，氣氛安逸祥和。王姨娘和陸蔓兒在廚房裡忙活，鈺哥兒和妍姊兒在院子裡你追我趕地玩耍。

宋芸娘將吳秀貞引進了正屋坐下，吳秀貞看著宋芸娘柔和的笑臉，驚得張大了嘴巴。「芸娘，妳家蕭把總不是也……你們怎麼……」

宋芸娘為吳秀貞奉了茶，又伸手逗了逗她懷裡的孩子，由衷地讚道：「這孩子長得真好，像他的爹爹。」

吳秀貞便掏出帕子捂著臉哭了起來。「芸娘，我們怎麼這麼命苦，將來帶著幾個孩子可怎麼辦啊？」

宋芸娘沈默了一會兒，輕聲道：「秀貞姊，不知妳怎麼想，我是絕對不相信季寧已經不在了。我們的相公都是有擔當、有本事的人，絕不會不顧自己安危、不管家人牽掛而貿然行事。」

她突然提高了聲音，帶著憤怒。「連他們的屍首都沒有，憑什麼說他們陣亡了，憑什麼要我們相信他們不在了？」

吳秀貞驚得止住了哭聲，睜大了紅腫的眼呆呆看著芸娘。「芸娘，妳莫不是魔怔了……芸娘，妳要想開點，我第一個死鬼相公走的時候，我也是和妳一樣，不肯相信他不在了……可是，後來還不是得認了……」

說罷又低首淒淒地哭。「我就是千不該、萬不該，不該看中了他的皮相，又嫁給了他……想不到他也是個沒福氣的……可憐我一人帶著三個孩子，他們都說我是剋夫的命……」

吳秀貞一哭，她懷裡的孩子也跟著號哭，李氏聽聞動靜走進來，皺起了眉頭。「秀貞，我家芸娘懷著身子呢，妳別惹她傷心。妳也別傷心，還有十來天就是除夕了，妳回家好好準備過年，指不定哪天妳家男人就回來了呢。」

吳秀貞瞪圓了眼睛站起來，眼中帶著驚愕和恐懼。「瘋了，妳們都瘋了……」

任宋芸娘怎樣堅定，吳秀貞始終都不相信白玉寧還有生還的可能，她一口咬定蕭家人都是悲傷過度，以致有些神志不清，匆匆抱著孩子出了蕭家。

宋芸娘奇怪的表現引起了宋思年和柳大夫他們的擔憂，他們一致認為宋芸娘是真瘋，而李氏和王姨娘她們則是陪著她瘋。

柳大夫隔日便來為宋芸娘把平安脈，卻見她脈象平和，神志清醒，便只嘆她是執念太深，拒不面對現實，陷入了嚴重的自我欺騙之中。

他見芸娘身體尚好，又擔心影響宋芸娘腹中的孩子，便也不敢隨意開藥方，只好與宋思年、田氏他們時時過來開導。

臘月二十八的那一天，許安平回張家堡過年，特地來一趟蕭家，送上周將軍給蕭靖北的撫恤金——紋銀二百兩。

宋芸娘卻是堅持不受，連稱蕭靖北並未陣亡，何來的撫恤。

許安平已經在張氏和許安慧那兒聽聞了宋芸娘的異常，他心中痛楚，只好順著芸娘的話安慰道：「不管如何，這些銀子是靖北兄在軍中辛苦拚搏所得，是他應得的獎勵，妳只管收下。」

宋芸娘低頭不語，想著現在家中百廢待舉，正是需要銀兩的時候，心中已有些接受，只是「撫恤」兩字深深刺痛了她。

她詢問地看向坐在上首的李氏，李氏遲疑著，卻仍是緩緩點了點頭。

她到底比芸娘多了幾分沈著和理智，如果說宋芸娘對蕭靖北能夠生還有十足的信念，李氏則只有五分，她這輩子已經經歷得太多，也失去了太多，不敢再有過多的奢望。

這段日子以來，李氏陪著宋芸娘一起堅定地等待蕭靖北回來，一半是因為自己內心的期望，更多的則是順著芸娘，不願讓她受到更深的刺激。

暮色漸濃，寒風四起，許安平起身告辭，宋芸娘便送他走到了門口。

張家堡已是炊煙裊裊，暖香四溢，巷子裡空無一人，只有寒風呼嘯著掃過。

「芸娘……」許安平看著宋芸娘，欲言又止。

他這幾年在軍中勇猛善戰、立功頻頻，已成為周正棋手下屈指可數的得力幹將。

他和蕭靖北一個是騎兵營的千總，一個是火器營的千總，都是周正棋不可或缺的左膀右臂。

這些年的戰場廝殺、出生入死令他處事從容淡定，神情穩重內斂，眉宇間隱隱有著威嚴，不再是當年那個衝動的毛頭小伙子，只是在宋芸娘面前，他卻仍然十分局促，如當年情竇初開的少年一般，心中忐忑不安、澎湃不已。

「安平哥，謝謝你特地來這一趟。」宋芸娘微笑著看著他。

許安平突然有些口乾舌燥，他看著面前的宋芸娘，一下子覺得與她之間的千山萬壑都消失得無影無蹤，似乎重新打開一片新的天地。

他看了一眼空蕩蕩的小院和院外空無一人的小巷，再深深看著近在咫尺的宋芸娘，突然覺得這是上天送給他最難得的機會。

他猶豫再三，終於忍不住結結巴巴地道：「芸娘……若蕭兒他……他不能……」他看著芸娘的眼睛，只見裡面好似汪著最清澈的泉水，清泉中映著的那個自己，卻是那麼的無力和卑微。

許安平不敢再看宋芸娘的眼睛，他盯著地面，一股腦兒地說出了心底最深處的話。「芸娘，我的心……一如從前……若妳同意，我……我願意代替蕭兒，照顧妳……妳的孩子……妳的家人……」說到最後，已是臉脹得通紅。

宋芸娘愣了良久，輕嘆了一口氣。「安平哥，別胡思亂想了，找個合適的好姑娘娶了吧，張嬸嬸這些年頭髮都急白了。」

「芸娘……我……」

宋芸娘目光茫然地遙望巷口，語氣虛弱而縹緲。「你們成天都在對我說季寧不在了，說他回不來了，害得我都快有點相信了……」

許安平癡癡看著她，目光哀痛，呼吸急促。

宋芸娘突然目光一轉，定定看著許安平，語氣也隨之一轉，帶著幾分堅定，幾分斬釘截鐵。「可我還是不相信你們，我知道，季寧一定會回來。他一日不回，我便等他一日，一年不回，我便等他一年，一輩子不回，我便等他一輩子……」

芸娘側頭看著院子裡的那棵臘梅，想到四年前的新婚之夜，唇角微微上揚，眉眼也柔和了起來，柔聲道：「你知道嗎？我便是在四年前的今日嫁給了季寧。那時，他答應過我，要一輩子照顧我……他是最守信之人，怎麼會言而無信呢？」

「芸娘……妳……妳怎麼這樣傻……」許安平又急、又心痛。「安平哥，你說我傻，難道你不是更傻嗎？不要為我耽誤了你自己。你這個樣子，令我感覺罪孽深重……安安心心找個好姑娘吧，算我求你了……」

除夕夜的這一天，蕭靖北沒有如宋芸娘他們所期望的回家過年。

儘管如此，宋芸娘還是做了幾道蕭靖北愛吃的菜，為他準備了一副碗筷，正如以往每一年的除夕夜一樣。

到了晚上放煙火的時候，妍姊兒一直含在眼眶中的淚水終於掉了下來。

她嘟起了小嘴巴。「爹爹騙人，爹爹說了回來的，可是一直都不回來。爹爹說了，過年的時候要給我放好多好看的煙火，還說要把我高高地扛在肩上，帶著我看耍龍燈……」她仰起可憐兮兮的小臉看著宋芸娘。「娘，我好想爹爹啊！爹爹到底回不回來啊？」

宋芸娘的身子已經有些臃腫，她無法蹲下，便彎腰摸了摸妍姊兒的小腦袋，柔聲道：「妍姊兒放心，妳爹爹肯定會回來的……妳相信娘，他一定……一定會回來的……」

宋芸娘突然語塞，有些哽咽起來，一直隱忍了這麼長時間的情緒終於忍不住要爆發出來，她的身子不停顫抖著，似乎隨時都會倒下。

「娘——」一雙並不強勁的臂膀扶住了她，鈺哥兒的小臉上是與他年齡不相符的凝重和堅定。「娘不要擔心，只管安心養好身子生下小弟弟，爹爹一定會回來的。」

他拉起了妍姊兒的小手。「走，哥哥帶妳去放煙火。過幾日耍龍燈的時候，哥哥揹著妳去看。」

絢麗的煙火在張家堡的上空綻放，和天上燦爛的星河遙相輝映。宋芸娘仰望天空，似乎看到蕭靖北在深情凝望著她，那閃爍的星星就好像他明亮的雙眸，正一瞬不瞬地看著自己。

宋芸娘突然淌下了兩行清淚，喃喃道：「季寧，你快回來吧，你再不回來，我……我可就撐不下去了……」

第三十五章　新生活的開端

春節過了又是元宵，轉眼雪融冰消，到了春暖花開的時節，張家堡的軍戶們又趕著牛，扛著鋤頭下地幹活，一路上高聲說笑，談論著今年的耕種。

一切都回復慣常，彷彿並沒有過戰爭，也沒有過傷亡，只是，蕭靖北卻仍然音訊全無。

除了宋芸娘和不懂事的妍姊兒，所有的人都對蕭靖北的歸來不再抱有希望。

宋思年、田氏和許安慧輪番上陣開導宋芸娘，和年前的勸導不同，現在他們的勸說言辭多了些其他的味道。

這一日春光正好，李氏、王姨娘她們齊齊上陣，帶著宋芸娘面脂作坊的幾個女子一起去山上採摘各種鮮花，準備做面脂、胭脂的原料。宋芸娘身子笨重，便一人留在家中，和許安慧商談著開店賣面脂的事宜。

開年後，徐文軒的母親蔡氏曾上門商談繼續合作賣面脂的事情，最後卻是不歡而散。

當初的合作事項是蕭靖北親自商談，徐家尚且獅子大開口，現在面對失去了靠山的孤兒寡婦，他們更是在利潤上寸步不讓，交貨的條件也很是苛刻，宋芸娘一氣之下，便想也不想地拒絕了。

一直以來，有著蕭靖北這個堅強的後盾和依靠，宋芸娘並未將做面脂看作養家活口、求生存的手段，而只是閒暇之時的隨興而作，所以她不願意花費精力擴大製作量，也懶得和徐家計較利潤分成，賺得了些許銀兩貼補家用她便已經心滿意足。

現在蕭靖北音訊全無，是生是死都未可知，宋芸娘看著這一大家子的老小，倍感壓力的同時也有了更多的打算。

前些日子，她拜託鄭仲寧、許安慧他們出面周旋，買下靖邊城東三巷的小院，又以丁大山的名義在靖邊城租了一個小小的店面。

日前，陸蔓兒已帶著鈺哥兒先行搬去靖邊城，鈺哥兒跟著荀哥兒一起在書院讀書，陸蔓兒則打理店面，等著這一批面脂成品做好後，便立即開張。

生意雖然是以丁大山的名義，但真正出資和作主的卻是宋芸娘和許安慧。

宋芸娘負責做面脂，許安慧憑著已升為副千戶的鄭仲寧出面，四下周旋，開店事宜倒也十分順利，店面裝潢一新，掛上了「凝香雪脂」的招牌，萬事俱備，只欠做出成品這個東風了。

兩人聊完了開店事宜，室內一時沈默了下來，許安慧端起茶杯輕輕飲了一口，靜靜看著對面的宋芸娘。

宋芸娘慵懶地歪靠在窗前的軟榻上，窗外的陽光斜斜地灑在她的身上，她小巧的臉隱在陽光中，有些模糊不清，只看得見那尖尖小小的下巴，高高凸起的腹部顯得她的身子越發瘦小，許安慧突然有些心酸和煩亂。

「芸娘，妳……除了做面脂生意，還有沒有別的打算？」許安慧猶豫了下，輕聲問道。

宋芸娘淡淡笑了笑。「自然是有的。好好生下這個孩子，供荀哥兒和鈺哥兒讀書，今年多種些麥子和粟米，少種些水稻……」

「芸娘。」許安慧有些不耐地打斷了她。「我是問妳自己，妳總不會就這樣一個人一輩子過下去吧？」

宋芸娘瞪圓了眼睛，噗哧笑了。「安慧姊，妳看我這一大家子的人，怎麼會是我一個人。」

許安慧有些氣惱，收斂了笑意。「芸娘，妳別和我裝糊塗。我的意思是說，妳……」她心煩意亂地吞了吞口水，有些難以啟齒，想了想才道：「咱這邊堡，沒有關內那麼多臭規矩和禮教約束，活命才是最重要的。妳家裡老的老，少的少，沒個男人可怎麼行。」

她蹙起了眉頭，似乎極其不願，卻又不得不說。「我家安平……這小子不知是隨了誰的性子，一根筋，脾氣倔得我們拿他沒有辦法。這幾年妳也知道，我和我娘不知為他說了多少個姑娘，他一個都看不中。去年我娘以死相逼，好不容易求得他應下了一門親，可那姑娘偏偏是個沒有福氣的，訂親沒幾個月就染病不起，居然就去了，害得我家安平越發不願再提親事，整個人都撲在了軍中。可這回他卻變了，主動提起了親事，芸娘，他那日求了我半天，如果妳……」

「安慧姊——」宋芸娘坐直了身子，收斂起笑意，一瞬不瞬地盯著許安慧。「這件事情不要再說了，這樣既看輕了我，更是看低了安平哥。」

她眼中閃著淚光，隱隱有著愧疚，聲音也微微抖著。「安平哥值得更好的女子，沒有必要為我耽擱他；而我……不管季寧能否回來，我都勢必要為他守一輩子的……」

許安慧其實本就不是很贊成，她與宋芸娘再交好，也不願自己的弟弟找一個拉家帶口的寡婦，只是實在耐不住許安平的軟磨硬泡，才不得不在宋芸娘面前為他說情。

宋芸娘這般堅定的拒絕倒是令她稍稍鬆了一口氣，同時心中湧上些許的難過和心痛，她盯著芸娘看了半晌，終是嘆了一口氣。「你們都是癡兒、傻兒，我怎麼就遇上了你們這兩個令我頭疼的魔星啊……」

半個月後，宋芸娘和許安慧的鋪子終於開張了。

新開的店鋪除了賣面脂等護膚品，還代賣一些女子的繡品。

張家堡內的一些女子以前都是將繡品交由徐家代賣，只是徐家的價錢給得低，現在見宋芸娘開了店，她們便紛紛找到芸娘要她幫忙代賣，宋芸娘自然是願意代勞。

開張那一日，生意極好。

由於面脂斷貨了許久，再加上新鋪子和徐家原來的店鋪又在同一條街上，一些老客戶在她們佈置店面的時候就紛紛進店詢問，盼著開張。

開張時許安慧她們又搞了一些買一送一、優惠價的活動，門口居然排起了長龍，一些面脂都搶購一空。買不到面脂的人們，便紛紛下了訂金，催她們快些供貨，臨走前還心有不甘地買了一些繡品，以求安慰。

這樣的熱鬧場面宋芸娘卻沒能看到，她因為臨盆在即，不得不留在家中。

她這一胎懷得甚是艱難，懷孕初期整日都處於擔驚受怕之中，蕭靖北出事以後她更是幾乎快崩潰；好不容易千辛萬苦地守到了即將瓜熟蒂落之際，這幾日李氏和王姨娘都是天天如臨大敵，小心翼翼地守候著宋芸娘。

傍晚的時候，許安慧她們回來了，還沒有進門便是一陣嘻嘻哈哈的說笑聲，進門看到芸娘，更是笑得眉飛色舞。

「芸娘，妳是沒有看到，今日開張時的生意是多麼的好，賣到最後幾盒的時候，有幾個客人都快搶起來了，我只好答應他們盡快再供貨。」

說罷又有些憂心地看著芸娘。「妳現在這個樣子，還能趕得及下一批貨嗎？」

芸娘也是分外欣喜。「玉芬姊她們幾個都是熟手了，我只須在熬製時看看火候、略加指導便行。安慧姊，既然客人們催得急，就辛苦妳跑一趟去通知玉芬姊她們一聲，讓她們明日早上過來開工。」

「是，老闆娘。」許安慧嬉笑著微微屈身行禮。

宋芸娘掩嘴笑了，也和她對著行禮，打趣道：「那就辛苦許老闆嘍！」

李氏站在一旁，看到芸娘難得的歡快情緒和笑容，悄悄擦了擦眼角的淚水。

這大半年以來，宋芸娘終日意志消沈，鬱鬱寡歡，雖然在眾人面前總是強作歡顏，但她落寞的神情和眼底的哀傷卻瞞不住洞察一切的她。

這段日子芸娘一心撲在開鋪子、做面脂這些瑣事上，精神有了寄託，整個人都有了生機和活力。

李氏心想，如果開鋪子的事情能夠轉移芸娘的注意力，減輕她的哀痛，倒也是一件好事，便道：「芸娘，既然生意這麼好，不如等妳出了月子後我們就搬到靖邊城去，專心照料生意。」

宋芸娘點了點頭，轉念一想，又蹙起了眉頭，有些猶豫和不捨。「可是……我們都搬走了，到時候季寧回來找不到我們怎麼辦？」

李氏心中一陣刺痛，愣愣看著芸娘一時說不出話來。

許安慧忙道：「傻妹子，靖邊城的房子本就是妳家蕭千總先看好的，妳還怕他找不到你們啊？」

宋芸娘愣了愣，也自嘲地笑了。「瞧我，怎麼現在腦子越來越笨了，老是轉不過彎來，怪不得季寧老是笑我傻呢！」

她笑得歡愉，目光柔和而悠遠，似乎在回憶過去的快樂時光，李氏和許安慧在一旁看著，卻是止不住的心酸。

五日後，宋芸娘生下一個男孩。

這個孩子來得不巧，宋芸娘懷他的時候正好遇上戰爭封城，先是困在靖邊城裡缺衣少食，之後又是蕭靖北出事，她更是寢食難安、鬱鬱寡歡。

因此，這孩子雖然是足月生產，卻甚是瘦小，小小的一團裹在襁褓裡，小臉又紅又皺，像個小老頭，聲音也是又細又弱，像小貓一樣。

宋芸娘生下孩子後就陷入了昏迷，柳大夫給她扎了針灸，又開了幾帖安神補氣的藥喝了幾日，這才漸漸恢復了精神。

身旁沒有人的時候，宋芸娘常常側頭看著安靜地睡在身旁的孩子，那麼弱、那麼小，似乎怎麼也看不夠。

她想起妍姊兒出生的時候，幾乎要比這個孩子大上一圈，滿頭黑亮的頭髮，聲音洪亮，兩隻小腿一蹬一蹬的，力氣大得驚人。

可是這個孩子卻安安靜靜地睡在那兒，不哭不鬧，偶爾哭幾聲也是聲音細小，睡著的時候呼吸聲細不可聞，常常讓芸娘生出他要就此睡過去的恐懼。芸娘看著孩子便忍不住地落淚，生恨自己太任性，沒有好好孕育這個孩子，對不住他。

她一落淚，李氏、王姨娘她們便如臨大敵，不住地嘮叨。「使不得，使不得，坐月子流淚將來容易見風流淚的。妳現在餵著奶，千萬別胡思亂想地亂傷心，不然奶水不好，對盼哥兒也不好。」

宋芸娘執意要等著蕭靖北回來了再給這個孩子起大名，所以現在僅起了個小名叫盼哥兒。

這幾日，炕旁邊總是圍滿了來看她的人，許安慧、田氏、張氏她們看到瘦小的盼哥兒後，回去就燉了雞湯、肉湯、魚湯等滋補品送過來，連聲勸導宋芸娘。

「喝不下也要堅持喝，妳吃了就等於是孩子吃了。盼哥兒畢竟是個男孩子，養得弱了可不行。」

荀哥兒特意請假帶著鈺哥兒回來了一趟，甥舅兩人頭並著頭坐在軟榻上，抱著盼哥兒逗了半天，可惜盼哥兒太小，無法與他們互動，只能時不時咿啞幾句，也惹得鈺哥兒興奮不已。

鈺哥兒跟著荀哥兒耳濡目染了這些時日，小小年紀的他已經有了讀書人的儒雅氣質和淡定從容的風度。

荀哥兒更是兼具成人的穩重和少年人的純淨，他低首寵溺地看著懷裡的盼哥兒，輕聲與他說笑，眉眼間是溫和的笑意。

暖陽透過方軒照射到這兩個玉一般的少年身上，襯得整個屋子都有了光亮和生機。

宋芸娘看著已長成了清俊少年的鈺哥兒，突然想到五年前的那一幕。

當年尚是孩童的他隨著祖母、父親一起從遙遠的京城一路充軍到了這裡，在晚霞漫天的傍晚走入了張家堡，他趴在蕭靖北的肩頭，瞪著烏溜溜的圓眼睛看著自己的情景幾乎就在眼前，而轉眼間他已經長成了一個知書達禮、懂事貼心的少年。

宋芸娘看著他越來越像蕭靖北的眉眼，心中突然湧出一陣刺痛，暗自默唸：「季寧，你快些回來吧，你看看這幾個孩子，你怎麼能捨得不回來……」

荀哥兒和鈺哥兒學業忙，只住了一晚便要回靖邊城。臨走前荀哥兒特意同宋芸娘商量。「姊姊，下個月我便要去宣府城的府學讀書了，我想到時候把鈺哥兒一起帶去，那邊的私塾畢竟比靖邊城裡的要好一些，我也可以繼續教導督促他唸書。」

宋芸娘自然很是贊同，只是仍有些擔心。「你自己都是個孩子，怎麼好照顧鈺哥兒？」

荀哥兒笑了，俊朗的眉眼有了幾分光風霽月的神采。「姊姊，我已經十五歲了，怎麼還說我是孩子。」

宋芸娘愣了愣，也感慨地笑了，她看著眉目清俊、玉樹臨風的荀哥兒，心中是滿滿的驕傲和自豪。「說得是啊，我家荀哥兒已經是個大人了，都可以說媳婦兒了呢！」

荀哥兒嫩白的臉上慢慢飛起了紅霞，半垂著頭，羞赧道：「姊姊——」卻還是那個愛在姊姊面前撒嬌的大男孩，讓宋芸娘忍俊不禁地笑了。

一直低頭看著盼哥兒的鈺哥兒突然抬起了頭。「娘，荀舅舅，我不想去宣府城。」

「為什麼？」

「宣府城的書塾更好些啊，那裡的先生也更有學識一些，你怎麼不想去呢？」

宋芸娘和荀哥兒都奇怪地看著鈺哥兒。

鈺哥兒神色堅決。「去宣府城上學，費用肯定比現在要高。娘，爹爹……爹爹現在還沒有回來，一家人的衣食住行都靠您一人，我不能再增加您的負擔。」

宋芸娘心中一暖，柔聲道：「好孩子，你只管好好讀書，這些事情不用你操心，娘自會有辦法。」

「娘，我不想再讀書了。」鈺哥兒突然半垂下眼簾，看著弱小的、睡得毫無聲息的盼哥兒，情緒低落。「我將來總是要繼承爹爹的軍職，總不能……總不能讓盼哥兒去……所以現在花那麼多錢讀書也沒有用。我……我想從書塾退學，跟著安文舅舅的舅父練武。」

這樣的念頭鈺哥兒一直深藏心底，連荀哥兒也沒有透露過。

此話一出，荀哥兒吃驚地看著他，宋芸娘更是急得從炕上坐直了身體，驚得睡在一旁的盼哥兒打了個哆嗦。

「鈺哥兒，你現在還小，就算以後要繼承軍職，也是七、八年後的事情了。送你去讀書是我們全家的心願，蕭家不能有大字不識的武夫。」

「可是，娘，我不想讓您太辛苦。」

宋芸娘剛才猛地一下子坐直，扯得渾身痠痛難忍，此刻只好無力地靠在炕頭，伸手示意鈺哥兒過來坐下，輕輕握著他的手，這孩子用功，柔嫩的小手上居然已經有了硬硬的筆繭。

「鈺哥兒，你是個懂事的孩子，你的心意娘都知道。你現在什麼都不用想，只管跟著你荀舅舅去宣府城一心一意地讀書，其他的事情自有我們來操心。當初送你去讀書是你爹爹的意思，若你……若你真的想棄文從武的話，也等你爹爹……等他回來了再讓他決定吧……」

「娘——」鈺哥兒無奈地喚了一聲，卻見宋芸娘無力地靠在炕頭，慢慢合上眼，密密的睫毛輕顫著，似乎在隱忍激動的情緒。

芸娘沈默了一會兒輕聲道：「荀哥兒，你帶著鈺哥兒出去找妍姊兒去，我累了，想歇一會兒……」

轉眼已是春去秋來，張家堡外的水稻翻起了金色的波浪，又到了收穫的季節。

宋芸娘到底還是沒有搬到靖邊城去住，而是留在了張家堡。

畢竟她在這裡住了這麼久，鄰里之間關係和睦，風土人情早已習慣，又記掛著一人獨居的宋思年，便帶著妍姊兒和盼哥兒留了下來。

李氏自然是陪著宋芸娘和兩個孫子一起留下來，王姨娘則是堅定地陪著主母，雖然蕭靖嫻派人接了幾次，但她都毫不猶豫地拒絕。

鈺哥兒儘管百般不願，在李氏、芸娘她們的勸說和堅持下，也不得不隨著荀哥兒一起去宣府城讀書。

經過幾個月的精心打理，靖邊城的生意已經步上正軌，在店鋪照顧生意的除了陸蔓兒，還有丁大山夫婦。

丁大山幾個月前娶了葉翠兒，兩口子便帶著田氏一起搬到了靖邊城的小院，專門照顧生意。他們夫婦兩人連同田氏和陸蔓兒都堅持住在外院，將內院留給宋芸娘他們。雖然宋芸娘他們只是偶爾過來住兩天，田氏他們卻仍是日日為芸娘打掃內院。

宋芸娘除了最開始去店鋪看過幾次，之後就留在張家堡專心做面脂，將外面生意上的事情都交給許安慧和丁大山他們。

許安慧隔三差五就去靖邊城看一次店鋪，生意上小的紛爭由丁大山直接解決，若有什麼官府為難、地頭蛇敲詐之類的麻煩事情，便都交由鄭仲寧出面處理。

丁大山憨厚誠懇，葉翠兒溫和可親，陸蔓兒機靈嘴甜，生意漸漸做得順了，除了靖邊城的熟客，周邊一些衛城和軍堡的熟客也紛紛慕名前來購物。

宋芸娘和許安慧每月數著收益，都是喜不自勝，甚至計劃等攢了差不多的錢後，再去宣府城開一家分店。

蕭靖北已經失蹤了一年，仍是毫無訊息。

所有的人都已不再抱有希望，李氏有一次甚至隱隱暗示宋芸娘，要為蕭靖北立一個衣冠塚，為他燒些香火紙錢，免得他在那邊受苦。

宋芸娘當時愣怔了半晌，心如刀絞，幾乎氣暈了過去。她幾年來第一次對著李氏發了火，忍無可忍地頂撞了她，回頭關在房裡狠狠地哭了一整個晚上。

宋思年、柳大夫他們便經常勸導宋芸娘，讓她不要再日日想著回不來的人，而是想想身邊值得珍惜的人。

許安平仍然是意志堅定，這幾個月來，他頻頻抽空回張家堡，不但說服了許安慧，還感動了宋思年和柳大夫，連最反對的張氏也被他磨得沒有辦法，不得不鬆了口。

宋芸娘無奈，只好趁許安平回家探親時，約著他長談了一次，表明了堅決的心志。許安平見宋芸娘意志堅決，毫無回轉的餘地，便只好黯然回到軍中，徹底死了心。

這一日秋高氣爽，風和日麗，宋芸娘昨日剛剛做完了一批面脂，只等著丁大山回來取貨。此時她無事一身輕，便帶著妍姊兒、盼哥兒兩個孩子在院子裡玩耍。

和安靜的盼哥兒相比，妍姊兒實在是個精力無窮、活力無限的孩子。

她撒開了腿在院子裡跑過去、跳過來，時不時又跑到李氏面前，逗著她懷裡的盼哥兒，擠眉弄眼地做鬼臉，逗得盼哥兒蹬著小胳膊、小腿格格笑個不停。李氏看著這一對可愛的小精靈，也是笑得合不攏嘴。

宋芸娘坐在屋簷下，手裡拿著一件盼哥兒的小襖，一針一線地縫著，時不時抬頭看看院子裡笑得歡快的祖孫三人，突然心生幾分悵然，心想，若不是這兩個孩子，真的不知道這幾個大人如何度過沒有蕭靖北的這些日子。

轉念又心生幾分幽怨和恨意，心中賭氣道：季寧，你還不回來，活該你享受不了這般溫馨的天倫之樂；你若再不回來，我……我便真的把你忘掉了……

事實上，無論他人如何勸說，在宋芸娘的心裡，始終相信蕭靖北仍好好地活在世上，只是暫時因為不得已的苦衷不能回來。這種信念，是支撐著她堅強生存下去的唯一支柱。

傍晚時分，張家堡戶戶炊煙裊裊的時候，王姨娘已經做好了晚飯，陣陣香味從廚房裡飄散出來。

妍姊兒撒開了腿往廚房跑去，一邊叫嚷著。「開飯啦，開飯啦，姨奶奶，您又做了什麼好吃的啊？姨奶奶您辛苦了，您累不累啊，要不要我幫您捶捶背？」

宋芸娘和李氏便相視一笑，宋芸娘放下針線活，李氏抱著盼哥兒，均起身向廚房走去。這時只聽「砰」的一聲響，院門猛地一下子被推開，重重地撞到院牆上，隨後急匆匆走進來一個身材壯實的男子，卻是宋芸娘的義兄丁大山。

「大山哥，你怎麼來了？不是說明日再來取貨嗎？」宋芸娘疑惑地看著滿頭大汗、風塵僕僕的丁大山。

李氏則是熱情地招呼。「大山，你來得正好，快來一起吃飯。」

卻見丁大山神情激動，連聲嚷道：「出大事了，出大事了啊！」

「什麼大事？」宋芸娘和李氏齊齊問道。

「天大的事啊！變天了，皇城裡的皇帝又換了！」

「什麼？」

「到底是怎麼回事，快說來聽聽。」

李氏和宋芸娘急急走到他面前，兩雙眼睛急切地盯著他。

丁大山一路騎馬疾馳趕來、片刻未歇，此時只覺得舌乾口燥，被馬兒顛得渾身發軟，肚子更是餓得發慌，便伸手擦了擦汗。「說來話長，不如我們進屋慢慢說吧。」

李氏將丁大山迎進了正屋，又讓王姨娘炒了幾道下酒菜，招呼丁大山先吃飯。

丁大山喝了幾口小酒，吃了兩口菜，終於不再餓得眼冒金星、身發虛汗，這才對一直盯著他的李氏和宋芸娘道：「是這麼回事。今日，靖邊城守備府門口圍得人山人海，甚是熱鬧，我好不容易擠進去，原來是官府門口貼了一張告示。」

他不好意思地撓頭笑了笑。「我也不認識字，好不容易尋了個老秀才問了半天才弄明白告示上的意思，原來當初御駕親征的皇上並沒有死，現在已經復位了，年號也已經改了，現在不再是天佑年，而是天順年了。」

李氏和宋芸娘一下子難以接受這樣令人震驚的訊息，都只能半張著嘴，呆呆看著丁大山，似乎有些懵了。

愣了半晌，李氏才結結巴巴問道：「這……這到底是怎……怎麼回事？皇上……他一直沒有消息，怎麼突然就出現了，還復位了？」

「說得是啊，當時圍觀的人都在說奇怪呢！」丁大山又狼吞虎嚥地扒了幾口飯，對著李氏不好意思地笑了笑，擦了擦嘴，繼續道：「告示上沒有說得很清楚，不過我又透過熟人找守備府內知情的人問了問，打聽到了一點消息，也不知是真是假。」

丁大山略略填了幾口，肚子不再餓得發慌，便索性放下筷子，努力回想著今日從守備府打聽到的消息。

「好像是說，老皇上御駕親征時並沒有戰死，而是逃脫了，歷經千辛萬苦回到了京城，小皇帝孝順，便主動讓出皇位。我就在想啊，當初妹夫不就是去營救皇上時失蹤的嗎？既然現在皇上不但好生生活著，還復了位，說不定妹夫也安然無恙呢！」

宋芸娘早已經是激動得渾身發抖，身上的每一個毛孔都似乎在激動地尖叫。

李氏更是身子發軟，只好一把抓住宋芸娘的手，半靠在她身上，嘴唇顫抖著問：「大山，你說的……可都是真的？」

丁大山坐直了身體，急急道：「自然是真的，我一聽到這個消息便知道此事非同小可，快馬加鞭地趕來告訴妳們。只是……」他看向芸娘，神色複雜。「戰場上的事情太過複雜，皇上安全逃脫，不見得妹夫也能一起逃脫。芸娘，妳……若之後沒有進一步的好消息，妳也不要難過……」

「怎麼會？」李氏已是喜笑顏開，神采飛揚。「皇上復位，就說明張玉薔他們那一幫人已經敗了，這就是天大的好消息。至於我家四郎……我相信我們蕭家一門忠君愛國、誠感動天，他一定會吉人自有天相的。」

李氏以前一直不敢確信蕭靖北安然無恙，每每只是順著宋芸娘的話安慰她，此刻她聽聞了京城這一驚人的訊息，心中便堅信蕭靖北一定在這件事情上起了不小的作用。

宋芸娘實在是太過於激動，只覺得眼前陣陣白光刺目，耳旁也是嗡嗡作響。她一句話也說不出來，只能緊緊攙扶著李氏，不停地點著頭，眼淚止不住地淌。

自從蕭靖北出事後，婆媳兩人互相扶持、互相依靠、互相安慰，早已經成了習慣。

「對了。」李氏慢慢鎮定了些，又問道：「怎麼是小皇帝主動讓的位？姓張的那一幫人就那麼輕易地放棄了好不容易奪得的皇權？」

「這個嘛……」丁大山撓了撓頭。「我就不大清楚了，其實就連這一番說辭也是聽守備府內的一個小吏說的，是真是假還不得而知呢！唯一可以確信的是，皇上確實已經復位了，守備府門口的告示總不會是假的吧。」

李氏也自嘲地笑了。「說得也是，皇宮裡多少見不得人的事情，總不能都毫無遮掩地隨意傳播，讓老百姓知道這些個皇族權貴們私底下的勾當吧？總得編一個粉飾太平的說法才能給百姓們一個交代。」

「對了，還有一個消息呢，這個消息倒是確鑿得很。」丁大山又有些眉飛色舞。「我聽守備府的小吏說，京城裡派來了好些個大官員，要嚴肅查處當時皇上被俘時不肯出兵相救的官員們。聽說，宣府城的徐巡撫和楊總兵已經被抓起來了，還有，靖邊城的劉守備當時不也是不肯開門迎接皇上嗎？現在只怕正躲在府裡嚇得哭呢！」

丁大山走後，宋芸娘她們就一心一意地等著京師裡的消息。

彷彿在印證丁大山的消息和宋芸娘她們的猜測一般，幾日後，一隊威風凜凜、浩浩蕩蕩的人馬來到張家堡門口。

他們一個個騎著高頭大馬，服飾筆挺，裝備精良，彷彿天兵、天將一般降臨到這裡，與這灰撲撲的、寒酸破舊的小小邊堡是那般格格不入。

「芸娘——」許安慧氣喘吁吁地跑進蕭家小院，急促的聲音打破了院內的寧靜。「快，快隨我到城門口去。」

宋芸娘剛剛將盼哥兒哄睡著，她輕輕走出房門，壓低了嗓音。「安慧姊，小點兒聲音，盼哥兒剛睡著。」

「哎呀，都什麼時候了，快隨我走。」許安慧幾步走過去，一把拉住芸娘的手就往外走。

宋芸娘還未來得及反應，便被她不由分說地拉著往門外走，只好一邊被她拖著走，一邊哭笑不得地問：「安慧姊，妳到底要拉我去哪兒？」

「京城裡來人了，我家相公剛剛被嚴大人叫著一起去門口迎接。咱們快去看看，說不定有妳家蕭四郎的消息呢！」

「安慧，妳說什麼，我家四郎回來了嗎？」李氏牽著妍姊兒從房裡走出來，雙眼晶亮，神色激動。

妍姊兒也開心地大喊。「太好了，太好了，爹爹終於回來了。」

許安慧停住了腳步，面露赧色，嚅嚅道：「只是說京裡來人了，也……也不見得就是蕭四郎回來了……」話音一轉又提高了聲音。「所以才要去看看啊，就算來的不是妳家蕭四郎，說不定也會有他的消息呢。」

宋芸娘突然腦中一片混沌，心中也湧出一股說不出的緊張和害怕，她掙脫了許安慧的手。「安慧姊，既然如此的話，我……我就不去了，如果……如果真的是季寧回來了，他肯定會回來的。」

許安慧一愣，又見宋芸娘已經緊張得小臉發白，便了悟過來，笑道：「好，好，妳就在家裡好好等著，我去幫妳看一看。」說罷又一陣風似地出了門。

宋芸娘忐忑不安地守在家裡，巷子裡一有風吹草動便立即走到門口去看，一會兒工夫已經來來回回看了四、五回。

李氏嘆道：「方才安慧要妳去城門口妳偏偏不去，也免得現在這樣乾等著著急。」

「娘，我心裡實在是緊張，只怕又會是失望。」

李氏又嘆了一口氣。「那麼多日子都等了，最壞的結果咱們也都設想過了，再壞又能夠壞到哪裡去。是福不是禍，是禍躲不過，芸娘，有好消息當然是更好，萬一……妳也別洩氣……」

宋芸娘愣愣看著李氏的嘴一張一合，卻是一個字也聽不進去，一心關注著院門口的動靜。

說話間，巷子裡不遠處傳來了嘈雜的聲音，聲音越來越近，向著這邊而來。宋芸娘緊張地看了李氏一眼，見她也是面露激動之色，便又急切地走到院門口。

卻見巷子那頭浩浩蕩蕩走過來一群人，走在最前面的十幾個人都是身穿紅色飛魚服，頭戴無翅烏紗帽，腳踏黑皮靴，腰挎繡春刀，一個個器宇軒昂，神采飛揚。簇擁著他們的，則是張家堡的一些官員以及看熱鬧的軍戶們。

宋芸娘赫然發現走在最前面的那個身材頎長的白面軍官，居然就是和蕭靖北一起失蹤的白玉寧。

他穿著色彩豔麗、繡紋華美的飛魚服，越發襯得他玉樹臨風，英武不凡。只見他一雙桃花眼左顧右盼，一路含笑和巷子兩旁看熱鬧的軍戶們打著招呼，好一個俊逸不凡、風流倜儻的俏兒郎，不知看紅了多少大姑娘的臉，看亂了多少小媳婦的心。

「季寧——」宋芸娘急切地迎了上去，她焦急地在這一群人中間來回打量，卻並未看見蕭靖北的身影。

白玉寧止住腳步，面上笑容一滯。「弟……弟妹……」

「白大哥，怎麼不見我家相公，他……他不是和你們在一起嗎？」見不到蕭靖北，宋芸娘只覺得腦中「轟」地一聲巨響，她的心突然怦怦怦跳得劇烈，又緊張、又懼怕地看著白玉寧，身子開始發軟，已然有些立不住。

「弟妹，蕭三弟在京城，只是他受傷了，不能親自回來接妳，特意託我們接你們一起去京城呢！」白玉寧身旁一個高大的男子搶著答話。

宋芸娘呆呆立在那裡，神情剛剛放鬆便立即僵住，好似陰霾的天空雲開霧散，一輪紅日放射出萬丈光芒照映到她的身上，還沒有來得及高興卻發現又有一片烏雲即將擋住光亮。

她的心中又驚又喜、又擔心，驚喜的是蕭靖北還好好活著，擔心的是他居然受了傷，想必傷得很重才無法回來。

「這位官爺，我家四郎受傷了，傷得嚴不嚴重啊？」李氏也已經走了過來，一邊緊緊扶住芸娘的胳膊，一邊緊張地問道。

這位軍官愣了下，隨即笑道：「李嬸子，您認不出我來啦？我是大虎，張大虎啊！」

不但宋芸娘和李氏張口結舌地呆住，一旁圍觀的軍戶們也發出嘖嘖的稱奇聲。

原來這張大虎剃了滿臉的大鬍子，倒是一個濃眉大眼、五官端正的威武漢子。他臉上的刺字仍在，只是少了那一臉大鬍子的襯托，刺字也不再那麼令人心生懼意。

白玉寧看了看四周圍觀的人，皺了皺眉，對身後一名軍官道：「小五，你帶著弟兄們先去防守府安置下來，我和大虎去蕭三弟家裡坐坐便來。」

一群人很快各自散去，只留下白玉寧和張大虎跟隨著宋芸娘進了蕭家小院。

蕭家的正屋裡，李氏端坐上首，宋芸娘拉著妍姊兒坐在她身側，王姨娘奉完了茶後也在宋芸娘身旁坐下，四雙眼睛眼巴巴地看著坐在對面的白玉寧和張大虎。

白玉寧也知她們心急，沒有寒暄幾句，便長話短說地將這一年來發生的事情擇其要點講述了一遍，張大虎也時不時插話補充幾句。

原來，當時蕭靖北率領著一支精銳隊伍衝入韃子大營，趁著黑夜和混亂營救了劉惠。

當梁國軍隊開始放炮時，蕭靖北的隊伍在毫無後援的情況下，既要阻止韃子軍的攻擊，又要面對自己人的炮轟，還要誓死護住劉惠，那一仗打得極其慘烈，死傷慘重，幾百人的精兵最後只剩了不到十個人。

蕭靖北帶著剩下的人馬保護著劉惠突出重圍。他們深知，梁國的軍隊之所以會提前放炮，必定是有人想置劉惠於死地，為了保險起見，他們不敢回到軍中，甚至連周將軍也不敢貿然相信。

當時蕭靖北唯一可以相信的人只有他的至交孟雲澤，他們一路喬裝打扮，歷盡千辛萬苦才找到已經開拔南下的孟雲澤。

途中，多次同生共死的三個人結拜為異姓兄弟，張大虎最長，白玉寧是二哥，蕭靖北則是三弟。

因朝廷和軍中都已經被張鳴德他們的勢力控制了大半，這一年來，蕭靖北、孟雲澤他們不敢貿然行事，而是悄悄派人，甚至親自去各個皇親國戚、朝廷重臣、軍中大將處周旋，尋找蕭定邦當年的老部下，爭取更多支持劉惠、反對張鳴德和張玉薔的勢力。

這一年來，張鳴德和張玉薔奪了權之後便更加變本加厲，他們牢牢把持政權、排除異己，朝廷、後宮幾乎成了張家的天下，張氏子弟更是在京城橫行霸道、毫無顧忌，京城大多數權貴和官員都是敢怒不敢言。

這樣的逆行倒施為他們樹立了更多的敵人，對蕭靖北他們來說卻反而是一種助力，一年來，在蕭靖北、孟雲澤他們的活動下，已經暗暗爭取了不小的勢力支持。

一個多月前，他們成功策動了五軍營和神機營的一部分人馬，簇擁著劉惠進入皇宮。一些老臣和宮人見到劉惠紛紛下跪，痛哭流涕。

張鳴德他們猝不及防，慌忙調動禁軍垂死掙扎，但畢竟大勢已去，劉惠復位已是人心所向。

一番廝殺後，張鳴德自盡，張玉薔受傷，嚇軟了腿的小皇帝更是只能一個勁地跪著哭喊「父皇」。

只是到了最後，張玉薔假意跪在地上哭著求饒，並聲稱有秘密要告訴劉惠。劉惠不知有詐，俯身上前傾聽時，張玉薔乘機拔出匕首行刺，一直在劉惠身側守護他的蕭靖北一時來不及反應，便只好推開劉惠，替他擋了這一刀。

宋芸娘和李氏、王姨娘都是聽得面色發白、全身冷汗，蕭靖北居然能在這樣的重重絕境中保護著劉惠逃出生天，還一路扶持著他復了位，這實在是太令她們意外和激動。

她們都是悲喜交加，神情複雜，哭一會兒，笑一會兒，又嘆一會兒。

妍姊兒卻是哇哇地哭了起來，小孩子聽不大懂這麼長篇大論的經歷，只聽懂了蕭靖北被刀刺中這件事，小小的臉上充滿了恐懼。「我爹爹……受傷了，爹爹要不要緊，爹爹會不會死啊？」

宋芸娘一邊安慰著妍姊兒，一邊目帶詢問地看著白玉寧，自己也已經是淚流滿面。

張大虎倒被這一屋子哭哭啼啼的婦孺嚇得手足無措，急忙站起來擺著手。「妳們別擔心，這一刀不是致命傷，蕭三弟身體底子好，多躺躺就好了。妳們不知道，去年我們護送著皇上逃出來時，他受的傷還要更重呢，現在不也沒有事。」

他這一番話不但未能起到安慰的效果，反而讓宋芸娘她們更加擔心，眼淚掉個不停。

第三十六章 返京前的告別

「哎呀，李嬸子，弟妹，妳們哭什麼呀，我們都好端端地回來了，蕭三弟也是吉人天相，不會有事。」白玉寧也開導她們。

「怪只怪我們這一年來行事太過機密和危險，又一直在南方。北邊這塊大多是姓張的他們的勢力，我們也不敢貿然來尋你們，怕暴露了行跡，耽誤了大事。蕭三弟每日都是急得要死，憂心你們。這次他雖然因傷不能親自回來，但已囑咐我兩人務必要安穩護送你們進京。」

他看著李氏疑惑的目光，忽又笑了。「對了，差點忘了告訴妳們，這一年蕭三弟盡心守衛皇上，又助他復位，皇上已經將你們家原來的府邸賜給了他，不日只怕還會恢復爵位。現在皇上對當年的謀反案判決很是後悔，現在正命大理寺徹查此案，意在翻案啊。」

「真的?!」李氏激動地站起來，僵立著站了片刻，身子一軟又癱坐在凳子上，眼淚流得洶湧，嘴裡喃喃道：「侯爺，長公主，你們在天有靈看到了沒？四郎……四郎他要為你們翻案了啊……」

「弟妹，還有一件事情，我……我們不知該不該對妳說？」張大虎突然面色極其為難。

「什麼事？」宋芸娘一下子聽了這麼多的訊息，高興的，難過的，驚喜的，感慨的，一時間頭腦已經不是那麼清晰。

「是……是這樣的……」

張大虎還未說完，白玉寧已經插話道：「弟妹，是這樣一件事。我們大虎兄一直心儀孫娘子，只是孫娘子不為所動。這次他想將孫娘子接到京城去，怕她不同意，想託妳去說說情。」

宋芸娘略愣了愣，轉瞬又笑得開懷，連聲讚道：「張大哥，你真是一個有情有義的偉男子。這是宜慧姊的福氣，這件事就包在我的身上了。」

她沈浸在自己的欣喜之中，並未注意到張大虎愣然看著白玉寧，回頭又看著她，神情複雜，欲言又止。

白玉寧拍了一下張大虎的肩膀。「不多說了，嚴大人已在防守府為我們設下了接風宴，不要讓弟兄們久等了。」

說罷向李氏和宋芸娘她們告辭，拉著張大虎便往外走，走到門口又急忙收住腳步，回頭囑咐道：「李嬸子，弟妹，我們三日後便返京，妳們這幾日快些收拾行李吧。」

宋芸娘她們剛剛知道了這樣驚人的訊息，還沒有來得及歡喜或者擔憂，又被這個「三日」的期限給震住了。

送走了白玉寧和張大虎，王姨娘立即慌了手腳，捲起袖子就往房間裡走。「時間太短了，我得趕快收拾行李去。」

「玥兒。」李氏忍著笑喚住她。「隨便收拾幾件換洗的衣服就可以了，到了京城總是要重新置換的。」

「是，是，是，我倒是沒有想到，咱們這些個粗布衣衫怎好都帶到京城去了，沒得惹人笑話。」王姨娘不好意思地笑了。

李氏想到自己的兒子這般有出息，不但為家族洗清了冤屈，能帶他們重回京城，恢復爵位，這實在是她作夢都沒有想過的。

她一直覺得好似夢幻一般，臉上是不由自主的笑容，眼淚卻也淌個不停，少有地失態了。

宋芸娘一直混沌的大腦這時才有了幾分清醒，心生嚮往之餘又有一些膽怯和不敢相信，她想：京城，多麼遙遠的地方，怎麼這就要去京城了……她看了看院子裡熟悉的一草一木、一磚一瓦，心中又湧出了濃濃的不捨。

三日的時間實在是太短，宋芸娘她們除了要收拾行李，處理店鋪裡的事情，還有忙著和張家堡的左鄰右舍們告別。

蕭家在這裡住了五年，宋芸娘更是在這裡生活了十多年，和張家堡同生死、共患難，早就對這裡產生了深深的眷戀和習慣。

這幾日張家堡許多相熟的人家紛紛到他們家送別，這其中最令人意外、實則也在情理之中的是蕭靖嫻，陪著她一同前來的還有王遠。

自從蕭靖嫻執意與王遠為妾，去了靖邊城之後，便從未回過張家堡。李氏視她為家族的恥辱，平時都是絕口不提她，更不會和她來往。前年她生了兒子後，自己覺得有了底氣，曾接王姨娘去靖邊城照顧她幾個月，試圖恢復和家裡的關係。只是去年蕭靖北出事時，她跑來遷怒宋芸娘，被李氏毫不留情地罵了回去，之後李氏她們便徹底和她斷了來往。

此次白玉寧和張大虎風風光光、聲勢浩大地從京城回到了張家堡，自然驚動了周邊軍堡的官員們，這幾日他們都紛紛趕來張家堡，巴結這兩個皇上身邊的大紅人。

王遠將蕭靖北視作自己的大舅哥，得知這樣的消息後，立即自覺地打著為蕭家送行的名號帶著蕭靖嫻回到了張家堡。

王遠也是第一次進蕭家小院，他帶來了各種精美的禮品，以女婿的身分拜見了李氏，見李氏神情冷淡，便略略寒暄了幾句，直接去了防守府，留下蕭靖嫻和她們敘話。

王遠離去後，蕭靖嫻立即關上院門，疾步走進正屋，不顧一身的錦緞華服，對著李氏便跪了下來。

李氏一愣。「妳……妳這是幹什麼？」

蕭靖嫻眼淚立即淌了下來。「母親，你們都回了京城，這是要將我一人孤零零地留在邊堡，再也不管我了嗎？」

李氏漠然看著她，眼中已無溫情。「當初妳執意要隨王大人一同去靖邊城，我就已經說過蕭家不再有妳這個女兒。我們當初都管不了妳，妳現在已是人家的姨娘，現在越發不敢管妳。」

蕭靖嫻膝行了幾步，仰頭望著李氏，哭得楚楚可憐。「母親，您帶我一起回京城吧，我不想一個人待在這裡……」

此番話出，王姨娘也流下了眼淚，立即跪在蕭靖嫻身邊，求著李氏。「姊姊……」

李氏想也不想地拒絕了，神色堅決。「胡鬧！妳現在已是有夫有子，妳和我們回京算什麼？」

蕭靖嫻狠一狠心，哭得更凶。「母親，我……我當初之所以跟著老爺，還不是想借他的勢力為家裡添些助益。他……他都是四十歲的人了，連我的父親都可以做得，哪裡……哪裡當得了我的夫君，這幾年我忍辱偷生……過得很不好……」

她哭得淒慘，王姨娘也跟著哀求。「姊姊，您就看在我盡心盡力伺候您大半輩子的分上，開開恩吧，我……我就這麼一個心願，靖嫻……她畢竟也是侯爺的骨血啊……」

李氏只覺一陣頭疼，她無力地閉了閉眼，靠在椅背上不語。

宋芸娘剛剛在房裡哄得盼哥兒睡著，正牽著妍姊兒走進來，見到了這一幕，忍不住冷笑一聲。「靖嫻，妳就算不顧念王大人，妳捨得下寶哥兒嗎？」

蕭靖嫻愣了愣，隨即神色堅決地道：「寶哥兒已經養在錢夫人名下，他早就不是我的兒子，我走了，他們只怕更喜歡。」

宋芸娘搖頭嘆氣。「我看王大人對妳甚是寵愛，錢夫人對妳也是十分容忍，妳卻這般無情無義，真真是令人心寒。這般寡情寡義的行事，只會讓人看妳不起，看我們蕭家不起。」

李氏方才本有些微的猶豫，此刻聽了芸娘這一番話，立即道：「芸娘說得很是。王大人這幾年對妳不薄，妳又與他生有一子，妳就算回到京城，這段經歷怎麼可能抹殺得了。」

「母親，聽說我們家即將恢復爵位，到時候，堂堂鎮遠侯唯一的妹子居然是邊境一個小小四品官員的妾室，這豈不是更讓人看不起。」蕭靖嫻心中慌亂，已經有些口不擇言。

李氏坐直了身子，重重拍了一下桌子。「妾室？妾室也是妳上趕著去做的，又沒有人逼迫妳！」

她看到王姨娘垂頭跪在那裡哭得淒慘，想到這幾年她的頭髮全白，面容枯槁，看上去竟然比自己還要蒼老些，李氏心中一痛，又放緩了語氣。「等我們回京後，想辦法讓王遠抬妳做平妻吧……」

蕭靖嫻驚詫地抬頭看著李氏，眼中有著憤憤不平，還準備繼續哀求。

李氏心中一冷，緩緩靠回椅背，淡淡道：「這幾日忙著收拾行李、迎來送往已是累得慌，我沒有精力再待客了。芸娘，扶我回房躺一會兒。玥兒，送客。」

宋芸娘他們總算收拾妥當，準備赴京。隨著他們一同進京的除了白玉寧的家眷——吳秀貞和三個孩子，還有孫宜慧。

孫宜慧本來不願跟隨張大虎進京，她這幾年一直在周將軍的府邸做管事，頗受周將軍夫人的信賴；再加上張大虎和白玉寧現在都已經是錦衣衛的千戶，更是令她自慚形穢。

只是張大虎一片真心、心志堅定，宋芸娘和吳秀貞又都去幫著勸說，她漸漸有所動搖。特別是當她聽說劉仲卿已經娶了妻，她終於放下執念，願意隨他們一起進京。

本來宋思年和柳大夫也準備一同進京，因為蕭靖北還求得劉惠為宋思年和柳大夫除去了軍籍，只是正式的除籍文書需要在兵部經過一定的流程才能下達，所以他們仍暫時留在張家堡，待宋芸娘到京城安置下來後再來接他們。

離別的前夕，許安慧來到蕭家，和宋芸娘依依不捨地話別。

兩個人說一會兒，哭一會兒，又笑一會兒，回憶這些年來共同經歷的快樂和磨難，感慨彼此的不易，惹得李氏和王姨娘在一旁也是不勝唏噓。

宋芸娘捨不得結束做得紅紅火火、前景一片大好的面脂生意，便希望許安慧繼續經營下去；想不到許安慧的野心更大，她讓宋芸娘在京城安置好後，就將生意做到京城去。

當時，和許安慧一起前來的張氏笑著罵她。「人家芸娘可是去京城做侯夫人的，還能與妳一身銅臭地做生意？」

宋芸娘倒是紅了臉。「張嬸嬸，安慧姊說得極是。這幾年我們靠著面脂生意日子改善了許多，不光是我們，就是那些請來做面脂的姊妹們也多有獲益。現在生意做得這麼好，貿然結束未免太過可惜，不如安慧姊妳辛苦些，繼續將生意做下去，若以後有機會，就真的在京城開店。生意做得好了，就算不是為我們，為堡裡的那些姊妹們也是好的。」

許安慧也是大笑。「到時候我就進京當老闆娘去，順便去妳的侯府開開眼。」

一屋子女人想到了光明的未來，都是臉上放光。

次日，宋芸娘他們告別了張家堡的軍戶們，在靖邊城接了陸蔓兒，又到宣府城接了鈺哥兒，一行人乘著馬車，浩浩蕩蕩往京城而去。

蕭家在張家堡的住房和田地都屬於張家堡，不用費心處置，直接交還即可。靖邊城的住宅和店鋪倒是屬於私產，宋芸娘見丁大山在靖邊城住得安逸，做起生意來越發得心應手，便將院子和店鋪轉贈給了丁大山。

丁大山卻堅持不據為己有，而是繼續幫著芸娘看守院子，精心打理生意。

去京城的這一路上倒也熱鬧，吳秀貞的兩個兒子很快和鈺哥兒打成一片，鈺哥兒擠在他們的馬車上不願意下來，連妍姊兒也不甘寂寞地擠了上去。

吳秀貞便只好抱著最小的孩子坐了宋芸娘的馬車，坐在這輛馬車上的還有孫宜慧，她們幾人年歲相近，坐在一起說說笑笑，一路上也很是輕鬆快樂。

只是，自從昨日在驛站歇過一晚之後，吳秀貞看宋芸娘的眼神便不大對勁，總是躲躲閃閃，一副欲言又止的模樣，她這副模樣使得馬車中的氣氛既怪異又沈悶。

當宋芸娘詢問地看向她時，她卻垂下眼，深嘆一口氣，大有抑鬱在心之感。

「秀貞姊，到底是怎麼了？妳似乎有心事？」宋芸娘實在是忍不住，開口發問。

「芸娘……」吳秀貞看了宋芸娘一眼，嘆了一口氣又垂下頭。「算了，不說了……」

「秀貞姊，妳再這樣我可受不了了，有什麼事情快說吧！」一旁孫宜慧也道：「是啊，秀貞姊，不管是怎樣的難事，說出來大家一起想想辦法，總比妳一人悶在心裡要好。」

「芸娘……」吳秀貞抬頭看著宋芸娘，眼中充滿了同情和不忍。「這件事情妳聽了千萬不要難過，想開點。唉……誰讓咱們都是窮苦人家的女兒呢，沒個靠山，萬一我們家那位進京後起了花心要找一個，我還不是也沒有辦法……」說罷居然掏出帕子拭起了淚。

「秀貞姊，到底是什麼事情，妳這個樣子教我越發難安了。」宋芸娘突然有些心慌。

吳秀貞看了看懷裡睡得安穩的孩子，聲音低沈。「芸娘，我說出來妳不要難過，早晚都要知道的，現在知道了也先有個準備。」

她掀開簾子看了看馬車外，見白玉寧他們都騎馬行在馬車的最前面，卻仍是壓低了聲音。「昨天傍晚在驛站裡，我見我家相公和張大哥在房裡嘀嘀咕咕，似在爭吵，便好奇地偷聽了下，原來是張大哥執意要將這件事告訴妳，我家相公不同意，所以起了爭執。」

「秀貞姊，到底是什麼事，妳快告訴我吧，真是急死我了！」

吳秀貞盯著芸娘，面色沈重。「芸娘，妳知道妳家相公之前在京城有個娘子吧？就是鈺哥兒的親娘。」

宋芸娘突然心怦怦怦跳個不停，她看著吳秀貞沈重的神色，忍不住一把抓住身旁孫宜慧的手。

「原來，鈺哥兒的親娘是京城權貴家的小姐，她的父親榮國公這次在皇上復位時出了大力，妳家相公已經將她接回侯府了。」

宋芸娘覺得一道晴天霹靂凌空劈下，眼前一陣金星繚亂，她什麼也不能想，只是緊緊抓住孫宜慧的手，呆呆盯著吳秀貞，卻看不清她的面容，良久才虛弱地問：「此事……當真？」

吳秀貞心有不忍，伸手握住芸娘的手，安慰道：「妳不要怕，我們都站在妳這一邊，當年妳可是花轎抬進蕭家的，是他們蕭家明媒正娶的媳婦，張家堡上千人都可以見證。」

宋芸娘神色木然地坐著，吳秀貞和孫宜慧一人握著她的一隻手，都是又同情、又擔憂地看著她。突然，宋芸娘猛地掙開她們兩人的手，掀開簾子對著車伕大喊。「停車，停車。」

車伕不明所以，猛地勒住繩子止住了馬車。她們的馬車駛在最前面，後面的幾輛馬車也跟著停了下來。

宋芸娘跌跌撞撞地下了馬車，跑到孩子們的馬車旁抱出了妍姊兒，又來到李氏他們的馬車旁，從不知所措的王姨娘手中抱過了盼哥兒。

孫宜慧和吳秀貞都跟著宋芸娘下了馬車，一路追隨過來，她們兩人神色慌亂，不停地勸著。「芸娘，妳怎麼啦，妳想開點。」

騎馬走在前面的白玉寧和張大虎，和在馬車後押隊的幾個士兵都策馬過來，奇怪地看著這一幕。

「芸娘，妳怎麼啦？」李氏被王姨娘攙扶著下了馬車，不明所以地看著芸娘。

宋芸娘一手抱緊懷裡的盼哥兒，一手攬住妍姊兒，似乎覺得心中安定了許多，她突然向著李氏行了一禮，起身看著李氏，眼眶慢慢紅了，她嘴唇顫抖了半天，才道：「娘，芸娘不孝，不能再繼續侍奉您。我……我就不去京城了。」

李氏大驚，大聲道：「芸娘，妳說什麼胡話！」

眾人都是大驚，妍姊兒抬頭看著芸娘，疑惑地問著。「娘，您為什麼不去京城啊，您不想見爹爹了嗎？」

宋芸娘彎腰定定看著妍姊兒的眼睛，語氣沈重而痛楚。「妍姊兒，不但我不去京城，盼哥兒，妳，咱們都不去，就留在張家堡和外公一起，好不好？」

妍姊兒愣了一下，突然哇地哭了。「我不要，我要去京城見爹爹！」

宋芸娘心中煩悶，忍不住氣道：「那妳去京城吧，娘就不去了！」

李氏實在是忍無可忍。「芸娘，妳到底怎麼啦，能給娘一個解釋嗎？」

白玉寧早已下了馬，他面帶怒氣，瞪了吳秀貞一眼。「妳這個蠢婆娘，是不是妳告訴弟妹的？妳昨晚鬼鬼祟祟地偷聽，今天就來搬弄是非，真是個長舌婦！妳看看，現在怎麼辦？」

吳秀貞眼眶一下子紅了，氣道：「我怎麼搬弄是非了？你們都瞞著芸娘，她到了京城自然會知道，又能瞞得了多久？」

李氏突然大聲喝道：「好啦！你們現在可以告訴我到底是怎麼回事嗎？」

白玉寧嘆了一口氣，看看不遠處有一個客棧，便道：「今日趕了大半天的路也累了，不如我們就到前面的客棧歇息吧。」

說罷他又看著芸娘，語氣誠懇。「弟妹，進京也罷，回去也好，妳都要慎重考慮，要想想兩個孩子，不如咱們先去客棧，休息一晚再說？」

一行人在客棧安置下來後，李氏將白玉寧、張大虎叫到房間，宋芸娘和王姨娘早已坐在桌子旁。

宋芸娘已經將孟嬌懿回府一事告訴了她們，此時，李氏和王姨娘的臉上都是十分憤慨。

李氏請白玉寧和張大虎坐下，面容威嚴而凝重。「你們兩位都是我家四郎出生入死的兄弟，還是結拜的兄弟，這一年來多謝兩位全力幫襯才能助他成此大業。咱們一起同過難、共過生死，我看你們，就像我自己的子姪，也請你們將我看作你們自己的嬸子。」

她喘了口氣，又道：「聽芸娘說，我家四郎將那個女人接回來了。老身實在是疑惑不解，還請兩位不吝告知，也免得我們這幾個女人臨到京城都蒙在鼓裡，如同傻子一般。」

白玉寧和張大虎對看一眼，面色一白，都是神色尷尬。

白玉寧嘆了口氣。「李嬸嬸，那日我對您說過，蕭三弟這一年費了很多心力，遭受了很多磨難，這其中的種種，實在是無法細說。您也知道，蕭老侯爺原來在軍中和朝中的親信早已經或貶職、或調離，姓張的一夥又已是把持朝政多年，要尋一些強勁的勢力支持我們，僅憑孟將軍和蕭三弟兩個人的人脈，實在是太過困難。

「孟將軍沒有辦法，便求他的父親榮國公幫忙出面周旋。那老頭也甚是奸詐，只提出了兩個條件，一是將來不論哪個皇子繼承皇位，他的小女兒都要進宮為皇后，最少也是貴妃；第二便是讓蕭三弟接回他的三女兒。」

「蕭三弟本來拒不答應，可是事情已經到了那一步，毫無退路。當時皇上也甚是心急，甚至多次呵斥他，所以……」張大虎也補充了幾句。

李氏冷笑一聲。「既是被逼接回，這個兒媳我是不承認的。」說罷又看向芸娘，目光柔和，語帶安撫。「好孩子，妳放心，這些年四郎常年在外，咱們娘幾個相依為命、相扶相持，妳受的苦娘都知道，在娘心裡，只認妳這個兒媳，唯一的兒媳。」

宋芸娘默然看著李氏，淚光閃動，心中十分複雜。她知道蕭靖北是被迫接回了前妻，心頭的壓迫感稍稍減輕，但仍是十分沈重。

「李嬸嬸，其實……會不會妳們誤會鈺哥兒的母親了？」白玉寧猶豫了下，他實在不知如何稱呼孟嬌懿，便姑且稱她為「鈺哥兒的母親」。

李氏她們都疑惑地看著他。

白玉寧道：「聽孟將軍說，鈺哥兒的母親當年本是被家裡逼著和離，這幾年榮國公為她說了許多親，她都拒不同意。

「孟將軍本是家中的庶子，和榮國公父子關係不是很好，這一次為了求榮國公出面，他主動低頭懇求了許久，榮國公都不為所動，孟將軍無奈，只好將此事告知鈺哥兒的母親。後來鈺哥兒的母親說服了榮國公夫人，母女兩人多次跪求，甚至絕食、以死相逼，榮國公才同意出面。」

李氏神色觸動，良久才嘆道：「想不到嬌懿這個孩子倒是個重情重義的，我卻是錯看她了……」

王姨娘也掏出帕子擦起了眼淚。「四奶奶也是個苦命人啊……」

一屋子的人都沒有注意到，宋芸娘面色慘白，腳步虛浮地離開了房間。

在客棧歇了一夜後，第二天早上，李氏一大早就穿戴整齊，吩咐王姨娘收拾好了行李，興高采烈地來到客棧的大堂，卻見宋芸娘一人神情恍惚地坐在靠著牆的桌子旁，神色黯然，眼底是深深的青色。

李氏心中一沈，她收斂了笑意，走過去坐下，輕聲道：「芸娘，好孩子，妳只管放心跟我們回京，娘必不會讓妳受委屈。」

頓了頓又道：「嬌懿也是個懂事賢慧的孩子，妳們兩人必定可以相處得很好。」

宋芸娘呆呆看著布了一層黑膩油泥的桌子，只覺得自己也被困在了一個昏暗無光、毫無出路的小小空間裡，又悶又膩，令人窒息。

她沈默了半晌，忍不住賭氣道：「恭喜婆婆、相公重得佳媳、賢婦，我……我只是鄉野粗俗之人，就不去湊這個熱鬧了……」

李氏面色一沈。「芸娘，妳這說的什麼話？」

宋芸娘垂頭不語，心中刺痛難忍，努力忍住隨時會湧出眼眶的淚水。

白玉寧和張大虎也走了過來，聽到宋芸娘這一番賭氣的言語，白玉寧嘆了一口氣。「弟妹，妳不要賭氣。這些年蕭三弟對妳的情意妳難道不知道嗎？你們兩個人中間還能插得進誰？」

他見宋芸娘仍是垂頭不語，身子卻顫抖得厲害，心中憐憫，輕聲道：「其實……還有一件事情一直沒有敢和妳們說……蕭三弟這次傷得很重，那把匕首上塗了毒，我們走的時候，他一直昏迷不醒，所以鈺哥兒的娘才搬回去照顧他……」

張大虎聞言愕然看向白玉寧。「白二弟，你──」

卻見白玉寧對著他微微搖了搖頭，他雖疑惑不解，卻也仍是不再言語。

宋芸娘更是焦急，她擔心蕭靖北的安危，恨不得即刻插上翅膀飛到他的身邊，可是一想到這段時日在他生死關頭，守在旁邊照顧他的卻不是自己，忍不住心裡又酸又澀又痛。她呆在那兒，坐立難安、左右為難。

正在僵持間，幾個孩子們也蹦蹦跳跳地從樓上下來，其中最為開心和神采飛揚的是鈺哥兒。

他昨日已經聽說了自己母親的事情，想到可以回京見到母親，心中激動不已。

孩子們看到神情各異的大人們，懂事的幾個大孩子立即停止了說笑，安靜地找了一張空桌子坐下。

妍姊兒卻歡快地跑到芸娘身旁，拉著她的手，撒嬌道：「娘，咱們快些去京城吧，哥哥說，京城裡除了爹爹，還有他母親也在等著咱們呢！」

宋芸娘忍了許久的眼淚終於掉了下來，突然覺得自己好似一個局外人，無法融入他們這種歡喜，現在連最親密的女兒居然也不站在自己這一邊。

她狠下心腸，沈下臉看著妍姊兒，問道：「妍姊兒，妳是要和爹爹、哥哥在一起，還是要和娘、弟弟在一起？」

妍姊兒瞪圓了大眼睛，先是迷惑不解，之後又慌又怕，哇哇地哭了起來，一邊伸著小手擦著芸娘的眼淚，一邊哭著。「娘，您在說什麼？我怎麼聽不懂。我當然要和爹爹、娘、哥哥、弟弟在一起啊！還有祖母、姨奶奶，蔓兒姑姑，咱們都在一起不好嗎？」

宋芸娘忍不住將妍姊兒摟進自己的懷裡，一邊垂著淚，一邊心亂如麻。

「娘——」鈺哥兒突然走到宋芸娘身側跪了下來。「這些年爹爹常年在外，全靠娘裡外操持，咱們一家人才能平平安安、和和美美；如不是娘，我們說不定都無法安然活到現在，娘是這個家最大的功臣。」

他抬頭看著芸娘，清俊的小臉上已是淌滿了淚水。「娘，孩兒早就視娘比我的親生母親還要親，您若不去京城，我也陪著您不去。」

「鈺哥兒……」宋芸娘心頭又痛又暖，她伸手攬住鈺哥兒，母子三人抱在一起痛哭。

李氏哽咽道：「芸娘，妳看看這兩個孝順懂事的孩子，妳忍心讓他們傷心嗎？還有盼哥兒，連他爹都沒有見過，妳忍心嗎？」

吳秀貞和孫宜慧也走了過來，紛紛勸說。吳秀貞道：「芸娘，這麼多年的苦妳都吃了，好不容易苦盡甘來了，妳怎麼就放棄了呢？」

孫宜慧也勸。「芸娘，妳不要老想著妳現在的處境難，妳看看我，妳再難還能難過我？我都可以放下一切，敢於重新開始新的生活，妳還有什麼不能面對的？」

宋芸娘抬眼望著他們，一個個臉上都是關心，她心中一暖，突然有些慚愧。

這時，陸蔓兒抱著盼哥兒、揹著包袱從樓上走下來，一臉堅決地看著芸娘。「芸姊姊，小姐當初將我託付給妳，我就一心一意跟著妳，妳去哪兒，我就去哪兒。」

宋芸娘靜坐了片刻，突然站起身來，起得急了略有些頭暈，身子也往下一軟。鈺哥兒及時起身扶住她，兩隻晶亮的眼睛一瞬不瞬地看著她，充滿了緊張和懇求。

宋芸娘突然釋然了，心道：有什麼可怕的，當年身處韃子的包圍、生死邊緣都不害怕，現在又有什麼膽怯的？不過是家裡多了一個人，情況都沒有明瞭，憑什麼先行退縮？我自己選的相公，我為什麼信不過他？

她心頭大定，看向陸蔓兒，柔聲道：「好，妳就跟著姊姊一起去京城吧！」

到達京城的那日已是傍晚。

日落西山，夕陽的餘暉照在高大的城牆之上，看上去是那般威武莊嚴。守城牆的士兵手中的刀槍反射著陽光耀眼的光芒，刺得人一陣眼盲。

饒是宋芸娘在路上已經做了充分的心理準備，但越來越臨近京城前，心中就越是忐忑不安。

這幾日在路上她便胡思亂想了許多事，她想，季寧得知前妻當年的苦衷，又知道她在背後出了那麼多的力，他是那樣寬厚的一個人，心中必是又愧又憐、又感激。

他們兩家本就是門當戶對，若不是榮國公出面，季寧這次的事情也沒有這麼順利……她想到自己，不禁又有些自慚形穢和膽怯。

她心神不寧地想著，馬車已經停了下來。

宋芸娘下了馬車，只見這是一條整潔寬敞的大道，兩旁都是高大的城牆，隱隱可以看見裡面鱗次櫛比的高大屋簷，透著貴氣和莊嚴，想必這裡住的全是達官顯要。

道路的左側，有一座高大的朱紅色大門，門上的牌匾上書著「鎮遠侯府」幾個大字，和油漆殘舊的大門格格不入，看得出牌匾應該是新做的，黑亮的油漆上，幾個大字在夕陽的餘暉下熠熠生輝。

白玉寧上前敲門，李氏也被王姨娘扶著從馬車上下來，她仰頭看著這座大門，站在那兒久久不動，恍如隔世，感慨萬分。

一會兒，大門打開，幾十個男男女女一下子湧了出來，跪在大門兩側，對著李氏磕頭。

當中一名女子身材高䠷，體態窈窕，身穿一身錦緞煙霞紅提花褙子，梳著高髻，略略簪了幾支金銀髮簪，打扮得端莊素雅。

她盈盈走到李氏面前，屈膝跪下，默默磕了三個頭，抬起頭時，精美秀麗的臉上已經布滿了淚水。

「母親，嬌懿不孝，這些年來未能侍奉左右，沒有盡到為人媳、為人妻、為人母的責任。當時，我娘以死相逼，嬌懿不得不狠心捨下夫君、捨下幼子，和離歸家。這些年來，嬌懿身在京城，心掛你們，終日難安，唯有日日虔心拜佛，為母親、四爺和鈺哥兒祈福。「幸得老天保佑，祖宗庇護，能讓母親和四爺安然回到京中，嬌懿一定盡心盡力孝敬母親、服侍四爺，百倍彌補這些年未盡的責任，請母親給我這個機會。」說罷又跪伏在地上，久久不起身。

李氏站了片刻，面上神色複雜，終於還是伸手去扶孟嬌懿起身。「嬌懿，妳……妳也受苦了……」

孟嬌懿神色一鬆，順勢站起身來，輕輕搖頭。「在母親面前，嬌懿不敢言苦。」

她又笑著和王姨娘見了禮，看到宋芸娘時，臉上笑容微微僵了僵，卻仍是親切地拉起了宋芸娘的手，笑道：「這便是妹妹吧？真是一個標致可人又溫柔賢淑的娘子。這些年來妹妹服侍母親、伺候四爺、養育孩子，實在是辛苦了。」說罷對著她斂衽一福。

宋芸娘忙回禮，「姊姊」兩字卻是叫不出口，她實在是無法像孟嬌懿這般泰然自若地面對自家相公的另一個妻子，便道：「這都是芸娘的本分，談不上辛苦。」

「母親——」鈺哥兒激動地跪在孟嬌懿的面前。

「鈺哥兒——」孟嬌懿愣愣看著鈺哥兒，一直端莊優雅、完美從容的儀態終於有了裂痕，她抱著鈺哥兒放聲大哭，泣不成聲。「鈺哥兒，我的孩子，你都長這麼大了！你受苦了啊，母親對不起你啊……」

李氏蹙起了眉頭。「嬌懿，四郎怎麼樣了？傷好些了嗎？」

孟嬌懿急忙止住哭聲，扶鈺哥兒起身，又對李氏恭恭敬敬地回道：「母親，四爺傷情已經好了很多，他剛剛吃了藥，現在正睡著。」

她說罷又慚愧地笑著。「瞧我，怎麼讓你們站在門口，快請進府。」

白玉寧和張大虎在京城各有住宅，又聽聞蕭靖北現在不能見客，他們不好久待，寒暄了幾句，便就在門口告別，各自回住所。

送走了白玉寧他們，孟嬌懿親自扶了李氏往府裡走，一邊慢慢向她述說。

「母親，這個宅子荒了四、五年，剛搬進來時，裡面雜草叢生。時間來不及，媳婦便妄自作主，先清理了東邊的這一部分庭院，這也是您原來住的地方。西邊的那幾個院子雖好，但都是原來長公主、大哥、二哥、三哥他們的住所，所以暫時沒有收拾，等著您來了再做安排……」

宋芸娘默默跟在後面，打量著這寬敞大氣的庭院和一幢幢高大巍峨的房屋，心中甚是茫然。

她想，這裡是季寧的家，便理應是自己的家，可是自己怎麼居然感覺像來作客一般，毫無歸屬感。

經過了好幾個高大寬敞的門廊，沿著青石鋪就的甬道慢慢往裡走，長長的甬道兩邊都是修剪過的翠綠的灌木。沿途可以看得見修整的痕跡，新近鏟平的地面和剛剛修剪的灌木顯出了幾分整潔，煥發著新的生機。

只是估計時間趕不及，一旁高大的牆壁上卻還是油漆斑駁，有的地方甚至長了厚厚的青苔和雜草，宣告著這裡曾經的落寞和衰敗。

穿過一道垂花門，來到一個精緻的小院，院子裡種滿了丁香、玉蘭、海棠等花木，芳香縈繞，清幽脫俗。沿著抄手遊廊走到一個高大精美的花廳，一進門看到那幾扇漢白玉屏風，李氏立即加快了腳步，激動地走進花廳。

「嬌懿，辛苦妳了……」李氏伸出手，顫顫巍巍地撫摸著那張紫檀木羅漢床，眼淚已經淌了下來。

孟嬌懿恭敬地笑道：「時間趕不及，只能大略佈置成原來的樣子，畢竟以前的物件都已經不在了……只要母親喜歡就好。」

「喜歡，當然喜歡。」李氏緩緩靠坐在羅漢床上，舒適地靠著軟墊，沈默地坐了一會兒，似乎在回憶往日的時光，她滿意地看著孟嬙懿。

「好孩子，難為妳找出這一模一樣的家具來，又佈置得和原來一樣……看到這間花廳，我幾乎都以為我從未離開過這裡，這幾年都是一場夢……」

孟嬙懿道：「母親，除了這間您以前最愛待的花廳，花廳後您的住房也已經收拾好了，都是按您以前住習慣的樣子佈置的。您一路上舟車勞頓，想必已經很累了，不如您先回房休息一會兒？」

李氏來了興致，便起身準備去看看。

宋芸娘忍了許久，實在是無法再有閒心陪著她們逛什麼院子，聽她們敘什麼舊，便問道：「不知季寧在哪裡？我想去看看他。」

孟嬙懿面露為難之色。「四爺還睡著呢。他現在正在養傷，好不容易才睡著，萬一到時人多，激動了，影響了傷口恢復……」

她想了想又道：「不如你們先安置好了再去看四爺吧，想必到那個時候四爺也差不多該起來吃藥了。」

宋芸娘在路上聽白玉寧他們說蕭靖北受傷一直昏迷，本來十分憂心，此刻聽孟嬙懿說他已經可以起來喝藥，心中安定了許多，便點頭道：「如此就有勞孟……夫人安排了。」她遲疑了半晌，卻實在是叫不出「姊姊」兩字。

李氏的眉頭微不可見地輕輕皺了皺，孟嬙懿臉上卻是笑容不改，有條不紊地慢慢說著。

「咱們府裡雖然院子大、住房多，但是因為搬進來的時間太短，人手也不多，之前又荒蕪了太長的時間，因此只收拾出了三、四個小院。除了我住的宜德院，母親住的榮壽院，就只有以前靖嫻住的沁芳閣和四爺以前住的清風苑。」

說罷又看著李氏。「母親，事權從急，嬌懿來不及請示母親就先作主安排了一下。西邊的院子雖然比這邊的要寬敞高大一些，但畢竟還是有些……」

李氏已經了然地點頭，面露讚許之色。「妳這樣安排得很好，反正咱們現在人口不多，就都住在這邊熱鬧一些；至於西邊的院子……」她蹙起了眉頭。「暫時還是讓它空著吧。」

孟嬌懿笑著點頭，又看向宋芸娘，問道：「不知妹妹是要住沁芳閣還是清風苑？」

宋芸娘奇怪地看著她。「自然是季寧住在哪裡，我便住在哪裡。」

孟嬌懿面上笑容一滯，愣了愣，轉瞬又露出了端莊得體的笑容。「妹妹，四爺現在住在我的宜德院，妳若非要搬進去的話，就只剩下了兩間偏房，卻是委屈了妳……」

宋芸娘心中刺痛，她只看著李氏，默然不語。

卻聽一聲細細小小的聲音問道：「娘，這位夫人不就是哥哥的母親嗎？哥哥說他母親是最溫柔善良的人，可是她為什麼不讓我們去看爹爹，還不讓我們和爹爹住在一起？」妍姊兒一邊拉著宋芸娘的裙角，一邊小聲問著。

孟嬌懿面上完美的笑容終於僵住了，她正想著如何開口，李氏已經起身。

她淡淡道：「都是我的錯。我們回來第一件事就是應該去看四郎，自己最親的人都沒有看到，哪有心情看什麼房子。」說罷拉著妍姊兒的手。「走，祖母帶妳去看妳爹爹去。」

宜德院離榮壽院不遠，出了垂花門，沿著雕樑畫棟的曲廊走沒多久，便來到一個幽靜雅致的小院。

這是一間一正兩廂帶抄手遊廊的小院，布局緊湊，院子裡種滿了奇花異草，環境優雅。

正房左耳房的門口，正站著一個穿一身翠綠褙子的丫鬟，見這一群人走了進來，忙上前迎接，俯身行禮。

孟嬌懿問道：「四爺可還睡著？」她刻意加重了「睡」字。

小丫鬟點了點頭。「回四奶奶，四爺醒過來一次，問老夫人他們什麼時候到。」

孟嬌懿點點頭，還未開口，宋芸娘眼淚已經止不住地流了下來，她看向孟嬌懿。「孟姊姊，不知季寧住哪間房？」

孟嬌懿一愣，下意識地指了指左耳房，宋芸娘已經幾步走過去，掀開門簾走了進去。

房間裡光線幽暗，縈繞著濃濃的藥味，屋子最深處是一張高大精美的黃花梨木架子床，床上掛著紅色的紗幔，層層的紗幔垂下，掩映著床上睡得毫無聲息的那個人，紅的帳，蒼白的臉，顯得越加觸目驚心。

宋芸娘緩緩走到床邊，癡癡看著躺在床上的蕭靖北，眼淚止不住地淌著，心裡好似千百根銀針在狠狠扎著。

她小心翼翼地跪坐在床榻上，輕輕握住蕭靖北的手，緊緊貼著臉，小聲泣著。「季寧，你……你怎麼變成了這副樣子……」

蕭靖北面色青白，鬍鬚凌亂，臉頰深深陷了下去，兩鬢邊竟然有了幾縷銀髮，一年多不見，他竟像蒼老了十幾歲。他眉頭緊蹙，雙目緊閉，嘴唇乾裂，看上去分外憔悴和虛弱。

李氏他們也跟著走了進來，李氏一把捂住嘴，跌跌撞撞地衝到床前。「我的兒啊，你怎麼成這個樣子了啊……」

「爹爹，爹爹——」鈺哥兒、妍姊兒也奔了過來，趴在床前哭喊著。

孟嬌懿緊跟著走了進來，急道：「小點兒聲音，別吵醒了四爺。」

卻沒有人理她。李氏、宋芸娘和兩個孩子都趴在床前，小聲抽泣著，他們寧願吵醒蕭靖北，聽聽他的聲音，看著他活生生的樣子，而不是這樣毫無聲息地睡著。

屋內的氣氛太壓抑，又有一股藥味，一直被陸蔓兒抱在懷裡的盼哥兒一進來便掙扎著要出去，反抗無果之後，終於忍不住蹬著小胳膊、小腿哭起來，越哭越厲害，怎麼也哄不住。

蕭靖北眉頭皺了皺，小聲嘟囔著。「好吵……」一會兒又側頭對著床裡側輕聲道：「芸娘，是不是妍姊兒在哭？」

「爹爹，爹爹，妍姊兒在這兒，我沒有哭，您快睜開眼看看我！」妍姊兒一隻小手不停地擦著眼淚，一隻手輕輕拍著蕭靖北的臉。

蕭靖北終於睜開了眼睛，愣愣看著圍在他面前的幾個人，呆了半晌，又閉上了眼，搖頭苦笑道：「我定是又作夢了……」

宋芸娘聽到蕭靖北熟悉的聲音，見他雖然聲音虛弱，但神智尚清醒，她心頭一鬆，緊緊握著蕭靖北的手，破涕為笑。「季寧，你沒有作夢，是我，是我們，我們來啦……」

蕭靖北睜開眼睛，看著圍在床前的幾個人，視線掃過李氏、鈺哥兒、妍姊兒，最後，茫然的目光漸漸聚焦，定定看著離他最近的宋芸娘，淚水慢慢聚滿了眼眶，輕聲道：「你們終於來啦……」

第三十七章　侯府裡的日子

一家人經過一年多的分離，終於團聚在一起。這一年以來，他們都經歷了太多的磨難和痛苦，此時聚在一起，滿腹的話語說不出，唯有相對淚千行。

蕭靖北雖然虛弱，但精神卻十分亢奮，他定定看著芸娘，眼睛裡淚光閃動，唇角含著溫柔的笑容。

宋芸娘也是緊握住蕭靖北的手，癡癡看著他消瘦憔悴的面容，默默流著眼淚。

「爹爹，爹爹，快看看盼哥兒！」妍姊兒歡快地叫著，脆亮軟軟的孩童嗓音沖淡了哀傷，帶來了喜悅和活力。

宋芸娘忙從陸蔓兒手裡接過盼哥兒，抱著他側坐在床上，面對著蕭靖北。卻見盼哥兒居然不哭不鬧，睜大了淚眼汪汪的大眼睛，好奇地看著蕭靖北，伸出小胳膊向他探著身子，發出咿咿啞啞的聲音。

蕭靖北眼裡是異常的溫柔，他伸手拉住盼哥兒的手，感慨萬分。「盼哥兒，盼哥兒，這個名字起得真好……」無聲地拉了一會兒盼哥兒的手，他面露愧疚之色，感慨道：「芸娘，母親，真的是苦了妳們了……」

李氏畢竟上了年歲，旅途疲憊，一番大喜大悲之後，此時已是精神不濟，儘管如此，她還是強撐精神朗聲道：「四郎，你才是最辛苦的，沒有你拿命相搏，我們蕭家哪裡能沈冤得雪、重見天日。娘為你驕傲，列祖列宗都為你驕傲！」

蕭靖北望著李氏堅定的面容，呼吸急促，神色也是激動不已。

室內一時安靜了下來，一直被當作了局外人的孟嬌懿終於有機會擠進來說話。「母親，四爺重傷未癒，精神不濟，您一路也甚是勞累，不如我帶你們各自回房安置，讓四爺好好休息。」

李氏見蕭靖北面無血色，虛弱無力地躺在那兒，哪有當年那副生龍活虎、意氣風發的模樣。她心中刺痛，便點點頭站起身。「四郎你好好歇著，娘待會兒再來看你。」

一行人慢慢退出了屋子，宋芸娘將盼哥兒交給陸蔓兒，準備起身時，蕭靖北的手緊緊握住了她的不放。

宋芸娘愣了愣，柔聲笑道：「季寧，我出去略略安置一下就來。說了這麼久的話你也累了，不如先閉著眼睛休息一會兒。」

蕭靖北搖了搖頭，緊緊抓著宋芸娘的手不放，眼巴巴地看著她，好像受了委屈的孩子，目帶委屈和乞求，還有一絲絲的害怕。

曾經像天神一般強壯的男人現在居然也變得像孩子一樣弱小，宋芸娘心中又酸又痛又軟，她側身坐在床邊，緊緊握著蕭靖北的手，輕聲道：「好，季寧，我哪裡都不去，就在這裡陪著你。」

李氏回頭看著他們，輕輕嘆了一口氣。「芸娘就在這兒陪著四郎吧，可憐你們小夫妻也是一年多未見了……這些時日，所有人都當四郎已經遭遇了不幸，連我都有點兒……也只有芸娘一直堅信你吉人自有天相，一定還好生生地活著，果然上天垂憐……」說罷一邊擦著淚，一邊攙扶著王姨娘的胳膊走了出去。

孟嬌懿身子僵了僵，深深看了他們一眼，神色複雜，卻還是跟著李氏他們出了房門。

房間裡一時安靜了下來，只剩下宋芸娘和躺在床上的蕭靖北。

宋芸娘看著蕭靖北身上蓋著繡著龍鳳呈祥的大紅色錦被，又看著床裡側擺著的一只空枕頭，枕頭上還繡有鴛鴦戲水的圖案，心中又是一陣刺痛，黯然垂下眼眸。

蕭靖北察覺到了宋芸娘的視線，心中一急，忙道：「芸娘，我……我沒有……我們沒有……妳信我……」

宋芸娘又忍不住想笑。「我自然是信你的，你現在這個樣子……」說罷慢慢脹紅了臉，心中又是痠痛難忍，忍不住又垂下淚來。

蕭靖北側頭看了一眼旁邊的空枕頭，仍是堅持解釋。「她沒有在這兒……妳放心，除了妳，我不會讓第二個女人躺在我身邊……」

宋芸娘緊緊握著他的手，默默無言地看著他。

「芸娘，對不起……」蕭靖北突然加重了手的力度，愧疚之情溢於言表。

「季寧，你何出此言？」宋芸娘忽然垂下頭，不敢正視蕭靖北的眼睛，不願讓他看到自己眼中的難過與失落。

「芸娘，當初我曾經說過，我只會有妳一個妻子，我和她……不會再有干係，可是……我卻食言了……」

「季寧，不要再說了……」宋芸娘伸手捂住蕭靖北的嘴，眼淚又一次湧了出來。「我知道，你也有難處，張大哥他們已經告訴我了……」

「不……讓我說……」蕭靖北將宋芸娘的手緊緊按在自己臉頰上，依戀地貼在她柔軟的手心。

「我當時被逼應下榮國公的要求，本是權宜之計，可是後來受傷昏迷，那老頭子卻乘機將她送了過來。芸娘，妳放心，等我傷好了後，一定會好好解決這件事情，絕不會讓妳受委屈……」

宋芸娘眼淚湧得更凶，她的季寧沒有變，還是那個對她一心一意、忠貞不渝的季寧。在蕭靖北面前，她滿心的委屈、壓抑的情緒一下子爆發出來，泣不成聲。「季寧，你……你不要再說了……我明白……我都明白……」

蕭靖北癡癡看著芸娘，又愛又憐，輕聲道：「傻姑娘，怎麼還是這麼愛哭？我不在的這段日子，妳是怎麼過的？豈不是要哭死了……」

宋芸娘所有的委屈和心酸在這一刻都找到了宣洩的出口，她哭一會兒，又笑一會兒，蕭靖北只是寵溺地看著她，帶著溫柔的笑意。

宋芸娘哭哭笑笑了一會兒，自己也覺得不好意思，她忍不住輕輕拍了蕭靖北一下。

「嘶——」蕭靖北痛得倒抽了一口冷氣，眉頭緊緊皺了起來。

宋芸娘嚇得臉蒼白，緊張地問：「季寧，是不是碰到你的傷口了？你的傷口要不要緊，讓我看看？」

蕭靖北搖了搖頭。「不礙事，傷口有什麼好看的？」說罷眼神一暗，低聲道：「只要妳親一親，哪裡都不疼了。」

「季寧，你……」宋芸娘又氣又笑又心酸，卻見蕭靖北的眼眸裡亮亮的、閃閃的，整張臉上都洋溢著無比滿足和歡愉的笑容。

蕭靖北癡癡看著宋芸娘，柔聲道：「芸娘，妳知不知道，這一年多來，我無數次徘徊在生死邊緣，我最怕的不是死，而是再也見不到妳了……現在看著妳就在我面前，還是那樣的……那樣的……我就覺得，我受再多的苦都是值得的……」

他虛弱地躺在床上，看著近在咫尺的宋芸娘，倍感無力的同時，居然像孩子般地撒起了嬌。「以前都是我主動親妳，這次該妳親我了……」

宋芸娘脹紅了臉，看著蕭靖北熾熱的、乞求的眼神，只好小心翼翼地避開他的身體，輕輕吻著他的額頭、他的臉頰……他的皮膚比以前粗糙，臉頰上是扎人的鬍渣，但是宋芸娘全不在乎，失而復得的幸福已經滿滿地擠占了她的心，她吻著、吻著，滾燙的淚水再一次滑落，滴在蕭靖北同樣滾燙的臉頰上。

蕭靖北的身子顫了顫，從未覺得自己是這般的虛弱和無力。他身子無法動彈，只好伸出雙手輕輕捧著宋芸娘的臉，含住她甜蜜的唇，加深了這個吻。

床邊的香爐裡，裊裊散發著令人安神靜氣的香味，正如宋芸娘此刻的心情。她從未覺得自己這般心安、這般的滿足，所有的辛酸、委屈、難過、懷疑……在見到蕭靖北的那一刻都已經煙消雲散，她現在只想好好依偎著這個男人，就這樣，依偎一輩子……

幾聲重重的腳步聲打斷了室內溫馨寧靜的氣氛，孟嬌懿呆呆站在門口，看著床上深情相依的兩個人，愣了片刻，才結結巴巴地道：「妹……妹妹，四爺他……他需要休息……」

宋芸娘一驚，急忙擦擦眼淚想站起身來，可是蕭靖北仍是堅定地拉著她的手不肯放。

孟嬌懿僵在門口，略站了站，又恢復了那副完美端莊的神色。她輕輕走過來，停在距離他們不近不遠的位置，既可以掌控一切，又不至於讓蕭靖北厭煩，臉上掛著無懈可擊的笑容。

「四爺，剛才妾身已經將母親、王姨娘的住處都安置好了，只有那位蔓兒妹妹，她一直堅持要和妹妹住在一起，可是妹妹的住處還沒有選好……」

說罷又看著芸娘，笑得溫柔而真誠。「妹妹一路舟車勞頓，想必已是累了，不如先回住處休息一下……」

「妳給芸娘安排了什麼住處？」宋芸娘還未開口，蕭靖北已經插話問道。

「時間緊，人手不夠，所以府裡的院子只收拾了幾處，母親和王姨娘她們住了榮壽院，現在就剩下了沁芳閣和清風苑……」

「沁芳閣和清風苑。」蕭靖北冷冷笑了笑，宋芸娘不明白，他卻很是清楚。

蕭靖嫻的沁芳閣緊挨著西園，一牆之隔就是雜草叢生的荒蕪空院；自己以前住的清風苑則是在東園的角落，兩處院子都離東園的中心——李氏住的榮壽院十分遠。

以前侯府裡僕人眾多倒不覺得，現在宅大人稀，在冷冷清清的園子裡，那兩處小院越發顯得偏遠和孤寂。

「那就清風苑吧！妳叫幾個婆子、小廝來，我也要搬到清風苑去。」

「四爺——」孟嬌懿大驚失色。「您的傷口一直未能癒合，御醫交代了千萬不能隨意挪動。」

蕭靖北淡淡看著她，眼裡是不容置疑的堅決。「還不快去——」

孟嬌懿為難地看著宋芸娘。「妹妹，妳就勸勸四爺吧……」

宋芸娘也是左右為難，她擔心地看著蕭靖北。「季寧，你的傷……」

蕭靖北輕笑著搖了搖頭。「不礙事，我自己的身體我心裡有數。」

蕭靖北堅持著和宋芸娘一起搬到了清風苑。

傍晚的清風苑格外幽靜，這是一間一正兩廂的小院，比孟嬌懿住的宜德院寬敞了許多，特別是院子又寬敞、又平整，除了沿著院牆種了一排鬱鬱蔥蔥的翠竹，院子裡空蕩無物，顯得乾淨整潔。

宋芸娘與蕭靖北住進了正房的左耳房，也正是蕭靖北以前的臥室。為了讓宋芸娘安心照顧蕭靖北，陸蔓兒帶著盼哥兒住了東廂房，妍姊兒則被李氏留在了榮壽院。

蕭靖北心滿意足地摟著宋芸娘躺在床上，兩人互訴衷腸，急切地想瞭解分別一年多來對方的生活。

之後，他又意猶未盡地向她講述著以前的往事。

這些日子，他天天孤零零地躺在床上，現在見到了芸娘，儘管身體虛弱，卻仍是有著說不盡的話。

「這處地方在園子裡地勢最高，最是通風涼爽，當年我最喜它幽靜，還可以在院子裡無拘無束地練功。這裡離側門十分之近，以前我回來晚了不想驚動守門的婆子，常常翻牆進來……」

宋芸娘儘量小心地避開他腹部的傷口，輕笑道：「看來你以前常常花天酒地，所以才會夜歸翻牆。」

蕭靖北側頭看著芸娘，正色道：「酒地也許有，花天卻絕沒有，我可是被雲澤他們稱為柳下惠第二的人。一般的庸脂俗粉，哪裡進得了我的眼？」說罷定定看著她，輕笑道：「要花，也只對妳花……」

宋芸娘羞紅了臉，將頭埋在蕭靖北的肩側，深深嗅著他身上熟悉的味道，心中竟是從未有過的幸福和安寧。

什麼前妻、什麼名分，來之前所有的顧慮和擔憂都見鬼去吧，只要在她的季寧身邊，就沒有解決不了的困難……

不知是宋芸娘他們的到來令蕭靖北心情愉悅，還是御醫們反復試驗，終於找到了解毒的藥方，蕭靖北的傷好得很快，一個月後，他已經能被宋芸娘攙扶著在院子裡走幾步了。

「蕭三弟，你居然可以起床了？」門外進來兩個高大的男子，卻是隔三差五就來探望蕭靖北的張大虎和白玉寧。

白玉寧促狹地笑著。「看來還是要弟妹親自照料，你的傷才好得快啊！」

蕭靖北瞪了他一眼。「你還有臉說，當初你為何要騙芸娘說我一直昏迷不醒，害得她擔心了一路。」

白玉寧大呼委屈。「我這不是為了你嗎？若不那樣說，她怎麼肯那麼爽快地同意進京。」

幾人想起了當初宋芸娘不願進京的緣故，便有幾分尷尬和沈默。

「對了，聖上要恢復你家爵位的聖旨馬上就要下了。」白玉寧適時地轉移話題。「聖上說了，要你安心養傷，將來還指望著你和你祖父、父親一樣，為咱們大梁國鎮守這片江山。」

蕭靖北但笑不語，宋芸娘見他身子微微發抖，心知他有些支撐不住，便道：「季寧，你已經起來了許久，不如去正房裡坐一坐。」說罷扶著蕭靖北進了正房，自己藉口去看盼哥兒，留他們三人在房裡敘話。

白玉寧目送奉茶的丫鬟退出房門，突然道：「蕭三弟，太子不行了！」

蕭靖北大驚失色。「怎麼會？」

白玉寧冷笑了一聲。「聖上在外流亡了一年多，足夠他們用上百種方法來害太子了。」他神色悲憤。「前幾日聖上已經將太子接回了東宮，只是……太子已經有些神志不清了，連聖上都不認識……」

雖然蕭靖北以前為了避嫌，和太子並沒有深交，但太子畢竟是他的表兄，聽聞此消息，他難免心痛不已。

「好在四皇子機靈，數次躲過了姓張的那夥人派去的殺手，現在安然無恙。聖上已經傳他進京了……」張大虎見蕭靖北神色哀傷，便安慰他。

「這麼說，皇上是打算立四皇子……」

「不要妄猜聖意。」白玉寧在劉惠身邊久了，不再像以往那般嘻嘻哈哈。「看樣子應該是吧，不管是太子還是四皇子即位，你都是他們唯一的舅家。聖上既希望你能助他們一把，又不願出現第二個像你父親那樣的鎮遠侯，你……可明白？」

蕭靖北風輕雲淡地笑了。「我可沒有我父親那般的雄心，我只想帶著芸娘他們，遠離這些紛爭……」

「蕭三弟，這樣的話在這裡說說即可，出了這個門可一個字也別提。」白玉寧表情嚴肅。「你是四皇子唯一的助力，只要他即了位，你就是想逃也逃不了……」

半個月後，劉惠一連下了幾道聖旨，驚動了整個京城。

除了表彰蕭靖北出生入死、忠心耿耿護得皇上復位的功勞，封他為鎮遠侯，恢復了他們家世襲鎮遠侯的爵位，也為蕭定邦他們翻了案；除此之外，還恢復了李氏的一品誥命夫人的封號。

至於宋芸娘和孟嬌懿的封號，劉惠在下旨前的那一刻，想到蕭靖北當初拒絕接回孟嬌懿時的堅決神情，他收回了旨意，決定待蕭靖北傷好痊癒之後問過他的意見再定。

被充軍到雲南的英國公一家也被召回，也賜還了府邸，恢復了爵位。

做了一年多皇上的六皇子被幽禁，張鳴德一家則是滿門抄斬，京城裡又一次血流成河。

外面的沸沸揚揚宋芸娘均不在意，她每日只是安心守著蕭靖北，全心全意伺候著他養傷。

此時，蕭靖北派去接宋思年和柳大夫他們的人馬終於回來了，卻只接來了柳大夫一人。

原來宋思年和荀哥兒已經得知蕭靖北接回了前妻，也深知蕭靖北之所以被迫接回孟嬌懿，無非是因為她有權有勢的娘家。

他們都有著讀書人的傲骨，不願意寄人籬下。荀哥兒更加潛心研讀，一心一意準備著明年的秋闈，爭取金榜題名，好好成就一番作為，做宋芸娘的堅強後盾。宋思年則執意留在宣府城，陪著荀哥兒一起備考。

柳大夫主要是為著蕭靖北的傷情而來。他到了鎮遠侯府後，每日做最多的一件事情，就是和幾個御醫討論蕭靖北的治療方案，展開民間療法和宮廷療法孰有效的辯論，每每是爭得臉紅脖子粗，誰也不服誰。

蕭靖北在不同醫術的結合和治療下，身上殘留的餘毒終於清除乾淨，傷口漸漸癒合，身體也一日比一日好起來。

宋芸娘每日陪著蕭靖北，照顧妍姊兒、盼哥兒，閒時養養花、種種草，做些繡活，日子過得平淡而安逸。

嫁給蕭靖北四、五年，她從未和他有過這麼長時間的單獨相處。現在和他每日廝守在這小小的庭院，不用擔心生計，沒有戰亂的紛擾，偌大的侯府瑣碎家事也自有孟嬌懿去操勞。她只須安安心心陪著蕭靖北，每日裡看雲捲雲舒，賞花開花落，說說笑笑，恩恩愛愛又是一日。

若一直是這樣平靜恬淡的日子，倒也已經達到了宋芸娘對生活的最高期望，只是平靜的生活中總會有一些不和諧的音符。

侯府裡的奴僕大多是孟嬌懿從榮國公府帶來的心腹，已經把持了侯府的核心大權。其他的奴僕見家中是孟嬌懿掌權管事，李氏一心一意做她的老夫人，宋芸娘整日只守著蕭靖北和兩個孩子；又見孟嬌懿背後是位高權重的榮國公，宋芸娘則曾是軍戶人家的女兒，這些奴僕們便狗眼看人低，漸漸對宋芸娘有了怠慢。

先是府中隱隱有閒言碎語，說宋芸娘是妒婦，專房專寵，這樣的話語竟漸漸傳到了府外，以至於宋芸娘參加京城豪門貴婦的宴會時，好幾次受到了質疑和譏笑。

再就是榮國公夫人先後在不同場合向李氏施壓，有意無意地流露出讓蕭家一碗水端平，切不可偏心的意思。

最後，連李氏也承受不了壓力，私下裡暗示宋芸娘勸導蕭靖北，要懂得平衡之道。

宋芸娘再賢淑，在這件事情上卻是毫不鬆口。

任外人好話壞話說盡，她總是付之淡淡一笑。

蕭靖北則全不知情，他整日待在院子裡靜養，偶爾讓宋芸娘攙扶著去榮壽院看看李氏他們，守著宋芸娘和幾個孩子，他已覺得分外滿足。

其時已值年末，這一日，外面寒風四起，室內溫暖如春。蕭靖北喝過了藥正躺在床上小睡，陸蔓兒和奶娘抱著盼哥兒去了榮壽院，宋芸娘閒來無事，便靠在窗下的美人榻上繡著盼哥兒的肚兜。

正好柳大夫過來給蕭靖北診脈，看到一身家常服飾的宋芸娘，不禁面露異色，問道：「芸娘啊，我看妳的婆婆，還有鈺哥兒的母親都穿上了外出的華服，好像要去什麼定國公府作客，怎麼妳不去嗎？」

宋芸娘愣了下，見柳大夫擔心地看著自己，忙解釋道：「我不喜歡外面那些熱鬧，再說，季寧也離不開我。」

柳大夫走後，蕭靖北歉疚地看著宋芸娘。「芸娘，又讓妳受委屈了……」

宋芸娘笑道：「這有什麼可委屈的，你不知道，我最煩那些所謂名門貴婦的聚會了。一群貴婦人裝模作樣的，沒有幾句真話。」

蕭靖北卻甚是不滿和憤怒。「妳不願意去是一回事，她們跟妳說都不說一聲，就又是一回事了。」

儘管宋芸娘不甚在意，蕭靖北卻還是趁宋芸娘不在的時候，將孟嬌懿尋來質問了一番。

孟嬌懿倒是十分委屈。「定國公府下的帖子上面只請了母親和我，再說妹妹不是不喜歡這些聚會嗎？」

蕭靖北冷笑了下。「好，誰不知道定國公世子夫人是妳的手帕交，妳在京中的閨閣好友甚多，只怕過不了多久，京中都只知鎮遠侯府有妳，不知芸娘是何人了。」

第二天，蕭靖北趁宋芸娘去了榮壽院，自己穿戴整齊進宮面聖。

夜幕降臨時，在家裡心急如焚等了一天的宋芸娘終於見到了蕭靖北，卻見他面色蒼白，儘管是數九寒天，身上內衣已然濕透，本已癒合的傷口又隱隱有血水滲出。

任宋芸娘再三詢問，蕭靖北只說皇上有要事召他進宮相商，其餘的卻什麼都不說。

兩日後，蕭靖北那天奇怪的行蹤終於有了解釋，皇宮裡賜下了誥命文書，封宋芸娘為鎮遠侯一品誥命夫人，卻隻字未提孟嬌懿。

原來，那日蕭靖北質問了孟嬌懿之後，又尋了幾個僕人問了問，得知府裡府外都在傳謠言，說孟嬌懿是鈺哥兒的母親，又是榮國公的嫡女，身分顯貴；宋芸娘則只不過是一個七品縣令的女兒，還是個獲了罪的，將來這鎮遠侯夫人必定會是孟嬌懿，鈺哥兒將來肯定是世子。

蕭靖北大怒，便進宮面聖，跪求劉惠為宋芸娘正名。

劉惠也是勃然大怒，卻是呵斥蕭靖北罔顧聖意，怎可以英雄氣短、兒女情長，為了一名小小的女子讓皇上陷入出爾反爾、愧對有功之臣的境地。

蕭靖北也不爭辯，只是跪在地上垂頭不語。

他整整跪了三、四個時辰，後來還是四皇子出面轉圜，稱當日聖上只同意讓蕭靖北接回孟嬌懿，卻未答應賜封她為誥命夫人，現在孟嬌懿已經進了鎮遠侯府，談不上違背承諾。

劉惠看著倔強的蕭靖北，突然發現他和他同樣倔強、不懂得低頭的姑姑蕭蕪蘅是那般神似，他深嘆了一口氣，不得不同意了蕭靖北的請求；同時也明白，又要強打精神好好面對孟家那個磨人的老頭子了。

宮裡的賜封下來，震動了整個鎮遠侯府。

孟嬌懿收拾行李，哭著回了娘家。

李氏則責怪蕭靖北太過意氣用事，蕭家重回京城，要快速融入上流階層，沒有榮國公府的支持，沒有孟嬌懿在京城圈子裡的活動和周旋，是沒有那麼順利的。

此時年關在即，鎮遠侯府內百廢待舉，一直負責管家的孟嬌懿突然撒手回了娘家，帶走了好幾個心腹丫鬟、婆子和十幾個奴僕，偌大的侯府眼看著就要亂起來。

享了這麼些日子清福的李氏不得不重新管事，連宋芸娘也不得不忙亂起來，她的主要精力都用於幫李氏管家，便不能再時時陪著蕭靖北。

蕭靖北自然是抱怨不已。

這一日，他見宋芸娘一大早便急著出門，便酸溜溜地抱怨了幾句。

宋芸娘一邊對著銅鏡整理著髮飾，一邊嗔怪道：「你這是自作自受，誰讓你當初自作主張地向皇上請旨，氣得孟家姊姊離家出走，害得我們猝不及防……」

「孟家姊姊？什麼時候妳們變得這般親熱了？」蕭靖北懶洋洋地靠在床上，斜睨著她。「要不我再將她接回來，讓妳們繼續做一對親親熱熱的好姊妹？」

「你敢？」宋芸娘氣沖沖地走到床前，鼓起小臉瞪著他。

蕭靖北見宋芸娘梳著京城貴婦時興的牡丹頭，雲鬢高聳，淡掃蛾眉、薄粉敷面，穿著一身織金錦緞對襟褙子，襯著婀娜多姿的體態，越發顯得明豔照人。

此刻她氣呼呼地衝到床前，眸含秋水、粉頰桃腮，竟是說不出的誘人。他心頭一動，猛地從床上坐起，一把拉過芸娘，轉瞬已經翻身覆在她的身上。

宋芸娘嚇得花容失色。「你……你的傷……」

蕭靖北輕笑了下，俊朗的臉上是醉人的笑容。

這段時日的靜養，不但治好了他的傷，整個人的身體和精神狀態都好了很多，不再是一副憔悴的模樣，就連皮膚都養得白皙光滑，以至於宋芸娘笑他是「小白臉」。

「我又不是紙糊的，傷早就好了，妳還每天那麼小心。」

「可是義父說……」

「整天義父說，義父說，什麼時候能夠夫君說……」

宋芸娘還想反駁，可是已經無法開口，「嗚嗚」幾聲已經被蕭靖北熾熱的唇堵在了喉嚨裡……

宋芸娘想著柳大夫和御醫的千叮嚀、萬囑咐，到底沒讓蕭靖北得逞。

她一邊整理著衣裙，一邊嗔怪。「都怨你，娘還等著我去商量過年要置辦哪些東西呢！」

蕭靖北剛才小小地得償了心願，但仍是一臉的不滿足，微瞇了眼睛，拉長了聲調。「趕明兒我要和娘抱怨，我的傷還沒有好全呢，怎麼把我的媳婦兒支使得整日不見蹤影……」

宋芸娘便啐了他一口，急急地出了房門。

宋芸娘和李氏一起將鎮遠侯府的瑣碎家事安排得妥妥當當，重新步上正軌，已經是年關前夕。

卻說這一日，宋芸娘在榮壽院處理完了各類瑣碎家事，在回清風苑的途中，想起好幾日未見的鈺哥兒，便順路去他的書房看看。

自從孟嬌懿離開之後，鈺哥兒便一直情緒低落、沈默寡言，和宋芸娘之間的關係也生疏了許多。

宋芸娘走進鈺哥兒的書房，只見他正低頭看著什麼，見有人進來，忙將手裡的一團紙塞進袖子裡，回頭看見是宋芸娘，目光躲閃，神色尷尬。

宋芸娘見他情緒低落，眼中似有淚光閃動，案桌上還放著一枚信封，心知他方才定是看到孟嬌懿的書信。

她也不道破，只是關心地問道：「鈺哥兒，馬上就要過年了，你有沒有什麼需要買的，告訴娘？」

鈺哥兒搖了搖頭，淡然道：「孩兒什麼都不缺。」

宋芸娘見這孩子現在居然和自己這般生疏，心中苦澀，便道：「你若想你的母親，不如去你外公家探望。」

鈺哥兒吃驚地看著宋芸娘，突然屈膝跪下，清俊的小臉上流下了眼淚。「娘，求您和祖母、父親說一說，讓我母親回來吧……我母親她很可憐，現在我外祖母年歲大了，家裡是大舅母掌權，我母親她……過得很不好……」

宋芸娘急忙去扶鈺哥兒，一邊道：「鈺哥兒，你母親是自己要離開的。」

鈺哥兒卻堅持跪著不肯起來。「她無名無分地留在這裡也沒有意思……」他突然抬起頭，雙眼充滿希冀和乞求。「娘，您當初答應過我，願意和我母親一起疼愛我。娘，求您讓父親接我母親回來，給她一個名分好不好？」

宋芸娘一陣頭痛，久遠得幾乎快淡忘的記憶又湧上了腦海，當時只是為了安撫小孩子的權宜之計，想不到鈺哥兒居然還記得這般清楚。

當日說下那番話時，是她從未想過蕭家會有重回京城的那一天，可誰承想他們真的回到了京城，自己真的面臨了這艱難的抉擇……

宋芸娘給了鈺哥兒安慰的一笑，可笑容卻苦澀之極。「這件事情我也做不了主，不如我和你祖母、父親商量一下再說。」

宋芸娘回頭向李氏和蕭靖北提起了此事。

蕭靖北堅決反對接孟嬌懿回來。「妳們難道不知道，前幾個月府裡的那些謠言都是出自於哪裡？眼看著家裡清靜了許多，若接回來，豈不是又是家無寧日。」

李氏卻不是很贊成。「四郎，做人要講信用，當初也是你答應接她回來的，總不能讓姓孟的到處在外面說我們過河拆橋吧？再說，嬌懿那孩子還算本分，不像是生事的人。」

蕭靖北冷笑了下。「放心，他們家不會到處說的。聖上已經答應讓孟二爺任吏部尚書了，孟三爺也封了個宣威將軍，比起女兒，兒子的前途更重要。」

他見李氏面露同情之色，又道：「母親，您這些年吃齋唸佛多了，也開始慈悲心腸了。

不是兒子薄情，實在是這些妻妾之爭亂家、惡僕暗中害人之事……母親，當年我們母子被前頭母親留下的那些個惡僕害得還少嗎？」

他又看向芸娘，面色轉柔，充滿了憐惜。「前幾個月的謠言，就算不是孟嬌懿的意思，也一定出自她手下的一幫『好忠僕』。他們現在敢輕視芸娘，亂造謠言，將來焉知不會暗害與她，甚至是姸姊兒、盼哥兒……」

他又看向李氏，目光誠懇。「母親，家宅寧則萬事興，有些事情當斷則斷，不斷自亂啊！」

李氏嘴張了張，卻還是搖搖頭，嘆了口氣。「算了，我已經老了，這個家就都由你作主吧！」

蕭靖北道：「我已經想好了，明日便去榮國公府拜訪。孟嬌懿若願意回來，我便接她回來，只是名分之事不能提；若她不願意回來，我們就讓鈺哥兒經常去看望她，她畢竟是鈺哥兒的母親，又對我們家有恩，我們總不會虧待於她的。」他看著宋芸娘，目帶詢問。

宋芸娘不語，只是輕輕點了點頭。

第二日，蕭靖北便去了榮國公府。

榮國公孟正陽卻實在是個妙人，他並未如蕭靖北想像中的對他怒目相向，而是笑容滿面，熱情接待了他

蕭靖北現在已是皇上面前最當紅的人，他對皇上有救命之恩，又是即將冊封為太子的四

皇子的表兄，是京中炙手可熱的人物。孟正陽雖然遺憾不能和他再續翁婿前緣，卻也不敢得罪他。

蕭靖北與孟嬌懿單獨會了面，孟嬌懿卻神色淡然了許多，已不再執著於重回侯府。

「四爺，這些日子我已經看明白了，你和宋芸娘之間不會有第二個人的位置，我回去也是自討沒趣。」孟嬌懿自嘲地笑了笑。

「我原是錯了。你我夫妻幾年，感情一直淡然，六弟他們又常笑你不近女色，我還只當你天性如此……只是這些日子看了你和宋芸娘的相處，我才明白我根本就不懂你，根本就沒有走進你的心過……」

蕭靖北有些意外，不禁愧疚道：「嬌懿，我那時年輕不懂事，對不住妳……」

孟嬌懿突然笑了，悵惘之餘又帶了幾分甜蜜。「罷了，我也有珍惜我的人呢……你記得我的齊表哥嗎？就是那個小時候一直鬧著要娶我，後來見我嫁給你了，就不得不另娶他人的齊表哥？」

蕭靖北並不知她所說的人是誰，卻還是點了點頭。

孟嬌懿笑得燦爛。「齊表哥的娘子難產走了兩年了，這兩年，他一直想和我……我卻沒有同意。不過，這幾日我也想明白了，與其去強求得不到的幸福，還不如好好把握已經擁有的……我母親已經託人去尋齊表哥了，他年後便會來提親。」

蕭靖北愣怔了會兒，展顏笑道：「如此甚好，恭喜妳了！」

孟嬌懿癡癡看了蕭靖北一眼，又側頭看向遠方，輕聲道：「我只有一件事情請託你，務必要善待鈺哥兒……」

蕭靖北正色道：「鈺哥兒是我的長子，我自然會好好教養他；至於芸娘，想必妳與她這段日子的相處，已經明白她的為人，她待鈺哥兒只會比她親生的孩子還要好。」

孟嬌懿笑著點了點頭，淚水卻忍不住慢慢滑落。「如此我就放心了……」

解決了孟嬌懿的事情，轉眼已到了除夕夜。

這一年的除夕分外熱鬧。

劉惠歷經重重挫折和磨難得以復位，他倍加珍惜這來之不易的勝利，決意在除夕之夜好好熱鬧一番。

而鎮遠侯府，蕭家在外度過了五、六個春秋寒暑，這是回到京城的第一個除夕，儘管府中人口遠不如當初，但是李氏和宋芸娘仍是將整個鎮遠侯府佈置得熱熱鬧鬧、紅紅火火。

一家人歡歡喜喜地吃完了團圓飯，便又到了孩子們最期盼的放煙火的時候。

「爹爹，爹爹，快點放煙火！」穿得一身紅年團子般的妍姊兒已經撒開小腿，一迭聲地叫著跑過來，撲進了蕭靖北的懷裡。

「妍姊兒，小心妳爹爹的傷……」宋芸娘話音還未落，蕭靖北已經一把將妍姊兒抱了起來。

看到爹爹又恢復了往日的神勇，妍姊兒趴在蕭靖北懷裡格格笑個不停。

宋芸娘無可奈何地走過去，抱過妍姊兒，瞪了蕭靖北一眼，埋怨道：「你怎麼一點兒都不知道輕重，小心你的傷還沒好全。」

蕭靖北挑了挑眉，目光幽深，低聲道：「我的傷好全了，不信，晚上證實給妳看看？」

宋芸娘慢慢脹紅了臉，白了他一眼，正想要嗔罵他幾句，卻見妍姊兒一手指著院外的天空，激動地叫著。「煙火，好多煙火！」

一屋子人都走到院子裡，卻見黑幕般的夜空中，綻放了大朵大朵燦爛的煙火，比當年在張家堡看到的更絢爛、更繽紛、更加璀璨奪目。

宋芸娘靜立院中，人人都在仰頭看煙火，她卻在看看煙火的人。

燦爛的煙火照亮了每個人的臉，一臉感慨的李氏，心滿意足的王姨娘，拈鬚微笑的柳大夫，雙目放光的陸蔓兒，解開了心結的鈺哥兒，手舞足蹈的妍姊兒，樂得流口水的盼哥兒……

最耀眼、最引人注目的卻是站在她身旁的蕭靖北。

宋芸娘想到，去年的今日，她只能遙望星空，將天空最耀眼的星想像成蕭靖北凝望自己的眼。

今年的除夕夜，蕭靖北卻就在她的身旁，含笑看著自己，他的目光比星光更璀璨，他的笑容比煙火更絢麗……

宋芸娘緊緊握著蕭靖北的手，頭頂是絢爛多彩的煙火，身邊是環繞著的親人。

她想，她要一年又一年的和身邊這個男人這樣相守相望下去，就這樣，相依相守一輩子……

——全書完

番外一 春光無限好

江南有名的綢緞大王錢老闆終於在皇城裡開了一家分店。

他心滿意足地看著這家新店面，雖然沒有他在杭州府總店的一個角落大，但是這裡好歹是皇城腳下、寸土寸金的地方啊！

只可惜生意卻不是很好，這幾日只有寥寥數人光顧，而且大都是好奇地看兩眼便出去了。

錢老闆卻不著急，生意守守總是會有的，關鍵是能在京城開店，這就是身分，這就是品牌啊！過幾日回到杭州，他又可以好好吹噓一番了。

令錢老闆鬱悶的是，街對面的一家小店生意十分之好，雖然門面也不是很大，但是每日都可以看到店裡擠滿了人。這一日，更是排起了長龍，隊尾居然一直排到了他的綢緞店門口。

「這位大嬸，妳們這是在排隊買什麼啊？」錢老闆忍不住問起了那位幾乎快站到他店裡的老婦人。

老婦人奇怪地看著他。「自然是買面脂啊！」說罷又沮喪地說：「都怨我，今日早上起得晚了，排得這麼後面，只怕是排不到了。」

「哦，買面脂啊！」錢老闆想起了來京之前自己家裡幾個女人的囑咐。「是不是玉容堂啊？我家夫人還要我帶一些回去呢，我這幾日倒是忙忘了。」

老婦人前面的一個年輕女子回頭鄙夷地看了他一眼。「什麼玉容堂？你太落伍了，現在京城裡賣得最好的就是凝香雪脂，宮裡的娘娘們都在用呢！」

「就是一個擦臉的，值得妳們這樣排隊嗎？」錢老闆不屑地撇了撇嘴。

「哎喲，你是才來不久的外地人吧！」老婦人見站著無聊，便打開了話匣子。

「你不知道啊，當今皇上身邊最紅的就是年輕有為的鎮遠侯了，這凝香雪脂的字號可是侯夫人與人合夥開的，裡面的面脂什麼的可都是侯夫人親自調配的，從咱京城到北方邊境，大半個梁國都在賣呢！」

錢老闆不相信。「人家侯夫人多麼尊貴的人啊，還有時間做這些？」

老婦人身前的女子瞥了他一眼。「你知道什麼？侯夫人最是菩薩心腸，她每月只親自做一百盒，月初賣，賣的錢全部用於撫恤邊境戰死將士的孤兒寡婦們，價格雖然高一點，但還是一盒難求。」

「喲，原來妳們一大早的趕來排隊，是跟著侯夫人做善事來了！」錢老闆樂了。

老婦人笑道：「哪裡哪裡，主要是沾沾侯夫人的貴氣。據說，侯夫人當年曾是邊境軍戶人家的女兒，現在人家可是一品誥命夫人了。大家都說，用了侯夫人親自做的面脂，年老的可以更年輕，醜的可以變美，懷孕的還可以生兒子……這都是沾了侯爺夫人的福氣呢！」

錢老闆一聽來了勁，立馬站到了老婦人的身後。「那我也給我家裡幾個女人買幾盒回去！」

這一日春光正好，此時，高大巍峨的鎮遠侯府清風苑裡，眾人口中菩薩心腸、擁有傳奇經歷的侯夫人宋芸娘剛剛又做完了一批胭脂。

看著這一批色澤豔麗的成品，她滿意地點了點頭，站起來捶著痠軟的腰身，一旁的陸蔓兒立即過來扶住她。

「芸娘，說了不再做了，怎麼還不聽話？」蕭靖北還沒有進院門便聞到一股甜膩的香味，他板著臉走進來，一把拉著宋芸娘往房間走。

陸蔓兒掩嘴笑了笑，機靈地收拾起胭脂出了院門。

蕭靖北扶著宋芸娘在窗前的美人榻上坐下，仍是板著面孔，一副教訓小孩子的模樣。「都是三個孩子的娘了，怎麼還是這麼任性！」

宋芸娘對著他討好地笑了笑，眨了眨水汪汪的大眼睛。「這是最後一次，我保證在孩子出生之前再也不做了。」

蕭靖北看著宋芸娘懷孕後白皙圓潤的臉龐，只覺得膚如凝脂、嬌豔粉嫩，他喉嚨一緊，早已忘記了繼續剛才的「訓導」。

他側身坐在芸娘身旁，將她緊緊攬進懷裡，嗅著她身上淡雅的幽香，兩手輕輕放在她高聳的肚子上，柔聲問道：「小傢伙今日乖不乖？」

宋芸娘靠著蕭靖北溫暖寬厚的胸膛，輕輕點了點頭，柔柔地笑著。「這個孩子比妍姊兒、盼哥兒、銘哥兒都要乖，一點兒都不折騰人。」

「對了，妳的好姊妹不是說好了今日要來的嗎？害得我好不容易休沐一日還要避出去，讓妳們好說悄悄話。」蕭靖北不滿地加重了臂力。

宋芸娘笑道：「安慧姊本是要來的，只是我前些日子做好的那一批面脂今日在店鋪裡賣，生意太好，安文和大山哥他們忙不過來，安慧姊便留下來幫忙。」

蕭靖北便有些心疼。「妳也真是的，就算是心疼邊境那些孤兒寡婦，從家裡拿些銀子資助他們便可以了，幹麼還要自己每個月辛辛苦苦地勞累幾天？」

宋芸娘斜睨了他一眼。「你的再多也是你的，我只是想自己出出力而已。」

「什麼妳的我的，都是咱們的！」蕭靖北不滿地用下巴去蹭芸娘細嫩的脖子，惹得宋芸娘又躲又笑，嬌喘不已。

「對了，荀哥兒外放的地方定了嗎？」

蕭靖北蹙了蹙眉。「應該是江南，具體地方還不知道。」他嘆了口氣。「妳這個好弟弟也是倔強，他本是殿試時皇上欽點的榜眼，可以直接進翰林院，可他偏偏不願讓別人說是沾了我的光，非要外放……」

「讓他出去歷練歷練也好，他畢竟年輕。江南好啊……這幾年一直說要回江南去看看，可是一直都是懷孩子、生孩子，卻一直沒能去成……」

蕭靖北看著面露悵惘之色的芸娘，忍不住笑道：「荀哥兒去江南為官，岳父大人不放心，肯定要跟著一起去的。」

他輕輕撫著芸娘的肚子。「等這個孩子出世了，我帶著妳和孩子們一起去江南，讓孩子們看看他們娘親的故鄉。」

宋芸娘垂頭期盼地看著肚子，眼裡是水漾的溫柔。陽光透過雕花窗灑在兩人的身上，分外地溫暖和寧靜。

宋芸娘輕輕撫著蕭靖北的手，突然臉色一變，猛地握住他的手，問道：「你的手怎麼回事，怎麼有幾道血痕？」

蕭靖北一驚，不自在地想縮回手，可是宋芸娘緊緊拉住不放，側身盯著蕭靖北的眼睛。

「你又去看她了？你不是說只是去娘那兒坐坐嗎？怎麼又去……」

「碰到了王姨娘，非要拉著我去看她……」蕭靖北面色有些沈重，似乎不願再提，沈默了會兒，嘆道：「瘋得更加厲害了，妳義父說，她執念太深，只怕難治得好。」

宋芸娘面色冷淡。「她這是自作自受！當年你已讓王大人將她抬為和錢夫人平起平坐的平妻，她卻偏偏鬧著要和離。」

她說罷又瞪著蕭靖北。「我看都是你們太慣著她，才害了她。當初若不是由著她和離，還任著她回京，也不會如此。」

蕭靖北也是面容苦澀。「還不是看在王姨娘的分上。靖嫻那個時候跪在門口不起，她畢竟是蕭家的女兒，總不能將她拒之門外吧！當時我本想著在門當戶對的人家中選一個知根知底的，可誰承想她居然對太子起了心思……」

宋芸娘冷哼了一聲。「她不是口口聲聲稱是你的皇后姑姑生前的遺願嗎？說從小就有將她許配給四皇子的意思……」

「那只是娘娘當年一時的戲言，怎可以當得了真？即使是那個時候，當時太子還只是個皇子，以靖嫻的庶出身分都不見得配得上他，更何況是現在。以靖嫻的身分和經歷，豈可再提當年之事？若真的任她去招惹了太子，只怕又會給蕭家招來禍事……」

宋芸娘點點頭。「所以我還是欽佩娘，幸虧她當機立斷，在靖嫻惹禍之前將她關了起來，不然，還不知會怎麼樣呢……」

蕭靖北心中也是一陣後怕，抱緊了芸娘。「娘現在老了，只想著安享晚年，遠沒有當年的精明；當時若不是妳警醒，提醒了娘，娘也不會使出雷霆手段來解決這件事。說起來，妳又為蕭家立了一功啊……」

芸娘便不說話，只靜靜地靠著他溫暖的胸膛。

沈默了一會兒，蕭靖北神色黯然。

「我看靖嫻真的是更嚴重了，方才我和王姨娘一起去看她，她居然一直害怕地對王姨娘的丫鬟喊著什麼『雪凝，我沒有害妳，妳不要老是找我』。我和王姨娘去勸她，卻被她又抓又咬又踢……」他凝神回想。「雪凝這個名字怎麼這麼熟？我是不是以前聽妳提過？」

宋芸娘面色白了白，心中湧上一股說不出的滋味，有悲哀、有辛酸，更多的卻是欣慰和釋然。

她輕輕搖了搖頭。「你記錯了……靖嫻在王家跋扈多年，誰知道她得罪了多少人？現在她心中有愧，產生幻覺也是有可能的……」

蕭靖北煩惱地搖了搖頭。「算了，不說她了，咱們說點兒其他的事情。馬上快到母親的六十大壽了，咱們好好謀劃謀劃，到時候該怎麼……」他突然緊張地看著宋芸娘。「妳怎麼啦，是不是不舒服？」

宋芸娘神色似喜似痛，眼中閃耀著奇異的光彩，她握住蕭靖北的手，輕輕按在肚子上，柔聲道：「你摸摸，孩子在練拳腳呢！你整日埋怨鈺哥兒只愛讀書，妍姊兒是女孩，盼哥兒太文弱，銘哥兒太懶惰，沒有一個孩子能夠跟著你習武，現在只怕是來了一個合你心願的了。」

蕭靖北按著宋芸娘的手，一起感受那奇妙的生命律動，內心也是悸動不已。

燦爛的春光照射在芸娘身上，蕭靖北癡癡看著她如畫的眉眼、恬淡的笑顏，突然想起多年前，那個漫天彩霞的傍晚，她映著夕陽的餘暉，帶著煦日般溫暖的笑容出現在自己面前。

從此，他曾經一度灰暗到底的生活有了溫暖的陽光，無論是在血雨腥風的戰場，還是在生死邊緣的絕境，這道暖陽一直沐浴著他、溫暖著他，伴著他一路披荊斬棘，陪著他一直勇往直前……

蕭靖北摟緊了宋芸娘，眼中似乎有了淚意。他埋頭抵著宋芸娘的脖子，聲音模糊。「芸娘……我們就這樣開開心心一輩子，好不好？」

宋芸娘輕輕靠著蕭靖北，悠然看著窗外燦爛的春光，唇角含笑，緊緊回握住他的手，柔聲道：「好！」

番外二　夏日青青草

許安平悠閒地躺在綠毯子一般的草地上，雙手枕在腦後，微瞇著眼，嚼著草根，蹺起二郎腿慢悠悠地晃著。一碧如洗的天空中，幾朵蓮花般的雲朵悠悠飄浮著，微風徐徐拂面，空氣中瀰漫著青草清新的香味。

不遠處，是跟著許安平身經百戰的坐騎大白，牠此刻也是低著頭悠閒地吃著草，時不時偏頭看看牠的主人，見他毫無起身的動靜，便又垂下頭安心地吃草。

「還是軍中好，又悠閒，又自在……」許安平看著天上的雲捲雲舒，悠然自得之餘又心生幾分悵惘。

前幾日，他趁軍中無事便回張家堡探望母親，可才住了三天就被張氏嘮叨了兩天半。後來，幸好已經棄文從商的許安文從靖邊城趕回來自投羅網，稍稍轉移了張氏的火力，他才得以鬆了口氣。

許安文回來後，張氏常常是罵完了二兒子，再罵小兒子，最後手一拍大腿，坐在小凳子上就開始哭訴。「我怎麼這麼命苦啊……兩個兒子一個比一個不聽話啊……一個叫他成親他偏不成親，一個叫他讀書他偏要做生意……」

最後還是許安文義正辭嚴地喝止了張氏的號哭。「娘，二哥好歹是率領上千騎兵的偏將，我也即將是張家堡的首富，馬上說不定就是靖邊城的首富了，您這樣成日罵個沒完讓我們的面子往哪裡擱？您放心，二哥不成親，我給您娶個媳婦回來，一個若不夠就多娶幾個！」

「死小子。」張氏愣了會兒，便又是一陣大罵。「好的不學淨學些壞的！你怎麼不學學人家荀哥兒？你和荀哥兒一起長大、一起讀書，人家都是榜眼了，你名落孫山不說，還成天起些花花腸子……」

許安平便乘機從張氏魔音般的嘮叨中脫身出來，來不及感謝許安文的「捨身相救」，匆匆忙忙地逃回了軍營。

「許偏將——許偏將——」一陣馬蹄聲響，驚擾了這午後的寧靜，激起了草地上的一群野鳥，慌亂地撲著翅膀飛向了天空。

「嚎什麼嚎？」許安平不耐煩地爬起身來，吐出嘴裡的草根，瞪著那個小兵。「大中午的嚎什麼嚎，耳朵都被你震聾了。」

「許……許偏將……」小兵氣喘吁吁地說：「新上任的夏總兵大人……已經到了，周將軍讓您速回兵營。」

許安平皺了皺眉。「不是要你回稟將軍，我去巡邏了嗎？怎麼還來叫我？」

小兵看著這個懶洋洋地立在那裡，毫無半點軍容、軍姿的男子，一副兵痞子的模樣，哪裡能夠將他與軍中最勇猛善戰、令韃子聞風喪膽的英武小將聯結起來。

他暗暗翻了個白眼，嘴上卻恭敬道：「屬下已經回稟過了。將軍說，巡邏自有專門的騎兵巡邏隊負責，不需要您親自去，您可是總兵大人親自點名要見的。」

「見我幹什麼？我很有名嗎？我最煩這些個總兵、參將什麼的了……」

他嘴裡嘟嘟囔囔的，但還是不敢駁了周將軍的面子，屈指打了個呼哨，剛剛還慵懶無比的大白立即精神抖擻地跑了過來。

許安平一躍而起，飛身上馬，衝出了幾十米又猛地勒馬立住，回頭衝小兵喝道：「還愣著幹什麼？還不快走！」

小兵張著嘴，愣愣看著這由兵痞子瞬間變身英武戰神的偏將大人，這才回過神來，慌慌忙忙地爬上馬，追趕著許安平而去。

自從前年韃子大軍被趕回大漠以後，邊境上安寧了許多，雖然一直沒有大規模的戰爭，但是小的騷擾卻仍然不斷。周正棋將軍便也不敢大意，仍是經常將隊伍拉出來練一練，防止他們安於享樂，忘了該有的銳氣和警醒。

此時，周將軍的營帳裡氣氛熱烈，周將軍和新上任的夏總兵一見如故、言談甚歡。許安平走進營帳時，只聽到一屋子粗獷漢子們的爽朗笑聲幾乎要將帳頂掀翻。

「安平，你小子總算來啦！快，還不快來拜見夏總兵大人！」

夏總兵目光銳利，盯著許安平看了會兒，朗聲笑道：「你便是許安平？我聽說你曾經一戰斬殺了六十多名韃子，可有此事？」

許安平抱拳回道：「回大人，此事不實。沒有六十多名，只有五十八名而已！」

夏總兵愣了下，又大笑道：「你小子倒是不謙虛！好，好，小伙子不卑不亢，有衝勁、又有魄力……」他看向周正棋。「周將軍，你倒是培養了個好的接班人。」

周正棋不解地看著他。

夏總兵又道：「周將軍在游擊將軍這個位置上一待就是幾十年了，是時候該培養年輕人接手了……」說罷一陣感慨。「我已經看過你這些年的戰績，很不容易啊，只是周兄的品階與你的戰績不相配啊……」

周正棋不在意地笑著。「周某效力沙場，向來只為保家衛國，不為一己之私。」

夏總兵也笑。「周兄有報效國家之心，朝廷也應有回饋周兄之意啊！我已經預備將宣府的將領重新調配一番，周兄到了更重要的位置，還請繼續不遺餘力地護衛我大梁江山啊……」

許安平見他們兩人談得熱鬧，便告退出了營帳。

「喂，你就是許安平？」不遠處，一個小個子士兵牽著一匹紅鬃馬，正仰著頭看著他。他穿著普通士兵的服飾，個子小巧，容貌秀麗似女子，模樣很是陌生。

許安平愕然看著他。「小兄弟找我有何事？」

小兵揚著脖子，白皙的臉上一雙又圓又亮的眼睛定定望著他，有些傲氣。「聽說你是這裡騎術最好的，你可敢和我比試比試？」

「對不住，我的騎術只用於殺韃子，從不用於和人比試。」他抱了抱拳，牽了大白懶洋洋地往外走著。夕陽的餘暉映著一人一馬，身影竟是說不出的孤寂和落寞。

第二日上午，許安平帶著士兵們練作戰陣形，那小兵又冒了出來。

「許安平——」聲音拖得老長，又脆又亮。

許安平搖了搖頭，心道，周將軍真的是老了，這種還沒長成人的半大小子居然也收進軍中了。他不客氣地看著他，眼裡是掩飾不住的輕視。「小兄弟，你是哪個兵營的，該上哪兒就上哪兒去，我這裡可都是體質最強、武功最好的騎兵，你那小身板想進我的隊伍，還要回去多吃幾年飽飯才行！」

「你——」小兵皺起了眉頭，氣鼓鼓地嘟起了嘴，嫩白的小臉兒脹得通紅。

「你什麼你，別像個娘兒們似地動不動就哭鼻子。告訴你，咱們這兒可都是舔著刀口過日子的糙老爺們，乖，你還是回家找你娘去吧！」許安平話音剛落，他手下的那幫人高馬大的士兵們都哈哈大笑，豪爽的笑聲幾乎響徹天際。

「你——」小兵晶亮的雙眸裡似有水光閃動，氣鼓鼓地瞪了他一眼，轉身騎上馬一陣風似地走了。

許安平看著他的身影，眼中有了幾絲玩味的笑意，想不到這小子小小身板，騎術倒還真的算是可以……

次日清晨，當第一縷陽光衝破霧靄，灑向廣袤的原野之時，許安平走出營帳，赫然看到門口插著一封信，上書「許安平親啟」幾個大字。

大丈夫當見真功夫，豈以耍嘴為樂？今日新平堡外，願與君一較高低，不勝為盼。

許安平看到這幾行娟秀的字體，腦中不由自主地浮現出昨日遇見的那個面貌清秀的小個子士兵，他不禁有些頭疼。

「新平堡……」他突然想起了前幾日曾有士兵回報在新平堡附近見到過韃子的蹤跡，只是他率一支騎兵隊趕過去後，早已不見了蹤影。

「不好！」許安平牽過大白，躍身上馬往新平堡而去。

新平堡在幾年前被韃子破城血洗後，現在已是一座廢棄的城堡。此時，斷垣殘壁旁立著一人一馬，不，是立著一馬，蹲著一人。

那人看到許安平策馬前來，立即起身朝著許安平抱了抱拳，隨即興沖沖地翻身上馬，回頭衝著許安平挑釁地一笑，馬兒已如離弦的箭般衝了出去。

「這個蠢貨！」許安平氣急，快馬加鞭地追趕。

藍天白雲下，一望無際的草原上，一棕一白兩匹馬兒競速馳騁。

前面的紅鬃馬奔跑得愉悅，似乎要在這大草原上盡情地撒歡，後面追趕著的許安平卻一身冷汗，眼看著再過去就是韃子經常活動的範圍了，他壓低了身子，奮力追趕，一邊在心中大罵：這是哪裡跑出來的蠢貨，怎麼這麼不省事！

霎時間，許安平已經逼近了紅鬃馬，那小兵回頭看了許安平一眼，面露驚訝和慌亂之色，他不停夾著馬肚子，還想繼續加速，許安平已經甩出了手裡的韁繩，準準地套在了紅鬃馬的脖子上。

紅鬃馬在疾速奔跑時突然被套，驚得立起了前蹄，馬上的小兵被甩了下來，許安平從大白身上翻身躍下，一把抱住即將落地的小兵，兩人在草地上翻滾了好幾圈才停下來。

「你，你，你，你幹什麼？」小兵看著伏在他身上的許安平，臉脹得通紅，又羞又急。

許安平正有些奇怪，想不到這小兵看著小小個子，身上倒是有幾兩肉，胸脯居然是鼓鼓軟軟的。

他來不及多想，翻身起來坐到一旁，看著小兵喝道：「你要不要命了，你知不知道這裡快到韃子的地盤了？」

小兵躺在地上，氣鼓鼓地看著許安平，圓滾滾的眼睛裡慢慢泛起了水霧。「你，你耍賴，你為何要套住我的馬？你，你是不是輸不起？」

許安平氣急反笑。「我輸不起？」他指指面前這片草原。「你知道這裡曾經躺下過多少弟兄嗎？多少人流血流汗，才能換來咱們現在這片刻的安寧。」

他面色沈重。「這裡不是比武賽場，這裡是拿命去拚、去搏的地方。」說罷側頭靜靜看著他，語調波瀾不驚，卻蘊藏著深深的滄桑和悲涼。「我從不和人較輸贏，我只和韃子在戰場上真刀實槍地拚命。」

小兵臉脹得更紅，一雙秋水般的眼眸靜靜望著許安平，卻說不出話來。

許安平淡淡笑了笑，屈指吹了個呼哨，大白帶著紅鬃馬一起從遠處跑了過來。

剛才一會兒的工夫，這兩匹馬居然建立起深厚的友誼，停留在不遠處引首交頸，十分親暱。

許安平瞪圓了眼睛，起身笑罵道：「大白，想不到你小子居然還挺有本事，這麼快就找了個相好的。行，比我強多了！」

大白撒開腿跑過來，許安平摸摸牠的頭，翻身上馬，卻見那小兵仍躺在地上不動。

「喂，怎麼還不起來，真的等著韃子來啊？」

小兵臉脹得通紅，小聲喃喃道：「我……我胳膊好像脫臼了，還有……我……我站不起來了……」

許安平無奈，帶著小兵一起騎著大白回兵營，紅鬃馬一路緊跟身後。

一路上，許安平好奇地問這小兵是哪個兵營的、誰手下的兵、怎麼進的軍隊，可是這個小兵支支吾吾了半天，最後只憋出幾個字。「我……我叫夏青。」

許安平帶著夏青回到游擊軍營的時候，已是日落西山時分。斜陽將他們的影子拖得長長的，兩個人的影子在青青的草地上疊合在一起。

夏青遠遠看到軍營門口站著幾個人，中間那個人正虎著臉看著他們，便忙掙扎著要下馬。

許安文只好翻身下馬，又小心扶他下來，奇怪地問：「你的腿現在走得了嗎？」

方才許安平接好了他脫臼的胳膊，可他又大呼腿麻，許安平無奈，這才與他共騎大白回來。

「青青——」

一陣威嚴的聲音，夏青青立即脖子一縮，僵硬了身子，一跛一跛地走到那人面前，覥著臉討好地笑著。「爹——」

許安平已經發現這人居然就是昨日在周將軍營帳裡見過的夏總兵，站在他身旁的是周將軍和幾個軍中的高級將領，他急忙上前一一見禮。

夏總兵看著許安平身後的兩匹馬，再看看夏青青一副狼狽的樣子，心中已是明瞭，他語帶歉意。「許偏將，我這個女兒從小隨我一起在軍中長大，被我慣壞了，不愛紅妝愛戎裝，個性膽大任性。她一向自詡騎術一流，此次非要跟著我來，要和軍中最善騎的將士一較高低。」

他側頭看看低頭不語的夏青青，朗笑道：「我一看她這個樣子就知道她是敗了。敗得好，也讓她知道個天高地厚！」

「爹——」夏青青不滿地扭著身子，跺了跺腳，扯動了傷處，又是痛得一陣嬌呼。

許安平幾乎驚掉了下巴。「他、他、他，她居然是女的？」

「傻小子。」周正棋和幾個將領臉上都是促狹的笑意。「你見過像夏小姐這樣的男子嗎？看來你的確要快點找個娘子了，不然成日在男人堆裡面混，連女人是什麼樣子都不知道了。」

軍中人粗獷，幾個將士都是大笑，夏總兵也是拂鬚微笑。

夏青青脹紅了臉，本想悄悄溜走，站立了片刻，卻又回頭對許安平小聲道：「你今日勝之不武，改日等我的傷好了，咱們選個好地方，再一較高低。」

許安平看著她一跛一跛離去的身影，婀娜中帶著英氣，纖弱中帶著剛強，是那般的不屈不撓和倔強。他撫了撫額，不禁一陣頭痛。

從此後，許安平悠閒自在的軍中生活終於消失得無影無蹤。

兩年後，已成為游擊將軍的許安平帶著新婚妻子夏青青將張氏接到了游擊將軍署，已成為張家堡首富、離靖邊城首富尚有一步之遙的許安文也緊接著娶了妻子。

張氏仍是不停地嘮叨。

舊願已償，新願卻未了，人家芸娘都生了四個孩子了，聽說還懷上了第五個，可這兩個小子怎麼還不給她添幾個孫子呢……

——全篇完

2015年9月出版

嫵妹當道

文創風335～339

雖是清流忠臣之後，
但外頭都謠傳她空有皮囊，不遵三從四德，乃京都女子之恥；
而她的未來夫婿則是讓人聞風喪膽、令小兒止哭的大奸臣，
身懷惡名的兩人如今結親，豈不登對？

世道忠奸難辨，唯情冷暖自知／朱弦詠嘆

她前世是一名精英特務，
而今卻穿越到這風雨飄搖的大燕朝來，
作為忠臣之女，為了援救身陷詔獄的親爹，
才委身於這外傳以色邀寵、擾亂朝綱的大奸臣霍英。
原想她的出閣不過是回歸老本行，身在敵陣以刺探消息，
孰不知與這相貌極品的夫婿相處日深，她就越發難辨忠奸……
對內，他為她散去姬妾，與她一生一世一雙人，
對外，他為君王犧牲清譽，忍辱負重做個奸臣，
好不容易費盡心力剷除了意圖篡位的英國公，
夫君的惡名終於得以洗刷平反，一躍成為忠臣之士，
無奈小皇帝因服用過五石散而變得性情多疑，
他們夫妻二人想急流勇退，反倒屢次遭帝王的私心所迫害。
縱然心懷退隱之意，夫君仍秉持著忠君之心為其效命，
誰料，一道「與九王聯合謀逆」的聖旨便將他劃為亂臣賊子，
一片丹心竟換來「奸臣得誅」的下場？

文創風

361

後妻 3 完

國家圖書館出版品預行編目資料

後妻 / 春月生著. --
初版. -- 臺北市 : 狗屋, 2015.12
冊 ; 公分. --（文創風）
ISBN 978-986-328-530-4（第3冊：平裝）. --

857.7　　　　104021384

著作者	春月生
編輯	黃暄尹
校對	沈毓萍　周貝桂
發行所	狗屋出版社有限公司
地址	台北市104中山區龍江路71巷15號1樓
電話	02-2776-5889～0
發行字號	局版台業字845號
法律顧問	蕭雄淋律師
總經銷	知遠文化事業有限公司
電話	02-2664-8800
初版	2015年12月
國際書碼	ISBN-13　978-986-328-530-4
原著書名	《军户小娘子》，由北京晉江原創網絡科技有限公司授權出版

定價250元

狗屋劃撥帳號：19001626

網址：love.doghouse.com.tw　E-mail：love@doghouse.com.tw

版權所有・翻印必究　倘有倒裝、缺頁、污損請寄回調換